古文运动视野下的王安石研究

鄢嫣 ◎ 著

人民出版社

国家社科基金后期资助项目
出版说明

后期资助项目是国家社科基金设立的一类重要项目，旨在鼓励广大社科研究者潜心治学，支持基础研究多出优秀成果。它是经过严格评审，从接近完成的科研成果中遴选立项的。为扩大后期资助项目的影响，更好地推动学术发展，促进成果转化，全国哲学社会科学工作办公室按照"统一设计、统一标识、统一版式、形成系列"的总体要求，组织出版国家社科基金后期资助项目成果。

全国哲学社会科学工作办公室

目　　录

绪　论 ……………………………………………………………… 1

第一节　选题缘起 ……………………………………………… 1

第二节　研究综述 ……………………………………………… 1

第三节　研究思路和章节安排 ……………………………… 14

第一章　"道术必为孔孟,勋绩必为伊周"——论王安石的理想
　　　　人格构建及其立身处世 ……………………………… 17

第一节　以经世济用为中心的治学理想与实践 …………… 17

第二节　"己然而然"的处世典则 …………………………… 26

第三节　"行中道"的价值取向与"狂狷"的行事方式 ……… 29

第四节　朋友之义的理想设定与实践 ……………………… 31

小　结 …………………………………………………………… 36

第二章　王安石与荀子关系探源:否定中的承继 …………… 38

第一节　王安石儒学思想的建构 …………………………… 38

第二节　王安石对荀子思想的批驳 ………………………… 40

第三节　原因分析:王安石的政治哲学与荀子相抵触 …… 43

第四节　《荀子》与王安石的古文创作:正名逻辑的承继 … 45

小　结 …………………………………………………………… 49

第三章　王安石的"韩愈观" ………………………………… 51

第一节　北宋古文运动尊韩风潮及王安石的态度 ………… 51

第二节　王安石在思想层面对韩愈的评价:对权威、成说的批判 … 52

第三节　王安石在立身处世层面对韩愈的评价:从崇仰到否定 … 53

第四节　王安石在文学层面对韩愈的态度:辩证中的否定 … 54

第五节　放弃韩愈之后的出路:回归孟子 …………………… 57

第四章　王安石与欧阳修文道观异同论——兼以嘉祐二年和熙宁
六年的科举实践为对比 ··· 60

第一节　"文"与"道"的地位不同 ································· 60

第二节　道的具体内涵不同 ··· 64

第三节　原因分析:立言与立功的不同选择 ··················· 67

第四节　欧、王文道观的实践:科举改革期间考官与举子之
文学业绩概览(以嘉祐二年和熙宁六年为对比) ······ 71

小　结 ··· 75

第五章　疏离于古文运动之外:论王安石与欧阳修、曾巩的文学
交游 ··· 77

第一节　王安石与欧阳修的文学交游 ·························· 79

第二节　王安石与曾巩的文学交游 ····························· 84

第三节　以欧阳修与曾巩的文学交游为对比 ················· 87

小　结 ··· 90

第六章　王安石的科举改革与北宋古文运动关系疏证 ········· 91

第一节　对象的界定 ·· 92

第二节　科举改革对士子思想层面的影响 ···················· 93

第三节　科举改革对古文运动文体层面的影响:经义的兴盛 ······· 100

小　结 ··· 110

第七章　王安石碑志文的"史汉之法"与"史汉风神":以欧阳修
碑志文为比照 ·· 111

第一节　问题的引出:欧王碑志与《史记》《汉书》的关系 ······· 111

第二节　欧王碑志与"史汉之法":基于叙事层面的共性及
差异分析 ·· 113

第三节　王安石碑志文无"史汉风神"考论 ·················· 117

小　结 ··· 121

第八章　王安石碑志文研究三题 ······································· 123

第一节　从王安石碑志文中的侬智高事件看其西南民族政策 ······· 123

第二节　从碑志文看王安石对"命"的思考 ················· 126

第三节　《泰州海陵县主簿许君墓志铭》考 ·················· 132

第九章　王安石文系年考补……………………………………… 139

第一节　《答王深父书》其一（《临川先生文集》卷七二）……… 139

第二节　《答蔡天启》（《临川先生文集》卷七三）……………… 141

第三节　《答曾子固书》（《临川先生文集》卷七三）…………… 142

第四节　《与王逢原书》其一（《临川先生文集》卷七五）……… 144

第五节　《答段缝书》（《临川先生文集》卷七五）……………… 145

第六节　《与孙子高书》（《临川先生文集》卷七七）…………… 147

第六节　《外祖黄夫人墓表》（《临川先生文集》卷九〇）……… 148

第十章　宋代士大夫辞官文化考论——以王安石的辞免文书为

**　　　　中心**………………………………………………………… 151

第一节　宋代士大夫辞官的类型 …………………………………… 151

第二节　宋代士大夫辞官的原因分析 ……………………………… 158

第三节　宋代辞官风气盛行背后的政治文化特色 ………………… 161

小　结 ………………………………………………………………… 165

第十一章　南宋诸家对王安石文的评价 ………………………… 166

第一节　南宋程朱理学家对王安石文的评价 ……………………… 166

第二节　南宋浙东事功学派对王安石文的评价——以叶适为代表 … 169

第三节　南宋四六家对王安石四六文的评价 ……………………… 171

第四节　南宋其他古文家对王安石文的评价 ……………………… 174

小　结 ………………………………………………………………… 175

结　语 ……………………………………………………………… 177

参考文献 …………………………………………………………… 180

绪 论

第一节 选题缘起

王安石作为唐宋古文八大家之一,其文学地位是不容置疑的。但是,相比同时期的欧阳修、苏轼等人,当代学界对王安石文学的关注还远远不够。学者的研究一般都以其政治改革、学术思想为旨归,涉及文学时,也多集中于荆公诗的讨论。而纯从古文角度对王安石进行的研究,尤其是在古文运动视野下的研究,还有较多缺失。同时,王安石一生大起大落,他执政时孤身一人面对众人质疑,坚定改革,退相后遭遇爱子早逝及新法全盘被推翻,本应极怀悲痛之情,但他留下的文字中却看不到多少伤痛,反而呈现出平和与淡然。这种反差引起笔者极大兴趣,也是本书的最初缘起。

在此前的学习与研究中,笔者陆续对王安石及其相关的若干问题进行过一些粗浅的分析,逐渐形成了在古文运动视野下研究王安石尤其是王安石文的初步构想。结合前辈学者已有的研究,笔者认为,在新材料未被发现的前提下,虽然对王安石做全新的、精准的全面研究尚存在困难,但对其中某些具有系统性的重点问题进行深入分析还是有可能的。因此本书拟在古文运动背景下,选择不同的角度来解析王安石的思想性格及其作品的特点,以此细化王安石与古文运动的关系,了解其在文学史上的地位。

第二节 研究综述

长期以来,不管是在历史、哲学还是在文学研究领域,王安石一直都受到学界的关注。围绕其变法、新学及诗文,学界展开了不同层面的探讨,并取得不少成果。结合本书各章主题,兹分几个专题综述以往的学术成果。

1 整体研究概览

1908 年,梁启超撰成《王荆公》①一书,运用西方史学理论和方法,全面

---

① 撰成的具体时间,据李喜所、元清《梁启超传》,人民出版社 1995 年版,第 532—538 页。另:梁启超此书 1930 年于商务印书馆第一次出版,改名《王荆公传》。

论述王安石的家庭、变法、学术及文学，开启了中国学术界正面评价王安石的大门。20世纪40年代，商务印书馆出版了署名为柯敦伯的《王安石》和柯昌颐的《王安石评传》，两书作者实为同一人。前书共十八章，相比梁公之传，首次讨论了王安石的哲学思想；后书共二十四章，资料翔实，更具有研究性质，将王安石定性为"历史上有数之大政治家"①。另还有熊公哲的《王安石政略》，专门探讨王安石的变法，肯定其立法的出发点，但也认为其客观效果并不好。

进入50年代，宋史专家邓广铭的《王安石》第一次出版，随后此书经过多次修改和再版，于1997年最终修订，成就了《北宋政治改革家王安石》②一书。此书历经半个世纪的修改过程，体现了一位史学家的严谨与时代眼光。书中为读者展现了一幅熙宁变法改革图景，将被误解千年的王安石形象，重新涤清。之后，邓广铭的弟子漆侠于1959年出版了《王安石变法》③一书，更全面深刻地研究王安石变法的整个过程，其研究以马克思主义的阶级分析方法为基点，材料丰富，颇具时代特色。"文革"期间，王安石被冠上"法家"的帽子，其变法也被肆意歪曲，王安石研究成为阶级斗争的工具。

80年代至今④，王安石研究走向正轨，成果可喜。其变法领域的研究热度依旧，同时开始倾向于其学术思想及文学研究。有关王安石学术思想的研究综述，可参看刘成国《荆公新学研究》的序论部分⑤。这里重点谈王安石的文学研究。其中颇有代表性的著作包括：1986年上海古籍出版社出版的张白山《王安石》，从文学史的角度重点介绍王安石的文学思想及成就。李德身的《王安石诗文系年》⑥，是第一本也是至今唯一一本对王安石全部诗文（制诰文除外）进行系年的专著⑦。此书用力甚勤，颇具学术价值，为王安石研究必备工具书。汤江浩《北宋临川王氏家族及文学考论：以王安石为中心》⑧一

---

① 柯昌颐：《王安石评传》，商务印书馆1933年版，第1页。
② 邓广铭：《北宋政治改革家王安石》，生活·读书·新知三联书店2007年版。
③ 漆侠：《王安石变法》，上海人民出版社1959年版。
④ 以上各个时期有关王安石研究的论文还有很多，为免烦琐，这里只选取相对有代表性和影响力的著作介绍，特此说明。
⑤ 刘成国：《荆公新学研究》，上海古籍出版社2006年版，第4—9页。
⑥ 李德身：《王安石诗文系年》，陕西人民出版社1987年版。
⑦ 据高克勤《王安石与北宋文学研究》一书的后记，高克勤也撰有十余万字的《王安石诗文系年》，因种种原因还未出版，但其大部分考订成果已体现在其文《论王安石的诗文分期》、其书《王安石散文精选》（上海东方出版社1998年版）及《王安石诗文选评》（上海古籍出版社2002年版）等相关作品中，对李德身的著作有颇多订正，虽然较松散，但值得关注。
⑧ 汤江浩：《北宋临川王氏家族及文学考论：以王安石为中心》，人民文学出版社2005年版。

书,考辨特色十分明显。上编集中考察王氏家族的渊源,王安石的诸兄弟、诸妹妹、妹婿、子女、外家等人物的生平及文学成就;下编以王安石的诗为中心,在进行辨伪、辑佚的同时,对历代诗评家的评论进行考察研究,有考必有论,有论必有考。方笑一《北宋新学与文学:以王安石为中心》①一书在重点研究王安石《三经新义》基础上,结合经术,谈王安石的文学思想及古文成就,并以此考察北宋新学与文学的关系和纠葛。刘成国《变革中的文人与文学——王安石的生平与创作考论》②一书由十二篇论文构成,对王安石的生平及诗文中若干问题进行了考证,分析了其文学思想、文学创作的演变历程,剖析了变法对其心态、思想及创作的影响。以上三书,分别从家族、新学及变法等不同角度来考察王安石的文学,建立在翔实的资料考辨基础上,均颇有建树。

此外,学界这几年对王安石集子的整理工作也成果斐然。前有复旦大学王水照主编的《王安石全集》出版,对王安石诗文集及其他著作首次做了全面、细致的校勘整理工作。后又有华东师范大学刘成国的《王安石年谱长编》《王安石文集》相继出版,前者对王安石一生的行年事迹进行了极为详尽的考证,按年、月、日编排,旁及王安石的家族世系、人际关系网络,在材料的搜集、问题的考证、思想的阐发、方法的探讨等方面都有重要成果。后者对于王安石文集的整理,用力颇深,无论是在标点校勘,还是在王集版本厘析、作品辨伪辑佚等方面,都有不少发覆创新之处,解决了诸多王安石研究中的难题。

2　王安石的儒学思想及与前人关系研究

关于王安石的儒学思想及其对前人的继承和发展研究方面,学界关注点集中在孔子、孟子、荀子及韩愈等人上。

李祥俊《王安石学术思想研究》③一书,通论王安石对前代儒学、子学、道学各领域内代表人物的评价,认为王安石的学术思想是综合诸子、三教的一种新创造。此书属于集中讨论,而其他论文多为专人讨论。

对于王安石与孔子的关系,学者较多关注孔子人性论、义利观、教育思想等对王安石的影响。如关履权《王安石的义利观与儒家思想传统》④、张

---

①　方笑一:《北宋新学与文学:以王安石为中心》,上海古籍出版社2008年版。
②　刘成国:《变革中的文人与文学——王安石的生平与创作考论》,浙江大学出版社2011年版。
③　李祥俊:《王安石学术思想研究》,北京师范大学出版社2000年版。
④　关履权:《王安石的义利观与儒家思想传统》,《晋阳学刊》1986年第4期。

尚英《刍议王安石对孔子教育思想的继承》①等文章。而对于孟子,学者们一是从学术渊源的角度谈,如杨志玖《王安石与孟子》②一文,探讨了王安石对孟子的欣赏、在部分观点上对孟子的批判及其中原因,然后结合宋学环境,对比李觏和司马光的疑孟,凸显了王安石的卓识;又如刘成国《王安石的学术渊源考论》③、金生杨《王安石〈易解〉与〈孟子〉的关系刍议》④等文章,都是谈王安石在思想上与孟子的联系。二是从变法角度谈,如孙先英《〈孟子〉升经与王安石变法——兼论尊孟疑孟的争论及实质》⑤一文,《孟子》在宋代由子部升为经部,成为科举必考项目,此文讨论其地位升降与王安石变法的关系,指出尊孟与疑孟之争,只不过是政治斗争的一种形式。

王安石与荀子的关系,学界也是侧重其对荀子在思想层面的继承与批评。如刘丰《王安石的礼乐论与心性论》⑥论及王安石的性命之理时,认为他之所以特别反对荀子的看法,是"为了要突出礼与人性之间的关联";刘涛《宋儒视域中的〈荀子〉周公论》⑦一文,以荀子塑造的周公形象为切入点,分析王安石对荀子的批评,认为以王安石、程颐、孔文仲为代表的宋儒,对荀子的批评存在误解。

王安石与韩愈的关系学界讨论较多,主要包括王安石对韩愈文学的接受以及评价这两个方面。前者以钱锺书《谈艺录》⑧为代表,对王诗学韩诗的表现分析透彻;另外还有查金萍《宋代韩愈文学接受研究》⑨、寿涌《王安石文宗韩愈渊源考》⑩、谷曙光《论王安石诗学韩愈与宋诗的自成面目》⑪、台湾陈玉蓉《欧阳修与王安石墓志铭研究——以韩愈文体改创为中心的讨论》⑫等论著或论文,从各个角度谈了王安石对韩愈诗文的接受。后者主要

---

① 张尚英:《刍议王安石对孔子教育思想的继承》,《宋代文化研究》2002 年第 8 期。

② 杨志玖:《王安石与孟子》,《社会科学战线》1979 年第 3 期。

③ 刘成国:《王安石的学术渊源考论》,《四川大学学报》(哲学社会科学版)2003 年第 5 期。

④ 金生杨:《王安石〈易解〉与〈孟子〉的关系刍议》,《四川师范学院学报》(哲学社会科学版)2002 年第 5 期。

⑤ 孙先英:《〈孟子〉升经与王安石变法——兼论尊孟疑孟的争论及实质》,《求索》2004 年第 5 期。

⑥ 刘丰:《王安石的礼乐论与心性论》,《中国哲学史》2010 年第 2 期。

⑦ 刘涛:《宋儒视域中的〈荀子〉周公论》,《社会科学战线》2010 年第 2 期。

⑧ 钱锺书:《谈艺录》,中华书局 1984 年版,第 69—78 页。

⑨ 查金萍:《宋代韩愈文学接受研究》,安徽大学出版社 2010 年版。

⑩ 寿涌:《王安石文宗韩愈渊源考》,《抚州师专学报》1994 年第 4 期。

⑪ 谷曙光:《论王安石诗学韩愈与宋诗的自成面目》,《清华大学学报》(哲学社会科学版)2010 年第 1 期。

⑫ 陈玉蓉:《欧阳修与王安石墓志铭研究——以韩愈文体改创为中心的讨论》,台北政治大学中文研究所 2004 年硕士学位论文。

在于讨论王安石的态度到底是尊韩还是贬韩，以吴小如《王安石何尝轻韩愈》①、李春芳《〈韩子〉诗解说的商榷》②、寿涌《王安石〈韩子〉诗辨析——兼析历来对王氏评韩的争议》③、傅明善《荆公诋韩略论》④等为代表。吴、李之文认为王安石没有贬韩，寿涌之文则认为王安石对韩愈的态度有明显的分期，先尊后贬。又，尚永亮《中唐元和诗歌传播接受史的文化学考察》一书，在第五章中，结合以上两个方面来讨论，认为王安石对韩愈诚然贬责居多，但在这种全面否定的背后，是暗中对其诗学的承袭。⑤

另外，还有刘成国《〈弟子记〉与北宋中期儒学——以刘敞、王安石为核心的考察》⑥一文，从《弟子记》出发，对比讨论刘敞与王安石学术思想之不同，认为两者之差异可以概括为宋代儒学复兴中教化之儒与功利之儒两种模式的对立。前者注重道德教化，反对功利，也反对朝廷利用刑赏奖惩等手段推进积极有为之政。后者在不废道德教化的同时也注重法度，区分两种不同的义利观，强调国家行政主导的立场。

综上，学界对于孔、孟、荀与王安石的关系，关注点在于学术思想层面的传承与发展，以及对王安石变法思想的影响，几乎没有涉及文学层面。而对于韩愈与王安石文学上的关系，成果虽然不少，但均忽视了宋人尊韩的大环境。作为古文运动的精神领袖，与其他古文家对他的欣赏相比，王安石对韩愈文学的态度值得深入探究。

3 王安石与古文运动关系研究

当今学界在谈及北宋古文运动时，都会将王安石作为欧门重要一员来介绍。如吴小林《论王安石的散文美学思想》一文的开头："在欧阳修所倡导的宋代新古文运动中，王安石是重要骨干之一。"⑦当然也有少数学者表示了不同看法。比如何寄澎《北宋的古文运动》一书，有专节讨论北宋古文

① 吴小如：《王安石何尝轻韩愈》，《光明日报》1983 年 3 月。
② 李春芳：《〈韩子〉诗解说的商榷》，载人民文学出版社古典文学编辑室主编：《中国古典文学论丛》第三辑，人民文学出版社 1985 年版，第 49 页。
③ 寿涌：《王安石〈韩子〉诗辨析——兼析历来对王氏评韩的争议》，《抚州师专学报》1992 年第 4 期。
④ 傅明善：《荆公诋韩略论》，载中国唐代文学学会主编：《唐代文学研究》第十一辑，广西师范大学出版社 2006 年版。
⑤ 尚永亮：《中唐元和诗歌传播接受史的文化学考察》，武汉大学出版社 2011 年版，第 241—245 页。
⑥ 刘成国：《〈弟子记〉与北宋中期儒学——以刘敞、王安石为核心的考察》，《社会科学辑刊》2021 年第 1 期。
⑦ 吴小林：《论王安石的散文美学思想》，《江西社会科学》1994 年第 12 期。

家的文统观,虽然他仍是将王安石归于欧阳门人这一类中进行讨论,但着意点出了王安石在北宋古文家中的特殊性。同时表达了些许无奈:"后人视其为欧阳之门,又岂合他的本意!"①可惜此书并未展开谈王安石的特殊性表现在哪些方面。

有关王安石与古文运动的关系,论者大多都立足于整体谈论王安石的文论观及其各体文学的创作实绩。比如祝尚书《北宋古文运动发展史》②一书,将王安石作为欧门古文家进行了简要介绍,主要概述其文论观和艺术特色。张白山《王安石》③在"古文运动与散文创作"一节中也是先介绍古文运动的整体发展情况,然后再介绍王安石散文的艺术特色。吴小林《唐宋八大家》④一书中,视王安石为"宋代新古文运动"中的重要一员,介绍了他的散文主张和风格,其中谈到欧阳修倡导新古文运动最主要的做法便是"竭力推尊韩愈",以继承唐代古文运动的传统,默认欧门弟子都高举"尊韩"旗帜。

也有学者结合"江西文风"这个大背景谈王安石的家族学风与古文运动之关系。如冯志弘的《北宋古文运动的形成》⑤一书,对古文运动的历史背景、发生原因和渐进过程都进行了深入探讨。在涉及王安石时,重点放在对临川王氏"明古谊、达时变"的士族学风、家族人脉关系等研究主题上。

另外,朱刚《北宋"险怪"文风:古文运动的另一翼》⑥一文,从唐宋古文运动的相关史料中,发现了一个"怪文"的系谱:从中唐古文的奇崛文风,到北宋前期的一批偏激的古文家,然后是景祐"变体"、庆历"太学新体"、嘉祐"太学体"一脉,再续之以熙宁后的"经义"文。此种"险怪"文风长期存在的社会基础,在于科举士大夫阶层的兴起与科举考试内容之间的矛盾。朱刚此文重新审视了"怪文"承载激进思想的历史意义,从而获得对于古文运动较为全面的认识。

还有许浩然《古文主张之下的思想与权力——从周边士大夫的学官经历看欧阳修的嘉祐主贡》⑦一文,也有在科举、古文的视域中对王安石学官经历的考察。欧阳修以权力作用于科举,表达古文主张,排击"太学体",期

① 何寄澎:《北宋的古文运动》,上海古籍出版社 2011 年版,第 98 页。
② 祝尚书:《北宋古文运动发展史》,北京大学出版社 2012 年版,第 195—199 页。
③ 张白山:《王安石》,上海古籍出版社 1986 年版,第 71—82 页。
④ 吴小林:《唐宋八大家》,安徽人民出版社 1984 年版,第 118—130 页。
⑤ 冯志弘:《北宋古文运动的形成》,上海古籍出版社 2009 年版,第 220—235 页。
⑥ 朱刚:《北宋"险怪"文风:古文运动的另一翼》,《中国社会科学》2010 年第 1 期。
⑦ 许浩然:《古文主张之下的思想与权力——从周边士大夫的学官经历看欧阳修的嘉祐主贡》,《文学遗产》2020 年第 4 期。

间经历了反复的波折与争议,才最终得到了士林的普遍认同。"此一接受
过程的波折性所折射的正是这种权力语境的适度性"①。对比之下,王安石
推行自身学说的权力语境却远远超过了欧阳修翰林学士知贡职权的适当界
限,最终"王氏经义逐渐成为科考的权威导向,风行于场屋,其势至哲宗绍
述时代仍很昌炽,甚至有延续至南宋初期的迹象"②。

　　总的来说,目前有关此论题的研究,还不够细致深入。比如王安石与古
文运动的核心成员的来往与交流如何?他是在有意识地在参与这场文学运
动吗?他是否真的推动了古文运动的发展?他主政期间的科举改革对古文
运动的发展有何影响?……可以说,还有较多空间待挖掘。

4　王安石与同时代作家的比较研究

　　学界常将王安石与欧阳修、曾巩做比较。如梁启超对比欧、王,认为二
人俱得之于昌黎,"欧公则用韩之法度改变其面目而自成一家者也;公则用
韩之面目损益其法度而自成一家者也"③。阮忠《王安石的散文创作与欧阳
修之文》以祭文、驳论文及记体文三种体裁为例,探讨欧、王二人散文创作
的异同,认为王安石的祭欧文以寄情和辞彩超越了他一直信奉的礼教治政
的文学观,在叙事抒情方面类同于欧之祭文;而其驳论文则在欧文的"纤余
委备"映衬下,显得平和冷峻、"瘦硬通神";在山水游记中,不同于欧阳修将
自我融入山水之乐中,王文疏于对景物的描写,少了山水情趣而多了深沉之
思。洪本健《欧、王散文风格之浅议》④一文则通过比较二人为同一友人所
做的墓志与祭文,总结出欧文丰、王文瘦,欧文柔、王文硬,欧文逸、王文雄等
不同之处。

　　洪本健还另撰有《曾巩王安石散文之比较》⑤一文,从四个角度对比曾、
王散文的不同,分别为文论:"畜道德而能文章"与"务为有补于世";文势:
敛蓄渐进与凌厉急迫;文辞:雅洁方正与简劲拗折;文风:柔徐谨重与刚健峭
拔。而王河《欧阳修王安石曾巩散文艺术风格之比较》⑥则将三人放在一起
讨论:欧阳修胜在情韵,王安石胜在气势,曾巩则胜在说理。其中包括,在表

---

①　许浩然:《古文主张之下的思想与权力——从周边士大夫的学宦经历看欧阳修的嘉祐主
　　贡》,《文学遗产》2020 年第 4 期。
②　许浩然:《古文主张之下的思想与权力——从周边士大夫的学宦经历看欧阳修的嘉祐主
　　贡》,《文学遗产》2020 年第 4 期。
③　梁启超:《王安石传》,东方出版社 2009 年版,第 266 页。
④　洪本健:《欧、王散文风格之浅议》,《辽宁大学学报》(哲学社会科学版)1990 年第 1 期。
⑤　洪本健:《曾巩王安石散文之比较》,《华东师范大学学报》(哲学社会科学版)1995 年第 6 期。
⑥　王河:《欧阳修王安石曾巩散文艺术风格之比较》,《江西社会科学》1987 年第 4 期。

情方式上,欧文"隐",王文"热",曾文"冷";在谋篇布局上,欧、曾文均以结构谨严,纡徐委曲而著称,但前者以情感为线索,后者以事理为线索,而王文之结构特点是善变,节奏极快;语言上,均以简洁著称,但欧文更华美,曾巩和王安石都极质朴,缺少一种余味。

同时,还有学者比较了欧、王两人的文学观。如夏珊《欧阳修王安石文论之比较》①一文,将二人在文论上的最大不同总结为两方面:在对韩柳的态度上,欧阳修追随韩而耻于与柳为伍,王安石对韩持批评态度,却认为柳有可取的一面;在对待李杜的看法上,欧甚不喜杜甫,却对李白评价极高,而王认为李诗"识见污下"。许晓云、谢珊珊《论欧阳修与王安石文学观之异同》②一文,认为在北宋文学革新运动中,欧阳修与王安石的目标一致,都是以抨击西昆体等浮靡文风,建立具有清新实用的文学风尚为宗旨,但由于两人的身份及生活经历不同,在文学认识、文学评论、文学创作上,两人却存在着较大的差别,即欧阳修更看重文学的独立性和表现性,王安石则重视文学的政治功用性。

5 王安石的文学观研究(以文论为主)

目前学界有几篇专论王安石文学观的代表性论文。如熊宪光《王安石的文学观及其实践》③、周楚汉《王安石文章论》④和香港学者王晋光《王安石以文逆志论与创作技巧论》⑤等。熊文认为王安石所谓的"道",继承发展了儒家思想中治国安邦、革弊变俗的政治思想,明确把文学看作政治服务的工具,认为"器"与"用"可以概括王安石对文学的性质和作用的基本认识。周文论述了王安石的"善为古文"、"文以贯道"、言志、实用、审美、言意、风格等方面的文章理论,比较细致全面。而王晋光之文重点是探讨对诗的看法,认为王安石评论文章的立场比较注重实用,尤其着重文章与政教之关系。在此大原则之外,王安石在文学方面还另有一些见解,如认为写作的目的在言志,读者可以通过文章逆志,即文如其人等。

其他有关王安石文学观的论述都散见于相关专著或论文中,兹从不同角度分述如下:

---

① 夏珊:《欧阳修王安石文论之比较》,《赣南师范学院学报》1986年第4期。
② 许晓云、谢珊珊:《论欧阳修与王安石文学观之异同》,《江西社会科学》2013年第3期。
③ 熊宪光:《王安石的文学观及其实践》,《西南师范大学学报》(人文社会科学版)1981年第1期。
④ 周楚汉:《王安石文章论》,《河南社会科学》2001年第3期。
⑤ 王晋光:《王安石以文逆志论与创作技巧论》,《文艺理论研究》1992年第1期。

①文以致用

几乎所有研究者在谈到王安石的文学观时首先会强调他的"文以致用"观念。

如罗根泽《中国文学批评史》①指出，王安石的文论属于经世派的政教文学观。朱东润《中国文学批评史大纲》②也指出，王安石论文以适用为主，而以礼教治政为范围，这是他与自古文人的不同处。王水照从身份角度认为王安石属于政治家文论的代表，"以重道崇经，济世致用为核心"③。而吴林抒《王安石的美学思想与实践》总结，王安石认为美的核心是"补世济用"，其美学价值观是强调"神似"④。

各家的表述虽有出入，但都指出了王安石对文章现实功能和社会效果的重视。

②内容与形式之关系问题

学界普遍认为王安石在重视内容的前提下，也不忽视形式。如吴小林《论王安石的散文美学思想》⑤一文认为，王安石将散文经世致用的功利目的放在首位，又十分讲究其审美形式和艺术技巧，崇尚精练，提倡多样化，推崇散文的奇崛劲健之美，可谓对中国散文美学的发展作出了独特贡献。不过，也有不少学者指出，"两者之间应有主次关系"⑥，当必须有所取舍时，"其内容往往有优先于形式之倾向"⑦。

③文学观的阶段性发展

关于王安石文学观的阶段性发展，一般认为可以分为早、晚两期。

王水照先生以王安石的诗为切入角度，认为罢相后王安石的文学观发生了巨变，"儒法思想越来越让位给禅宗精义，重教化之文学观也随之转化为审美文学观"⑧。董刚《论王安石文学思想之嬗变》⑨一文，认为王安石前期更多立足于经学和政治的立场来论文，晚年则将批评重心转移到诗歌文本本身，开启江西派论诗之先河。但此文更像是在描述王安石之文论与诗

① 罗根泽：《中国文学批评史》，上海古籍出版社1984年版，第91—93页。
② 朱东润：《中国文学批评史大纲》，上海古籍出版社1982年版，第108—109页。
③ 王水照：《王安石的散文理论与创作实践》，《王水照自选集》，上海教育出版社2000年版，第514页。
④ 吴林抒：《王安石的美学思想与实践》，《江西社会科学》1987年第1期。
⑤ 吴小林：《论王安石的散文美学思想》，《江西社会科学》1994年第12期。
⑥ 刘溶：《欧阳修、王安石、曾巩的文章理论》，《北京师范学院学报》（社会科学版）1990年第5期。
⑦ 方元珍：《王荆公散文研究》，文史哲出版社1993年版，第136页。
⑧ 王水照：《宋代文学通论》，河南大学出版社1997年版，第102页。
⑨ 董刚：《论王安石文学思想之嬗变》，《成都电子科技大学学报》2003年第4期。

论的区别,实质上没有考察其文论的阶段性发展。

台湾沈秀蓉《王安石文风转变特色之研究——以中晚年文章为讨论中心》①认为王安石在文章中提到的文学观大多出自他早期的作品,这可以代表他早年的文学观,但是否可以作为一生创作的原则,还值得商榷。故重点探讨中晚年文论观的变化。结论为中年是文尚实政、文重共识、通经致用;晚年文学观则是以文字记录内心失落,诗、文创作态度有别,不求内容切用。

④文学观的渊源

一般追溯自王安石的政治、学术观念。如马茂军《"荆公新学"与王安石散文的风格》②一文,认为"荆公新学"对王安石的文学观产生了极为深刻的影响,使其表现为:功利性、实用性、附庸性。李小兰、李伟《论中国传统政治思维对王安石散文的渗透》③一文指出,王安石把政治作为文学的内容,主张施仁政、强调皇权政治和为政在人,运用散文为现实政治服务,这是政治思维对其散文创作观念的影响。

⑤对其文学观的评价

对于王安石的文学观,学界一般持肯定态度,但也有学者提出了不同的看法。如沈松勤《论王安石与新党作家群》一文即持否定态度。文章指出,王安石及其新党作家群通过改革贡举等政治手段,"将文学全面纳入'务为有补于世'的'经术'轨道上来,成了其政治主张和实践的组成部分"。其结果,"阻碍了文学自身规律的运行,侵蚀了包括文学在内的整个文化领域的自主性和多样性","而且在群体内部也因政治发生冲突与分化而缺乏包容性和整体性,从而形成有别于欧门、苏门两大作家群的鲜明特征"。④ 同时认为这种文学观在北宋产生了严重的负面影响。

王水照认为王安石的文论是"一种更直接的功利主义的工具论",并评价为"王安石的这些观点在我国散文理论史中并非罕见,其本身也说不上具有特殊的文学理论价值,对内容和形式的片面理解也是显然的"。⑤ 但又认为王安石在批评西昆体时注意到了文章应考核可信,文辞应与"理""事"

---

① 沈秀蓉:《王安石文风转变特色之研究——以中晚年文章为讨论中心》,台湾师范大学中国文学系研究所 1997 年硕士学位论文。
② 马茂军:《"荆公新学"与王安石散文的风格》,《华南师范大学学报》(社会科学版)1996 年第 6 期。
③ 李小兰、李伟:《论中国传统政治思维对王安石散文的渗透》,《江西师范大学学报》2004 年第 6 期。
④ 沈松勤:《论王安石与新党作家群》,《杭州大学学报》(哲学社会科学版)1998 年第 1 期。
⑤ 王水照:《王安石的散文理论与写作实践》,《王水照自选集》,上海教育出版社 2000 年版,第 514—518 页。

相符,这是可取的,同时认为王安石十分强调文章"言志"的作用,强调作家的自我修养,这也是相当中肯的见解。

6　王安石文的分体研究

①政论文

共有三篇硕士论文专门探讨王安石的政论文,分别是张沈安《王安石政论散文研究》(辽宁大学,2005 年),郭春辉《王安石政论文研究》(台湾成功大学中文研究所,2007 年),徐世民《王安石政论文研究》(暨南大学,2010 年)。其中,张文是根据王安石的仕途历程将其政论散文分期进行历史流变的平实整理,认为其政论文风格经历了由拗峭到平和的转变。郭文则更注重时代背景方面,先叙述北宋的政治情形,归结出注重实用、议论时政的时代风潮,其次说明王安石的人格及文学观,明显与当时风气有所关联,再置入王安石的政论文章,从立意、修辞、章法方面讨论写作艺术,以及从中整理得见的政治、法治、人才、经济、军事思想,最后探讨王安石政论文章的美学表现。而徐文从政治、思想背景入手,整体上分析王安石政论文的内容、艺术特色及影响,涉及面广,但阐发不够深入。

另外还有一篇分析王安石奏议文的论文:梅道彪《学术化的逻辑结构与文人化的形象表达——从两篇"万言书"看北宋奏议文的艺术感染力》①,以王安石的《上仁宗皇帝言事书》和苏轼的《上神宗皇帝书》为例,来说明北宋大臣将学术化的逻辑结构与文人化的形象表达,渗入到了北宋奏议类文章的创作中。

②碑志文

共有三篇论文从不同角度专门论述王安石的碑志文。

潘友梅《试论王安石碑志文的成就》②总结了王安石碑志文的超卓成就:矫时匡世、泽被万民的思想内容;反对"谀墓",追求"义近于史";语言简而深,多议论,同时融记叙、抒情与形象刻画人物于一体,改变传统碑志文的僵死面貌。

陈德财《王安石墓志铭研究》③更细致全面,作者在梳理墓志铭的起源、门类及王文时代背景的基础上,总结王安石墓志铭的艺术特色及价值。其切入角度是比较王安石的墓志铭与墓主在宋史传记中的记载,以碑志文和史传的相合程度来突显王安石的影响,举出《宋史》有时会引用王安石的碑志文字

---

① 梅道彪:《学术化的逻辑结构与文人化的形象表达——从两篇"万言书"看北宋奏议文的艺术感染力》,《华中师范大学研究生学报》2006 年第 4 期。

② 潘友梅:《试论王安石碑志文的成就》,《阜阳师专学报》1989 年第 3 期。

③ 陈德财:《王安石墓志铭研究》,台湾玄奘大学中国语文研究所 2004 年硕士学位论文。

为证,最后再归结出王安石墓志铭的立传标准、写作精神、技巧和立意等。

陈玉蓉《欧阳修与王安石墓志铭研究——以韩愈文体改创为中心的讨论》①一文则从比较和溯源的角度,以韩愈墓志铭书写的文体改创意义为中心,分别从欧阳修与王安石这两条线索探索宋代墓志铭写作的走向,及其中蕴含的书写意义。主要是从实际的作品出发,通过讨论欧、王二人对于韩愈墓志铭写作的因袭和创发,考察自韩愈古文运动以来,文体界限的自由出入所产生的反思,进而呈现了北宋文人文体观念转变的痕迹。

另外,王水照先生在《王安石的散文理论与创作实践》②一文中总结了王安石碑志文的三个特点:一传"善";二传"信"(所叙事须核实可信);三传"要"(选择要事,突出大节)。认为其碑志文简洁而不繁复,重事理而少抒情以及对各类传主的不同处理,都表现出鲜明的独创性。

③记体文

王安石的记体文早在明代唐宋派笔下便得到了高度评价,而梁启超更明确提出"人皆知尊荆公议论之文,而不知记述之文,尤集中之上乘也"③。此后,王安石记体文便逐渐得到学界重视,相关研究散见于各类文学史和散文史中。当代研究者大都注意到其记体文与政治结合紧密、善于议论的特点。如程千帆、吴新雷《两宋文学史》认为,王安石的散文是以议论见长的,"不独表现在政治性作品中,也表现在叙述性乃至抒情性的作品中,如《游褒禅山记》,寓议论于叙述之中,借记游来说理,是文章中的创格"④。

杨庆存《宋代散文体裁样式的开拓与创新》⑤总结了宋代记体散文的四大特点:"一是立意高远,所谓'必有一段万事不可磨灭之理';二是题材丰富;三是格局善变;四是兼取骈语"。在此基础上,方笑一《论欧、苏、曾、王的记体文》⑥一文,从中唐元结的记体文开始溯源,对比宋代四家记体文与唐人之"记"的区别:以"论"为"记";尝试寓言体的写作;抒情与记叙、议论相结合;用典和考证手法的运用等等,阐发了宋四家对记体文的艺术拓展。以上两文可帮助了解宋代记体文整体艺术特色。

①　陈玉蓉:《欧阳修与王安石墓志铭研究——以韩愈文体改创为中心的讨论》,台湾政治大学中文研究所 2004 年硕士学位论文。

②　王水照:《王安石的散文理论与创作实践》,《王水照自选集》,上海教育出版社 2000 年版,第 525—526 页。

③　梁启超:《王安石传》,东方出版社 2009 年版,第 266 页。

④　程千帆、吴新雷:《两宋文学史》,上海古籍出版社 1991 年版,第 79 页。

⑤　杨庆存:《宋代散文体裁样式的开拓与创新》,《中国社会科学》1995 年第 6 期。

⑥　方笑一:《论欧、苏、曾、王的记体文》,《北宋新学与文学——以王安石为中心》之附录,上海古籍出版社 2008 年版,第 207—219 页。

姚涛《王安石记体文研究》①一文为王安石记体文专论,对其记体文进行分期、分类,探讨其内容及艺术特色,认为其思想内涵比欧、曾等他人更丰富、深刻,进一步明确王安石记体文在宋文发展史上的地位。

④书信

书信在王安石著作中占据重要地位。刘梦初《王安石书信艺术论略》统计,"王安石有书信类文章 281 篇,约占集中散文总数的百分之四十三"②。他总结了王安石书信的三个特点:文必务实,行文质朴不尚虚;长于论辩,情理俱备;词微义婉,外柔内刚(这是与笔力雄健、峻切峭拔的论说文相比)。作者认为王安石的书信继承了先秦两汉书简密切联系现实的传统,扭转了六朝以来抒写山水情怀,向纯文学演变的趋势,为书信的健康发展指明了方向。

刘乃昌在《王安石诗文编年选释》前言中认为,王安石的书信,长于说理,感情色彩不浓。不管是申论变法还是探究学术的文章,都"能简当精警地阐明个人见解,可否判然,决不含混调和"。另有一些叙旧写怀、陈述身边琐事的书信,也"大都意淡言简,涵蕴不露,很少淋漓酣畅的感情渲染"③。

在书启的编年问题上,还有刘成国《王安石的书启编年与交游网络考》④一文,考证了王安石八封书启比如《与王宣徽书三》《答杭州张龙图书》《与沈道原书三》等的作年,纠正或弥补此前王安石文章系年中的一些疏漏与错误,并考述这些书启中所展现的王安石社会交游网络。

7　王安石古文的接受研究

近年来,陆续有学者开始关注王安石古文的接受问题。裴云龙、韩婷婷《在否定语境中走向经典——王安石散文经典化历程及其文化内涵(1127—1279)》⑤一文,主要分析了王安石散文在"荆公新学"被强势否定的南宋时期,是如何由朱熹、陆九渊等南宋理学家推举为经典的。周游《晚清桐城派中的王安石文风——兼谈〈泰州海陵县主簿许君墓志铭〉的意义》⑥,从政治与文学相互纠缠的两个维度分析了桐城派对王安石文风的接

①　姚涛:《王安石记体文研究》,福建师范大学 2011 年硕士学位论文。
②　刘梦初:《王安石书信艺术论略》,《湖北民族学院学报》1993 年第 4 期。
③　刘乃昌:《王安石诗文编年选释》之前言,山东教育出版社 1992 年版,第 8 页。
④　刘成国:《王安石的书启编年与交游网络考》,《斯文》第一辑,2017 年。
⑤　裴云龙、韩婷婷:《在否定语境中走向经典——王安石散文经典化历程及其文化内涵(1127—1279)》,《中国文化研究》2018 年第 2 期。
⑥　周游:《晚清桐城派中的王安石文风——兼谈〈泰州海陵县主簿许君墓志铭〉的意义》,《文学遗产》2018 年第 6 期。

受情况。

此外还有白俊怡的硕士学位论文《王安石文章接受研究》①,对王安石文章的创作渊源、四六文等各体、文章风格等各个方面的接受情况都一一进行了考察,同时通过统计宋、明、清三个朝代的34部古文选本中王安石文的入选数量,来分析其不同时期的地位变化。

综上所述,学界对王安石的研究虽然已经比较广泛、深入,但实际上仍存在盲点和较多的分歧。比如,王安石的文学观非常复杂,其理论表述与实际创作可能存在背离,如他理论上对文学技巧的忽视和实际创作中文学技巧的高超,这样的背离应引起关注。又比如,关于王安石碑志文,对其之所以被历代评论家认为极优秀的原因,尚缺乏可信的解析。再比如,关于王安石与古文运动的关系,虽然学者讨论得非常多,但仍然未能产生使人信服的结论。在整个古代文学的发展脉络中,尤其是在古文运动发展的视野下,王安石与其中哪些节点(以重要人物为代表)产生紧密联系,而其本人又处于怎样的环节中,均应是王安石研究者需重点关注的问题。

本书正是在这样的考虑下,在尽可能全面借鉴前人成果的基础上,选择若干笔者认为可以论证的角度,对其中部分问题进行考察,以期尽可能推进王安石研究的整体。

第三节　研究思路和章节安排

本书在古文运动视野下,以王安石为核心,拟从不同角度分析与他有密切关联的若干主题。除第一章为绪论、最后一章为总结之外,共分十一章,由十一篇小论文组成,围绕十一个主题展开论述。部分章节的主题下又包含相关但又独立的若干小问题。

第一章主要想从理想和实践两方面,对王安石的思想和行事做一个全面的考察。历史上对王安石性格及形象的描述较为固定,即"性强忮,遇事无可否,自信所见,执意不回"②的"拗相公"。这一观点虽然有一定合理性,但趋于简单、片面。本章则从治学、处事方式、价值取向、社会交游等四个方面深入研究,发掘王安石性格和处事中丰富、复杂的若干层面,从而解析出其心目中理想人格的形象。本章最终拟提出,王安石的立身处世与其理想人格的构建密不可分,而这二者又同时是他独立人格的强烈彰显。

---

① 白俊怡:《王安石文章接受研究》,郑州大学2020年硕士学位论文。
② (元)脱脱等:《宋史·王安石传》卷三二七,中华书局1977年版,第10550页。

第二、三章拟分别探讨王安石与荀子、韩愈的关系。相比于对孔孟的尊崇，王安石对荀子的思想世界颇不认同，而在具体创作中，王安石的古文与《荀子》专论却有着种种承继性。第二章将从性论、礼学及整体评价三个角度，剖析王安石对荀子的质疑和否定；并以正名逻辑为切入点，分析两者在表达上的相似性；同时考察其背后的原因。本章拟提出，王安石是刻意选择近似的表达方式，以更好地批驳荀子的观点。第三章是考察王安石与古文运动的精神领袖韩愈的关系。在宋人普遍尊韩的环境下，王安石对韩愈从欣赏到放弃的态度转变，尤为醒目。本章将从思想、立身处世及文学三个层面，分析王安石对韩愈的态度及转变。可以发现，王安石认为，在道艺和文辞之间，韩愈实质所选择的是后者，而王安石本人对此毫无兴趣。因此，他最终转向孟子，以道自命。

第四章拟从理论层面，对比王安石与古文运动领袖人物欧阳修文道观的异同。与欧阳修"文道合一"观不同，王安石坚持以道为本，先道后文；同时两人对于道的理解又各不相同：欧认为"道"来自百事生活，而王认为"道"是指道德，继而上升为治国安邦的政治理想。究其原因，是因为两人对于立言与立功的不同选择。而通过对比欧阳修和王安石分别主持的两榜科举（主要通过考察主考官及士子的文学实绩），可以更直观地看出他们各自文道观的实践效果。

第五章"从王与欧、曾的交往看他与古文运动的疏离"、第六章"王安石的科举改革与古文运动"，这两章将共同组成王安石与古文运动关系研究的核心单元。尽管从客观的创作实绩和王安石自身的古文理论来看，王安石与北宋古文运动的发展有着千丝万缕的联系。但若考察其主观心态，会发现他对这场古文改革兴趣不大。第五章拟从王安石与欧、曾二人的文学交往角度，考察其对参与古文运动的主观意愿。因为在王与二人的日常交往中，虽然相互钦慕，但几乎没有探讨过与古文运动相关的主题和内容（尤其是在欧、曾交往的对照下，欧、曾之间的文学交流，才可以称之为真正以古文运动主旨为指向的互动），所以也就谈不上王安石对欧阳修领导的古文运动"起而和之"。可以认为，对于这场古文改革，王安石既不重视也不敏感，主观上处于疏离状态。第六章是考察王安石主持的科举改革与古文运动的关系。王安石的科举改革，伴随着其"新学"被树为"国是"的过程，影响了一大批士子。由于古文运动不仅是一场文体改革，它更是一场思想运动，因此本章拟从思想和文体两个层面，探讨这场改革究竟对古文运动的发展产生了何种影响。

第七章是以王安石的古文实践为例，分析其与古文运动主流创作风格的细微差距,特选取碑志文这一文体进行深入探讨。茅坤多次提到欧阳修的"太史公逸调",同时又强调王安石的碑志非"史汉之法",第七章即以此为契机,讨论欧、王碑志的异同及与史汉之关系。在对比中可以发现,王安石碑志确实与叙事手法精工、笔端蕴含丰富情感的"史汉之法"保持了一定距离,他的笔力往往更倾向于精警的议论。

最后四章为拓展研究。第八章由碑志文相关的三个子题组成。其一是通过碑志文中的史料线索考察王安石的西南民族政策;其二是基于碑志文讨论王安石对命的思考;其三则是通过相关统计数据,选出王安石碑志文的代表《泰州海陵县主簿许君墓志铭》进行相关考论。第九章为王安石部分文章的系年考证,以补前人之阙。第十章从王安石的辞免文书出发,探讨宋代士大夫的辞官文化。第十一章属于王安石评价和接受问题。王安石在南宋被视为奸臣,但其文学并未被一并"抹黑"。本章通过分析不同身份、地位的评论家对王安石的看法,来总结他们之间的共性,意在还原王安石文学在南宋的真实地位。

综上,本书正论部分除第一章为总领之外,其余基本上遵循时间上由前往后、内容上由理论到实践、由主要到次要的顺序进行编排。笔者希望在北宋古文运动的大视野下,以王安石文为中心,通过溯源前人传统,结合他与同时代人物的关系,并联系其身后的接受史,在历史的纵横脉络中还原王安石的形象与文学地位。本书选取的部分角度较为细微,不求面面俱到,而是希望解决具体问题,故以相对独立的单篇论文方式连缀成文。

最后说明本书所采用的王氏文集版本。目前对于王安石诗文集版本的整理已相当成熟①,常见有两个系统:龙舒本和临川本。本书引文以据杭州本整理的《王安石文集》②为准。

----

① 目前王安石的诗文集约有临川本、杭州本和龙舒本三种。前两种内容接近,应属同一系统,分为诗三十八卷,文六十二卷。龙舒本也共一百卷,但排列顺序不同,前三十六卷为文,第三十七至八十卷为诗,后二十卷又为文。相较之下,龙舒本收入的作品要比临川本少。详参王岚:《宋人文集编刻流传丛考》,江苏古籍出版社2003年版,第156—169页。

② 刘成国点校:《王安石文集》,中华书局2021年版,此书以台北国家图书馆藏明嘉靖三十九年何迁刻《临川先生文集》一百卷为底本。

第一章 "道术必为孔孟,勋绩必为伊周"

——论王安石的理想人格构建及其立身处世

谈及王安石,其"拗相公"的形象深入人心,《宋史·王安石传》载:"安石性强忮,遇事无可否,自信所见,执意不回。"①此类评判在王安石身后的笔记史料中层出不穷,再加上附着其身的"三不足"学说,使得人们对他的个人印象停留在狂妄、固执、偏激等层面。事实上,若不论王安石变法的历史功过,只谈王安石的性格与立身处世,这类的评述都显得太不客观,太具片面性。作为政治家、哲学家和文学家于一身的王安石,一生经历大风大浪,其形象是由众多因素合成的,其性格表现也因特立独行而显得复杂且难以定性。本书意在通过王安石现存的诗文作品及其他材料来还原其真实形象。

王安石在《谢王司封启》中写道:"伏念某孤穷之人,少失所怙。虽勉心竭力,求以合于古人。"②王安石行事,所求相合于"古人",这是他心目中的一种理想人格,不论在道德上,还是行为处世上,都提供了一种完美典范形象,作为指导人行为模式的精神构建而存在。王安石正是在这个蕴涵丰富的理想人格的构建过程中,获得了巨大的精神力量和支撑,使他能够排除万难不顾阻力,推动了声势浩荡的熙宁变法,同时也留给后人各种相关传言和质疑。

本书将从王安石治学、处事及交游等方面选取其备受争议的几点,对照其理想人格的构建过程,深入了解王安石的立身处世,以此来凸显其真实形象。

第一节 以经世济用为中心的治学理想与实践

作为士大夫,治学是其理想人格建构不可或缺的部分,也是其立身处世的重要内容。梁启超在《王安石传》中谓"二千年来言学者,莫不推本于经

---

① (元)脱脱等:《宋史·王安石传》卷三二七,中华书局 1977 年版,第 10550 页。
② (宋)王安石:《谢王司封启》,《王安石文集》卷八十,第 1396 页。(本书所引王安石的作品均出自此版本,以下略)。

术"①,所以本书此处之"学",亦指经术。王氏经学,是其政治理想的基础,也是其文学厚度的源泉。其治经学的态度、动机和方式,很好地体现了他对理想人格的期待以及躬身实践。

1　治学态度:勤勉

王安石治学最强调勤勉。他心中的圣人,许多即因勤勉而被诉诸笔端,如《孔子》一诗中称"颜回已自不可测,至死钻仰忘身劳"②。颜回一生以苦学追随孔子,并以之为乐。此诗虽是强调孔子道德学问的难以企及,但同时说明王安石对颜回苦学精神的欣赏。

圣人之外,王安石所欣赏之时人的治学态度,也重在爱书、勤勉二端。这集中体现于其碑志文中所称赞的墓主的品质,如:"少笃学,读书兼昼夜不息"③;"好读书,不舍昼夜"④;"终身好书,未尝一日不读,而于酣乐嫚戏,未尝豫也"⑤;"公少卓荦有大志,好读书,书未尝去手,无所不读,盖亦无所不记"⑥;"其好书,天性也,往往日旰,灶薪不属,而阖门读书自若"⑦;"好读书,虽老矣,读书未尝少止"⑧;等等。以上碑志中的主人公,看书不舍昼夜,终身不离书,都是嗜书如命的典型。

王安石自己也相当勤奋,"少好读书"⑨,一生诵读不辍,博览群书。其阅读视野相当广博,"自百家诸子之书,至于《难经》《素问》《本草》诸小说无所不读,农夫、女工,无所不问"⑩。不论是他的自述,还是他人的笔记记载,都足以说明王安石为学极勤勉。如王安石《上张太博书》(其一)自谓:"得其书,闭门而读之,不知忧乐之存乎己也"⑪;《墨客挥犀》卷四载:"舒王性酷嗜书,虽寝食间,手不释卷"⑫。

王安石少年时代孜孜以求学,二十一岁便中进士。入仕后继续刻苦治学,完全到了废寝忘食的地步。邵伯温《邵氏闻见录》卷九载:"韩魏公自枢

①　梁启超:《王安石传》,东方出版社 2009 年版,第 253 页。
②　(宋)王安石:《孔子》,《王安石文集》卷九,第 123 页。
③　(宋)王安石:《虞部郎中赠卫尉卿李公神道碑》卷八七,第 1526 页。
④　(宋)王安石:《宋赠保宁军节度观察留后追封东阳郡公宗辩墓志铭》。
⑤　(宋)王安石:《贵池主簿沈君墓表》,卷九十,第 1561 页。
⑥　(宋)王安石:《太子太傅致仕田公墓志铭》卷九一,第 1569 页。
⑦　(宋)王安石:《尚书祠部员外郎秘阁校理张君墓志铭》卷九一,第 1583 页。
⑧　(宋)王安石:《右领军卫将军致仕王君墓志铭》卷九八,第 1688 页。
⑨　《宋史·王安石传》卷三二七,第 10541 页。
⑩　(宋)王安石:《答曾子固书》卷七三,第 1281 页。
⑪　(宋)王安石:《上张太博书二》其一,卷七七,第 1337 页。
⑫　(宋)彭乘:《墨客挥犀》卷四,中华书局 1991 年版,第 19 页。

密副使以资政殿学士知扬州,王荆公初及第为金判,每读书至达旦,略假寐,日已高,急上府,多不及盥漱。"①尽管邵氏此书惯以诋毁王安石为主旨,但这则记载却形象地刻画出青年王安石治学的努力与刻苦。

又《墨客挥犀》卷四所载:"(安石)昼或宴居默坐,研究经旨。知常州,对客语,未尝有笑容。一日,大会宾佐。倡优在庭,公忽大笑。人颇怪之,乃共呼优人厚遗之。曰:'汝之艺能使太守开颜,其可赏也。'有一人窃疑公笑不由此,因乘间启公。公曰:'畴日席上,偶思《咸》《恒》二卦,豁悟微旨,自喜有得,故不觉发笑耳。'"②说明王安石不仅"性酷书",且勤思考,其思索《易经》竟到了如此旁若无人的地步。

梁启超《王安石传》也引用类似材料来总结王安石为学之坚苦:"《宋稗类钞》称荆公燕居默坐,研究经旨,用意良苦,尝置石莲百许枚几案上,咀嚼以运其思,遇尽未及益,往往啮其指至流血不觉。此说虽未知信否,然其力学之坚苦,覃思之深窈,可见一斑矣"③。梁公所引《宋稗类钞》记载的情景,当指王安石撰《字说》时的专注与坚苦。《字说》绝不是王安石一时兴起为之,此书初撰于治平年间,完成在元丰年间,前后延续近二十年,颇费王安石心血。司马光《涑水记闻》也载有一条相关逸事:"初,韩魏公知扬州,介甫以新进士签书判官事,韩公虽重其文学,而不以吏事许之。介甫数引古义争公事,其言迂阔,韩公多不从。介甫秩满去。会有上韩公书者,多用古字,韩公笑而谓僚属曰:'惜乎王廷评不在此,其人颇识难字。'介甫闻之,以韩公为轻己,由是怨之"④。这条笔记本意是为说明王安石与韩琦交恶的渊源,且不论其中夹杂着多少作者的主观感情色彩,从中至少可以窥出一个重要的信息:初入仕途的王安石即已开始留意文字训诂学,所以才有了晚年这一部精心编撰的著作。

事实上,王安石在治学道路上一直奋进不已,其可考的作品除现存的文集外,还包括《易解》《洪范传》《论语解》《孟子解》《淮南杂说》《孝经解》《老子注》《〈楞严经〉疏解》《字说》《礼记要义》《尚书新义》《周官新义》《毛诗新义》等等⑤,虽然大部分佚失,但每一部都倾注了王安石的极大心力。

① (宋)邵伯温:《邵氏闻见录》卷九,中华书局1983年版,第94页。
② (宋)彭乘:《墨客挥犀》卷四,中华书局1991年版,第19页。
③ 梁启超:《王安石传》,东方出版社2009年版,第258页。
④ (宋)司马光:《涑水记闻》,中华书局1989年版,第312页。
⑤ 有关王安石的著述考,学界已有成熟讨论,这里不再赘述。可参见高克勤:《王安石著述考》,《复旦学报》(社会科学版)1988年第1期;蒋义斌:《宋代儒释调和论及排佛论之演进——王安石之融通儒释及程朱学派之排佛反王》一书之第二章,台湾商务印书馆1988年版;漆侠:《宋学的发展和演变》一书之第十章《荆公学派与辩证法哲学》,河北人民出版社2002年版;刘成国:《王安石著述考》,载《变革中的文人与文学:王安石的生平与创作考论》,浙江大学出版社2011年版。

如其中《三经新义》的编撰,王安石《辞左仆射表二道》自谓"奉扬成命,蚊力困于负山;敷释微言,蠡智穷于测海"①,又谓"逮承圣问,乃知北海之难穷;比释微言,更悟南箕之无实"②,可见注解工作之艰巨,以及王安石本人用力之深。

到了晚年,王安石依然不可无书,陆友仁《研北杂志》记载王安石罢相金陵时,家中一老兵常向一酒官沽酒,酒官好奇王安石每天多为何事,老兵答:"相公每日只在书院读书"③。可知,从少年至暮年,王安石始终如一,其爱书好学,绝非常人能及。

总之,在治学层面,勤勉是王安石所构建的理想人格中的一项基础条件,而在其自身的治学态度上,他也一直以严谨勤勉要求自己,并贯彻一生。

2　治学动机:为己

勤勉是王安石治学的外在表现,而到底是什么给予了他强大的精神力量,使得他终其一生能有着如此异乎常人的毅力,坚苦为学,笔耕不辍,思索不怠? 一定是有着强大且坚定的内在驱动力的,清人王夫之有言:"志定而学乃益,未闻无志而以学为志者也。"④所以我们需要进一步解析王安石的治学动机。

早期的王安石,同一般年轻人一样,满腹功名志气。"少狂喜文章,颇复好功名"⑤。其长诗《忆昨诗示诸外弟》可以帮助我们更具体地了解王安石少年时期的志向与追求。此诗作于王安石进士及第后签书淮南判官期间的一次回临川省亲之时,确切年份和季节是"庆历三年(1043)的暮春与初夏"⑥。兹列出部分诗句:

> 此时少壮自负恃,意气与日争光辉。
> 乘闲弄笔戏春色,脱略不省旁人讥。
> 坐欲持此博轩冕,肯言孔孟犹寒饥。
> 丙子从亲走京国,浮尘坌并缁人衣。
> 明年亲作建昌吏,四月挽船江上矶。

---

① (宋)王安石:《辞左仆射表二道》之一,《王安石文集》卷五七,第1003页。
② (宋)王安石:《辞左仆射表二道》之二,《王安石文集》卷五七,第1004页。
③ (元)陆友仁:《研北杂志》,中华书局影印本1991年版,第127—128页。
④ (清)王夫之著,舒士彦点校:《元帝》,《读通鉴论》卷十七,中华书局2013年版,第528页。
⑤ (宋)王安石:《少狂喜文章》卷八,第113页。
⑥ 邓广铭:《北宋政治改革家王安石》,生活·读书·新知三联书店2007年版,第3页。

端居感慨忽自痦,青天闪烁无停晖。

男儿少壮不树立,挟此穷老将安归?

吟哦图书谢庆吊,坐室寂寞生伊威。

材疏命贱不自揣,欲与稷契遐相希。①

作者在诗中追忆了青少年时代跟随父亲宦游各地以及自己读书、应试、入仕的心路历程。十六岁以前,由于从小聪颖过人,王安石颇为自负,恃才傲物,"坐欲持此博轩冕,肯言孔孟犹寒饥",只想以诗赋来博取高官厚禄,而不把孔孟放在话下。但处于少年时代的人思想是不稳定和多变的,十六岁的他随父到江宁后,突然醒悟,深感时光易逝,时不我待。男儿少壮时若不树立自己的志向,则穷老终无所归。于是谢绝一切庆吊俗事,一心钻研学问。"材疏命贱不自揣,欲与稷契遐相希",不再自度才疏命贱,而只以圣人稷、契自期,希望能做一个对社会人群有较大贡献的人。于是,王安石在江宁的这一省悟,确立了他一生学问与事业的方向:经世济用。

有些论者认为王安石学问是做得好,却不经世务,事实上王安石恰恰是将经世务当作学术第一要义的。据《长编拾补》(卷四熙宁二年二月):"上曰:'朕知卿久,非适今日也。人皆不能知卿,以为卿但知经术,不可以经世务。'安石对曰:'经术者,所以经世务也,果不足以经世务,则经术何赖焉!'"②在王安石眼里,经术赖于经世务,否则就没有意义。这一点,神宗可以说是真正懂他的:"卿所以为朕用者,非为爵禄,但以怀道术可以泽民"③,他了解,使民被其泽才是王安石努力的根本原因。

所以,王安石也如此要求科考士子之治学。"策进士者,若曰邦家之大计何先,治人之要务何急,政教之利害何大,安边之计策何出,使之以时务之所宜言之,不直以章句声病累其心。策经学者,宜曰礼乐之损益何宜,天地之变化何如,礼器之制度何尚,各傅经义以对,不独以记问传写为能。"④针对当今士子易被章句声病所累,只以记问传写为能的现状,王安石对应考的士子提出,应该掌握的是经学大义,而后关心治人要务、政教利害以及安边政策等国邦大计,立足于社会民生,而不要走章句训诂之路。

① (宋)王安石:《忆昨诗示诸外弟》,《王安石文集》卷十三,第207页。
② (清)黄以周等辑注,顾吉辰点校:《续资治通鉴长编拾补》,中华书局2004年版,第153页。
③ (宋)李焘著,上海师大古籍所、华东师大古籍所点校:《续资治通鉴长编》卷二三三(熙宁五年),中华书局2004年版,第5661页。
④ (宋)王安石《取材》卷六七,第1201页。

相对应的,江宁讲学期间王安石对学生传道授业解惑的内容,也不是学习如何作科场的应试文字,而是学习与修身、治国、平天下相关的实际问题。从他为学生所出的《策问》十一道,即可看出他教学的重点,囊括北宋王朝的财政、吏治、军政等现实问题,体现其在治学与教学方面均坚持的经世致用的宗旨。正如所梁启超所总结的:"荆公之学术,内之在知命厉节,外之在经世致用。凡其所以立身行己与夫施于有政者,皆其学也。"①

以上所论,是对王安石治学动机的考察,这一动机可以说是王安石治学的最终指向。那么,为什么王安石选择"欲与稷契遐相希",即着眼的是家国天下,而不是个人小我的功名利禄?这又根源于更深一层的为学动机:为己之学。

从根本上说,王安石的治学,延续了传统儒家,尤其是孔子的态度。孔子在批判当时学风时说:"古之学者为己,今之学者为人。"②孔子提倡"为己"之学,反对"为人"之学。"为己"追求的是完善自我,充实自我,从而成就理想人格,注重的是个体道德价值的实现;"为人"则是为了获得他人的肯定,追求的是功名利禄。王安石《杨墨》一文,便是专门针对杨子"利天下拔一毛而不为"的"为己"与墨子"摩顶放踵,以利天下"的"为人"之学而进行的探讨:

> 二子之失于仁义而不见天地之全,则同矣,及其所以得罪,则又有可论者也。杨子之所执者为己,为己,学者之本也。墨子之所学者为人,为人,学者之末也。是以学者之事,必先为己,其为己有余,而天下之势可以为人矣,则不可以不为人。故学者之学也,始不在于为人,而卒所以能为人也。今夫始学之时,其道未足以为己,而其志已在于为人也,则亦可谓谬用其心矣。谬用其心者,虽有志于为人,其能乎哉? 由是言之,杨子之道虽不足以为人,固知为己矣;墨子之志虽在于为人,吾知其不能也。呜呼! 杨子知为己之为务,而不能达于大禹之道也,则亦可谓惑矣! 墨子者,废人物亲疏之别,而方以天下为己任,是以所欲以利人者,适所以为天下害患也,岂不过甚哉? 故杨子近于儒,而墨子远于道,其异于圣人则同,而其得罪则宜有间也。③

王安石认为两者之说都有偏颇,但性质不同,杨子只是"不足以为人"

---

① 梁启超:《王安石传》,东方出版社 2009 年版,第 253 页。
② (清)刘宝楠:《论语正义·宪问》,中华书局 1990 年版,第 586 页。
③ (宋)王安石:《杨墨》卷六八,第 1183 页。

"不能达于大禹之道",但他的观点本身是正确的,即"为己"才是"学者之本也",学者治学,应立足于个体道德修养,不能掺杂任何功利成分。等到自我修养达到一定的境界,自然就可以用世利人了。而墨子坚持的"为人"之学,是"学者之末也",颠倒了本末,可谓"谬用其心也",这样就无法达到自己的目标,反而会成为"天下害患"。王安石提供了一条从"为己"到"为人"自然发展的道路,其中,着意突出"为己"的重要性与本源性。他笔下的理想人格追求的也正是"为己"之学:

> 《祭陈浚宣叔文》:"嗟乎宣叔,学以为己,不溺于俗,孤骞介峙。"
> 《悼四明杜醇》:"古风久凋零,好学少为己。"
> 《潭州新学诗(并序)》:"古之读书,凡以为己。躬行孝悌,由义而仕。"
> 《王补之墓志铭》:"安时所难,学以为己。於呼鲜哉,可谓君子。"

不管是陈宣叔,还是"庆历五先生"之一的杜醇,或是王补之,他们所追求的"为己"之学,不会受一己之得或一己之见所制,更不是为了一己私利,而是为了提升个体的精神境界。"为己"治学的最高境界便是成就圣贤人格,从而由内圣到达外王,由此,便可完整理解王安石的治学动机:从为己之学到经世致用。

概言之,外在的勤勉是因为有着内在的强大动机驱使,在其理想人格的指引下,王安石治学选择为济世所用,而这又根源于"为己"的价值导向——因为只有明了为学的本源,才能做到真正经世致用。正是这两者间形成了双向贯通的良好互动,才成就了王安石学问家和政治家地位的高度。

3 治学方式:自得

王安石曾在其《上人书》中明确表达过自己的文学观。他引用了孟子的一段话,"君子深造之以道,欲其自得之也。自得之,则居之安。居之安,则资之深。资之深,则取之左右逢其源"。然后下结论,"孟子之云尔,非直施于文而已,然亦可托以为作文之本意"。① 王安石本意是想将孟子在《离娄下》中提出的深造道的方式——"自得"具体落实到文学创作领域,但也恰恰说明了王安石是非常认同孟子所言的求道方式的。

"自得"是宋代诗学乃至"宋学"中的一个重要概念,有其丰富的内涵,

---

① (宋)王安石:《上人书》卷七七,第1339页。

可以被标示于不同的范畴中,赵岐、二程、朱熹等人都对此有注释①,就治学而言,它最基础的含义即指一种非由他人传授,而依靠自己"默识心通"②,闭门潜修而获得学问的方式。

在论述这一治学方式之前,我们先来了解其对立面,即通过交游、师授等途径获取学问的方式。这一方式不仅在古代十分流行,也深刻影响了现在的学术研究。

中国学者历来重视对渊源、传承的探析,对"王学"的研究也不例外。在对王安石个人读书覆盖面及视野的了解中,后人总会不厌其烦地考察其学术的渊源和传承点,似乎这样才能"以源析流""以源统流",由此也产生了不少成果。如从思想"互证"角度而言,包括孟子说、韩愈说、扬雄说、郑玄说、刘知幾说、董子说、刘歆说等等,还有后来层出不穷的新结论,如潘佑说、匡衡说、苏绰说等等;而从交游角度而言,包括启蒙老师杜子野、张铸和谭昉,"四明五先生"为首的江浙士人群体,瑞新、虚白等佛道人士,在京师生活时来往的欧阳修、刘敞兄弟等人③。

通过思想"互证"和交游考辨这两种手段来梳理王安石的学术渊源,是否能胜任? 此二者诚然能厘清许多问题,但也存在不足。学者杨天保即认为交游考辨式研究有着各种局限性,属于在补撰那个永远都不会圆满的"群体传授说",而思想互证式研究则易陷入空泛无据、论出多端的状态,均无法给予学术渊源考一个满意的答案。④

杨的结论是想说明"人的传承固然重要,但社会才是不动声色的学术大师"⑤,从而提供了一种新的思路,即从宋代这个社会母体中去寻求"王学"生成的知识背景。而笔者更倾向于认同他提到的另一点:应该听取王安石本人的声音。

王安石在《答韩求仁书》中提到自己早年研究《易》学的环境:"当是时,未可以学《易》也,唯无师友之故,不得其序"⑥;在给上司的书启中,王安石

---

① 赵岐:"造,致也,言君子学问之法,欲深致极竟之以知道意,欲使己得其原本,如性自有之,然也。"(《孟子注疏·离娄下》,《十三经注疏》本,中华书局1957年版,第346页)。程子:"学不言而自得者,乃自得也。有安排布置者,皆非自得也"及朱熹:"言君子务于深造而必以其道者,欲有所持循,以俟夫默识心通,自然而得之于己也。"(均见于《孟子集注·离娄下》,朱熹注,王浩整理:《四书集注》,凤凰出版社2008年版,第279页)。

② 朱熹语,见前注。

③ 刘成国:《王安石的学术渊源考论》,《四川大学学报》2003年第5期。

④ 杨天保:《金陵王学研究——王安石早期学术思想的历史考察(1021—1067)》,上海人民出版社2008年版,第83—93页。

⑤ 杨天保:《金陵王学研究——王安石早期学术思想的历史考察(1021—1067)》,第91页。

⑥ (宋)王安石:《答韩求仁书》卷七二,第1254页。

总是以"臣受材单寡"①"某受材单少"②这类词来形容自己的成长环境。所以,没有师友陪伴,"少孤独学"的感慨在其文集中较多可见。王安石笔下所描述的自己的读书过程,也多是闭门造车的场景,如"结屋在墙阴,闭门读诗书"③;"我初闭门,屈首书诗"④;"得其书,闭门而读之,不知忧乐之存乎己也"⑤。这一切都指向了孟子所谓"自得"的治学方式。

王安石对于闭门读书、自学成才的治学方式的认可,不仅仅是因为孟子的影响,更因为他身边有很多亲历亲闻的例子。如旧友刘牧,在初次举进士不中后,"乃多买书,闭户治之。及再举,遂为举首"⑥;广西转运使孙抗,"黔尤僻陋,中州能人贤士之所罕至。君孤童子,徒步宦学,终以就立,为朝廷显用"⑦;王安石之知交好友孙侔,"四岁而孤,七岁能属文。既长,读书多自得之",后来"名闻江、淮","士大夫敬畏之"。⑧ 还有好友常秩也是,"秩平居为学求自得"⑨。这些"少孤独学""徒步宦学"且成功的例子,都为王安石心中理想的治学方式提供了典范和印证,在潜移默化中给了王安石相当的信心,即不一定需要师授或交游,闭门"自得"也能成就学术。

王安石这种"自得"的治学方式,也是与当时的社会、学术背景相关。相对于传统经学的保守和烦琐,宋人更推崇创新。前者自然特重承和传授,所谓疏不破注,谨守家法师法;后者则更需要独立自主的思考,甚至需要刻意摒弃前人成说的干扰。在王安石追求变革、推行新法为一生理想的大背景下,他对"自得"的强调,可以说也是为了他经世济用的理想服务——确立革新的理念和方法,破除社会陈腐的风气,培养革新的人才。

总之,不管是体现在颜回身上的勤勉的治学态度,还是源自于孔子的"为己"的治学动机,又或是受孟子启发"自得"的治学方式,都印证了陆九渊评价王安石的所谓"道术必为孔孟"。"孔孟"作为王安石构建的理想人格的最高典范,在立身处世上对其影响深远。"勤勉"、"为己"和"自得"这三种治学的品德,透露出王安石身上强大的主体意识,也正是这份主体意

① (宋)王安石:《除平章事监修国史谢表》卷五七,第997页。
② (宋)王安石:《谢葛源郎中启》卷八一,第1414页。
③ (宋)王安石:《客至当饮酒二首》其一,卷十一,第169页。
④ (宋)王安石:《祭丁元珍学士文》卷八五,第1485页。
⑤ (宋)王安石:《上张太傅书一》卷七七,第1337页。
⑥ (宋)王安石:《荆湖北路转运判官尚书屯田郎中刘君墓志铭(并序)》卷九七,第1673页。
⑦ (宋)王安石:《广西转运使孙君墓碑》卷八九,第1531页。
⑧ (清)黄宗羲原著,(清)全祖望补修,陈金生、梁运华点校:《宋元学案·荆公新学略·荆公讲友》,中华书局1986年版,第3255页。
⑨ 《宋史·常秩传》卷三二九,第10596页。

识,才不断鞭策和激励王安石一生治学不辍。

第二节 "己然而然"的处世典则

在王安石现存最早的一篇散文里①,他就提出了君子的处世标准:"时然而然,众人也;己然而然,君子也。己然而然,非私己也,圣人之道在焉尔。夫君子有穷苦颠跌,不肯一失诎己以从时者,不以时胜道也。"②这是青年王安石给好友孙侔的临别赠言,详细阐发了君子与众人的区别,希望能与孙侔共勉。文中提出的"己然而然"包含两方面的内涵,首要前提是处世标准要遵循圣人之道,其次在处世方式上强调从内心出发,不顾俗流与毁誉。

1 遵循圣人之道的处世标准

针对当时"先王之俗坏,天下相率而为利,则强者得行天道,弱者不得行道;贵者得行无礼,贱者不得行礼"③的社会现状,王安石始终以孔孟的选择作为心中的典范,指出:"孔子不以弱而离道,孟子不以贱而失礼"④。这便是王安石所要遵循的圣人之道,即坚持自己而不从俗的处事典则。

他在《周公》一文中重申了这个观点:"呜呼,所谓君子者,贵其能不易乎世也。"⑤真正的君子,可贵之处在于不会轻易被世俗所改变。

王安石也以这一标准来衡量、评判他人。钱公辅的母亲去世,在为她所撰的墓志铭中,王安石记载的并非钱母因子而荣这一点,而着意于钱母的美德:"呜呼,不流于时俗而乐尽其行己之道,穷通荣辱之接乎身而不失其常心,今学士大夫之所难,而以女子能之,是尤难也。"⑥再如对柳宗元的评价,柳宗元因王叔文永贞革新而陷于不义,历来被君子士大夫所攻击,但王安石《读柳宗元传》却表达了对以柳宗元为代表的八司马的欣赏,称扬他们虽身处逆境却能"自强以求别于后世"的处世方式,而反观那些所谓"君子士大夫",却很难善终,最后往往做不到"与世俯仰以自别于小人"而被世俗所染,对比之中立现高下。

可知,王安石理想人格中的处世之道,一个重要原则便是不顾流俗,不

---

① 高克勤认为《送孙正之序》是王安石现存散文中作年最早的一篇。《王安石散文精选》,东方出版中心1998年版,第5页。

② (宋)王安石:《送孙正之序》卷八四,第1473页。

③ (宋)王安石:《命解》卷六四,第1118页。

④ (宋)王安石:《命解》卷六四,第1118页。

⑤ (宋)王安石:《周公》卷六四,第1110页。

⑥ (宋)王安石:《永安县太君蒋氏墓志铭》卷九九,第1709页。

恤人言，不随波逐流。这一原则以周公、孔、孟等圣人君子为最高典范，王安石则由此形成了自己的价值判断标准，不仅用以观察、评判他人，同时也影响了他自己一生的立身处世。

2 不顾流俗与毁誉的处世方式

王安石"拗相公"形象的产生，最重要的原因便是其行义不顾流俗与毁誉。无论是当政之前还是力行新法之时，王安石都是坚持自己、特立独行之人，因而饱受人言攻击。在一封感谢手札中，他如是描述自己的处境："自与闻政事以来，遂及期年，未能有所施为。而内外交构，合为沮议，专欲诬民，以惑圣听。"①面对这些流言和毁誉，王安石在《众人》诗中表达了心声：

> 众人纷纷何足竞，是非吾喜非吾病。
> 颂声交作莽岂贤，四国流言旦犹圣。
> 唯圣人能轻重人，不能铢两为千钧。
> 乃知轻重不在彼，要之美恶由吾身。②

诗中自谓，众人的纷纭议论没什么可计较的，并不能使他高兴，也不会令他担忧。王莽篡汉前得到不少人的交口称赞，难道他就是贤人了？周公旦执政时，受到四国散布的流言攻击，被诬说要篡位，可他辅佐成王平定叛乱，澄清了事实，到底还是圣人。因而，只有圣人才能正确地衡量人物，不会颠倒黑白。人的善恶轻重并不取决于外人的毁誉，而取决于自身的言行。

可见，坚持"已然而然"的王安石，对流言并不在意，他认为这些是因为"流俗之人罕能学问，故多不识利害之情，而以君子立法之意有所不思，而好为异论"③，而且"异议者，皆不考事实故也"④。因而，即使处于"天下怨诽"的境遇，王安石的态度一直很明确："然吾自计当如此，岂能顾流俗之纷纷乎？"⑤这里的"自计"，同时也是指以实际行动来止住议论，即"悠悠之议，恐不足恤，在力行之而已"⑥。

再以一起王安石亲历的事件为例来说明这点。

---

① （宋）王安石：《谢手诏慰抚札子》卷四四，第729页。
② （宋）王安石：《众人》卷十，第153页。
③ 《续资治通鉴长编》卷二四六（熙宁六年八月），第6000页。
④ 《宋史·河渠志》卷九一，第2276页。
⑤ （宋）王安石：《与王逢原书七》其三，卷七五，第1305页。
⑥ （宋）王安石：《与孟逸秘校手书十》其四，卷七八，第1361页。

　　嘉祐三年(1058)二月,王安石自知常州移点江南东路刑狱。可是在他不到一年半的任期内①,关于其督罚过严的流言纷起,于是王安石的好友们也写信来问询此事。

　　曾巩《与王介甫第二书》提道:"时时小有案举,而谤议已纷然矣"②,即是针对这些议论。曾巩的态度是,治民当"先之以教化,而待之以久"③,委婉劝谏王安石重教化,轻刑罚,不要奉法过急,操之过切。王回估计也听到了风声,写信来规劝,而在给王回的回信中,王安石解释了自己的原则其实是"不致刑",因为刑轻才能"所治者多",且事实上"治者五人,小者罚金,大者才绌一官",刑罚并不重,只因触犯了地方官的既得利益而招来流议。于是王安石继而感慨道:

　　　　自江东日得毁于流俗之士,顾吾心未尝为之变,则吾之所存固无以媚斯世,而不能合乎流俗也。及吾朋友亦以为言,然后怵然自疑,且有自悔之心。徐自反念,古者一道德以同天下之俗,士之有为于世也,人无异论。今家异道,人殊德,又以爱憎喜怒变事实而传之,则吾友庸讵非得于人之异论变事实之传,而后疑我之言乎?④

　　自从提点江东刑狱以来,王安石尽管备受毁谤,但并未改变心志。他的立身处世,本来就不是为了讨好世人,与世俗之徒相合。不过直到像曾巩、王回这样的好友也受到谣言影响,才引起他的自我审视和反思。在上引文字中他提出,古时候天下道德归一,风俗统一,这是士大夫在社会上大有所为而做到的,人们对此并无异议;而如今家家有不同的道德标准,人人有不同的品行,又习惯用自己的爱憎喜怒来改变事实真相加以传播,这才导致连他最亲近的好友都开始质疑他。所以王安石强调了"一道德"的重要性,认为只要天下道德归一,有为之士所做的事自然就不会被人们议论。从中可以看出,尽管遭到了世人乃至好友的质疑,但王安石仍坚持自己的立场不轻易妥协。同时,这种坚持并不是无谓的偏执,更不是刚愎自用,而是有他自己的道理和理念支撑的。正因为他心中一直有着对"一道德"的坚定向往,同时认为自己"有为于世",所以他才有魄力坚持这般不顾流俗的行事作

---

① 据《续资治通鉴长编》卷一八九(嘉祐四年五月):"诏令直集贤院,安石累辞乃拜"(第4566页)卷七八,第1361页。

② (宋)曾巩:《与王介甫第二书》,《曾巩集》卷十六,第255页。

③ (宋)曾巩:《与王介甫第二书》,《曾巩集》卷十六,第255页。

④ (宋)王安石:《答王深甫书三》其二,卷七二,第1263页。

风。这正是其"已然而然"处世准则的最好注脚。

附带一提,对于王安石提点江东刑狱时的是非功过,王安石的另一位好友王令曾敏锐总结道:"近闻江东在位,往往怨怒,此皆令所亲见。介甫所待遇,未有以失之也,然而人之如此者,以其所为异耳。持公心,不阿党,以游兹事,难矣!恐久而不免人祸也。"①王令客观地指出王安石所为并未有失,引起争议只是因为"其所为异也",他表示非常担心王安石以后会因此而遭人祸,预见了王安石将面临的困境。果然,从熙宁二年二月新法正式拉开序幕,直到熙宁九年十月王安石退知江宁府,这整个变法核心时期,他一直与纷纷之朝论进行斗争,但正如马端临的评价:"介甫之行新法,其意勇于任怨,而不为毁誉所动"②,王安石从来没有放弃自己的原则。只可惜其最后的罢相,却正好印证了王令的担忧。

第三节 "行中道"的价值取向与"狂狷"的行事方式

"中"一词,在中国传统文化中具有极广泛的意义。儒家学说中许多重要思想观念,如"中庸""中道""中正""中和""时中""执中"等等,都和"中"相关。其中"中道"一语,从广义来讲,可以看作是整个儒家学说乃至传统文化的精髓概括,是尧、舜、禹、汤、文、武、周公、孔子、孟子一脉相传的道统;而从狭义讲,它可以指一种基本的价值取向和处事原则。

王安石心目中理想人格的典范,在处事上具有典型的"中道"性格,他的文集中对"中道"也有相当比重的直接讨论,如:"故薄于责人,而非匿其过;不苟于论人,所以求其全,圣人之道,本乎中而已"③;"某愚不识事务之变,而独古人是信。闻古有尧舜也者,其道大中至正,常行之道也"④;"君子不为已甚者,求中焉其可也"⑤;"巩果于从事,少许可,时时出于中道,此则还江南时尝规之矣"⑥;"引年去位,循礼得中。唯其养恬,有以镇薄"⑦;"此三人者(伯夷、伊尹、柳下惠),因时之偏而救之,非天下之中道也,故久必

---

① (宋)王令:《答王介甫书》,《王令集》卷十九,上海古籍出版社1980年版,第326—327页。
② (宋)马端临:《文献通考》(上册),中华书局1986年版,第130页。
③ (宋)王安石:《中述》卷六七,第1174页。
④ (宋)王安石:《上张太博书二》其一,卷七七,第1337页。
⑤ (宋)王安石:《答李参书》卷七五,第1318页。
⑥ (宋)王安石:《答段缝书》卷七五,第1315页。
⑦ (宋)王安石:《贺致政杨侍读启》卷八十,第1398页。

弊"①;"在上不骄,在下不谄,此进退之中道也"②;等等。

从上可以看出,"中道"也是尧、舜、孔子等圣人所遵循和推崇的原则,可以理解为反对过头和不及,把事情做得恰到好处,使事物处于"中"的稳定状态,不偏不倚。如上引《中述》一文,通过孔子的言行作为例证,强调取人之道在于"中",包含两个方面:一是"求于人者薄",二是"辨是与非也无所苟"。因为对人要求薄,所以能看到更多优点,故"取人也厚";因为不随便论是非,所以可以"明圣道"。同时,对于错误不严苛责怪,也不存心隐瞒;不随便议论是非,也不要求事事完美。这才是他想表达的"圣人之道本乎中"的丰富含义。

王安石虽然推崇以"中道"为旨归的价值评判,但在现实生活中,真正能行"中道",把握好既无"过"亦无"不及"这个度的人,少之又少。"中道"只能说是一种理想状态,而更多的人是陷入了折中调和、明哲保身的误区。他们打着求"中道"的幌子,做好好先生,万事都取折中主义。这样圆滑平庸的处世哲学是王安石所不能接受的,所以他在自身的行事方式上,选择了"中道"的另一个层面——"狂狷"。"狂狷"表面上有违中道,其实却能从先圣哲人那里寻得支持。

"狂狷"出自《论语·子路》:"子曰:'不得中行而与之,必也狂狷乎!狂者进取,狷者有所不为也。'"③按照朱熹的解释,孔子若不得中道之人,宁取狂狷。狂者"志极高",缺点在于不够精密;狷者"守有余",缺点在于"知未及"。谨厚之人,虽较狂狷之人少过,却无担当,难以任道。孔子宁取狂狷,不取谨厚,并不是要人终于狂狷,而是要通过对狂者的裁抑,对狷者的激励,使得他们改变或过或不及的毛病,从而得以合乎"中道"④。

在朱熹之前的王安石,也是这么理解孔子对狂狷者的赞许的。出于对秉持圆滑处世之道的人败坏世风的考虑,王安石对有着真性情的狂者与狷者持欣赏态度。如谓东方朔:"平原狂先生,隐翳世上尘。材多不可数,射覆亦绝伦。谈辞最诙怪,发口如有神。以此得亲幸,赐予颇不贫。金玉本光莹,泥沙岂能埋。时时一悟主,惊动汉庭臣。不肯下儿童,敢言诋平津。何知夷与惠,空复忤时人。"⑤诗中描绘了谪仙东方朔超凡绝伦的才华、荒诞诙怪的语词、肆言朝政的肝胆和忤逆时人的勇气,将其整体上狂狷傲世的性格

---

① (宋)王安石:《三圣人》卷六四,第1108页。
② (宋)王安石:《上龚舍人书》集外文三,第1864页。
③ (清)刘宝楠:《论语正义》,中华书局1990年版,第541页。
④ (宋)朱熹:《四书章句集注》,中华书局1983年版,第147页。
⑤ (宋)王安石:《东方朔》卷九,第126页。

刻画得淋漓尽致,言语中隐约透露出作者的几分钦羡之意。

　　而王安石也自称"狂狷",其《谢手诏慰抚札子》谓:"陛下不以臣狂狷,赐之罪戾,而屈至尊之意,反复诲喻。"①青年时期的王安石,一直想办法尽可能久地任职地方州郡,这样可以更深入了解社会民情,因此他多次请辞一般人艳羡的清要馆职。这种行为在一般人眼里已足够狂傲,王安石也深知这一点会为自己招来横议,但他从未放弃。可见,坚持"狂狷"是需要勇气和胆量的,而对上不迎合君主,对下不讨好朝臣和民众,即使天下人不理解,也要"傀然独立天地之间"②,这恰恰契合了"中道"的深层原则和态度。所以说,王安石所追寻的"中道"绝不是没有原则、一味迎合权威和时俗的明哲保身之道,而是以退为进的、发扬真性情和真知的舍身进取之道。

　　综上,世人眼中王安石的狂傲,其实是他践行"中道"的一种方式。王安石行事秉承着"中道"这个理想主义,当遇到现实阻碍时,他不愿意妥协成为明哲保身的好好先生,从先哲孔子那里获得指引,于是外化为"狂狷"的行事作风。这一点,在王安石身后也有与之心折契合之人,如陆九渊。作为南宋最早对王安石人品和思想持同情和客观评价的理学家,陆九渊在其《荆国王文公祠堂记》中,表扬荆公道:"英特迈往,不屑于流俗。声色利达之习,介然无毫毛得以入于其心;洁白之操,寒于冰霜,公之质也。扫俗学之凡陋,振弊端之因循。道术必为孔孟,勋绩必为伊周,公之志也。"对于王安石的"道术必为孔孟,勋绩必为伊周"的理想主义,陆九渊不仅不说他以大言欺人,反而隐约以荆公为孔门中之狂者,而予以特别嘉许,称为卓伟。

第四节　朋友之义的理想设定与实践

1　朋友之义的理想设定

　　王安石的交友,饱受争议,其中尤以他与吕惠卿的交往为甚。还有论者认为王安石变法失败的主要原因在于交友不慎、任用小人③。对此是非,我

① (宋)王安石:《谢手诏慰抚札子》卷四四,第729页。
② (战国)荀子著,(唐)杨倞注:《荀子·性恶》,上海古籍出版社2010年版,第285页。
③ 当时人就有这种看法。如司马光:"安石诚贤,但性不晓事而愎,此其短也。又不当信任吕惠卿,惠卿真奸邪,而为安石谋主,安石为之力行,故天下并指安石为奸邪也"(《涑水记闻》,中华书局1989年版,第352页);陈襄:"天下之人皆知误陛下者王安石也,误王安石者吕惠卿也"(《续资治通鉴长编》卷二一〇,熙宁三年四月,第5110页);郑侠上书反对新法时也说:"安石本为惠卿所误"(朱熹:《三朝名臣言行录》卷六,《儒藏·史部》第四十八册,四川大学出版社2008年版,第588页)。

们暂不作评判,先来看王安石本人对朋友之义的理想设定。

首先,王安石认为朋友必须是与他"同好恶"①的君子,两人有着趋同的世界观和价值观,才是成为朋友的前提。在《答杨忱书》一书中,针对杨忱想与自己交友的请求,王安石做出了真诚的答复,他提出了君子相交的标准:"闻君子者,仁义塞其中,泽于面,浃于背,谋于四体而出于言,唯志仁义者察而识之耳。"②不管是内在道德修养还是外在的立身处世,都要符合仁义,这是君子之间能相交的标尺。比照杨忱本人的特点,如"自许不妄交"③;"治《春秋》,不守先儒传注,资他经以佐其说"④;"然恃其能,奋其气,不治防畛以取通于世,故终于无所就以穷"⑤;"数上书言事,其言有众人所不敢言者"⑥等。可见此人不管是交友、治学、处世还是为官,都与王安石"同好恶",性格相契。所以后来王安石还写有《进说》一文给杨忱,与之交流士人如何对待仕进的问题,说明王安石已经认可杨忱这位朋友。

其次,王安石主张朋友之间有错就要直言规劝。在《与孙莘老书》中,王安石以上司的口吻,与孙觉探讨朋友相处之道:"今世人相识,未见有切磋琢磨如古之朋友者……在足下聪明,想宜知鄙心,要当往复穷究道理耳。古之人,未有不须友以成者。盖无朋友,则不闻其过,最患之大者。"⑦王安石重视友谊,表示朋友之间要相互切磋磨砺,在反复辩论中探明事理;同时,朋友间要相互规劝,最忌有过错而不规劝的情况。他对王深甫也是这般要求:"使吾自为如此,而可以无罪,固大善,即足下尚有以告我,使释然知其所以为罪,虽吾往者已不及,尚可以为来者之戒。"这是很有诚意地希望对方直言自己的过失。

最后,也是最重要的一点,王安石认为朋友之间要相知,且能助己行道。王令可以说是王安石一生中最心意相通的朋友。两人相识之初,一个是基层官吏,一个是布衣诗人,因感慕对方品行才华而引为同道,进而愈加相知相惜,结成高山流水之谊。在与崔伯易的书信中,王安石这样说道:"窃以谓可畏惮而有望其助我者,莫如此君。"⑧这就说明,他与王令的感情,是包裹在以世道为己任,冀望得友以助己行道的理想中的。因为王令不仅才华

---

① (宋)王安石:《与孟逸秘校手书九》其五,《王安石文集》卷七八,第1361页。
② (宋)王安石:《答杨忱书》卷七七,第1350页。
③ (宋)王安石:《答杨忱书》卷七七,第1350页。
④ (宋)王安石:《大理寺丞杨君墓志铭》卷九三,第1616页。
⑤ (宋)王安石:《大理寺丞杨君墓志铭》卷九三,第1616页。
⑥ (宋)王安石:《大理寺丞杨君墓志铭》卷九三,第1616页。
⑦ (宋)王安石:《与孙莘老书》卷七六,第1328页。
⑧ (宋)王安石:《与崔伯易书》卷七四,第1298页。

横溢,品行高洁,而且常常能在政事上给予王安石建议,眼光敏锐且独到,前举王安石在提点江东刑狱任上督罚过严一事,便充分证明了这一点。他是能真正理解王安石的。

王令二十八岁时因病卒于常州,英年早逝,令人扼腕。对于王安石来说,这是一个巨大的打击,他感慨道:"人之爱逢原者多矣,亦岂如吾两人者知之之尽乎? 可痛,可痛!"①不轻易在文章中显露感情的王安石,连用两个"可痛"来表示失去挚友的伤痛。而此后的变法经历让他更感怀这段友谊的可贵。变法从一开始便遭遇重重阻力,天下反对之声滔滔,到了后期又经历与同盟的分道扬镳,境况愈发惨淡,直至最终失败。这期间,王安石逐渐成为孤家寡人,他太渴求志同道合之人。所以,相知相契,是他对于交友的至高要求,王令即是典范。

2 实践:以与吕惠卿、司马光的交往为例

王安石向往纯粹的友谊,同时,他对"友"的界定标准比较高,所以在宋代士人中,王安石不算一个交游广阔之人。基于这点认识,我们先以他与吕惠卿的交往为例,反思人们对其交友的诟病。

首先,王吕二人的结交之初是建立在志同道合、相互钦佩的基础上的。王安石曾向神宗进言:"惠卿之贤,岂特今人,虽前世儒者未易比也。学先王之道而能用者,独惠卿而已。"②吕惠卿也十分敬慕王安石:"惠卿读儒书,只知仲尼之可尊。读外典,只知佛之可贵。今之世,只知介甫之可师。"③随后,吕成为王安石最得力的助手,作为变法的元勋和中坚力量,积极推动变法的开展。在熙宁七年王安石辞相位后,吕独力捍卫新法举措,肩负变法重任,对变法贡献巨大。但随着熙宁八年王安石的复相,两人开始产生分歧,且愈演愈烈,最终关系破裂,以王安石心灰意冷罢相为终点,结束两人之争。

对于两人关系,历来都侧重于对其人品的讨论,治王者将两人交恶的责任怪在吕惠卿身上,治吕者则全力为其开脱④。笔者认为,在复杂的历史背景中,我们不应该拘泥于"君子、小人"的二分道德评判模式,应该深入探析当事人的真实心声。

---

① (宋)王安石:《与崔伯易书》卷七四,第 1298 页。
② 《宋史·吕惠卿传》卷四七一,第 13706 页。
③ (宋)高晦叟:《珍席放谈》,丁传靖辑:《宋人轶事汇编》卷一一《吕惠卿》,商务印书馆 1958 年版,第 502 页。
④ 汪征鲁主编的《吕惠卿研究》(福建人民出版社 2002 年版)一书中收录的十余篇论文,基本都以为吕惠卿翻案为主题。

元丰三年(1080),在两人交恶之后的第六个年头,吕惠卿主动致书王安石,坦然面对两人的关系变化,同时表达自己的悔意,恳切希望恩师能"憎爱融于不有"①。此时退居江宁的王安石十分感慨,在回信《答吕吉甫书》中,对这段公案做了总结:

> 某启:与公同心,以至异意,皆缘国论,岂有它哉? 同朝纷纷,公独助我,则我何憾于公? 人或言公,吾无与焉,则公何尤于我? 趣时便事,吾不知其说焉,考实论情,公宜昭其如此。开喻重悉,览之怅然。昔之在我者,诚无细故之可疑;则今之在公者,尚何旧恶之足念? 然公以壮烈,方进为于圣世,而某苶然衰疾,特待尽于山林。趣舍异路,则相呴以湿,不如相忘之愈也。②

王安石之信温厚平和,回忆曾经相互信任的情景,也十分感激当初吕惠卿对自己的支持,表示对于过往种种,皆缘国事,并无私怨。当然,也坦荡地表明自己的态度,既然已无法再回到当初亲密无间的关系,不如从此相忘于江湖吧。

客观来看,两人起初的结交不是为了势与利,而是基于共同的变革理想,而两人后来的矛盾,亦只涉及政务具体措施的实施、官吏的任免及经义阐释的分歧等方面,这些都源于他们各自不同的社会经历和学识水平,所以他们的纷争不属于党争倾轧,而正如王安石所说"皆缘国论"③。而且,不管经历多大的背叛或者攻讦,王安石终究选择原谅与忘怀,捐弃前嫌,也可见其交友之慎重与待友之宽厚。

因而,即使以最受争议的吕惠卿为例,我们也无法对王安石的交友实践作过多的批评。

我们有必要再来讨论下王安石与司马光的交往。作为"嘉祐四友"④中的重要成员,两人性情相似,均为不好声色、恬淡名利之人。王安石"性不好华腴,自奉至俭,或衣垢不澣,面垢不洗"⑤;司马光"性不喜华靡,闻喜宴

---

① (宋)吕惠卿:《与王荆公启》,《全宋文》卷一七二一(第79册),上海辞书出版社2006年版,第129页。
② (宋)王安石:《答吕吉甫书》卷七三,第1273页。
③ (宋)王安石:《答吕吉甫书》卷七三,第1273页。
④ (宋)徐度《却扫编》载:"王荆公、司马温公、吕申公、黄门韩公维,仁宗朝同在从班,特相友善,暇日多会于僧坊,往往谈燕终日,他人罕得而预,时目为嘉祐四友。"(《却扫编》卷中,中华书局1985年版,第108页)
⑤ 《宋史·王安石传》卷三二七,第10550页。

独不戴花"①,"于物澹然无所好"②。他们在宋仁宗时期开始登上政治舞台,同为群牧判官,同修起居注,之后同为翰林学士。此期两人确实关系良好,游从聚合,往来甚密。司马光颇受王安石敬重,王安石自江宁府调任翰林学士,需进京安家时,对儿子王雱表示希望能与司马光"卜邻","以其修身齐家,事事可为子弟法也"③;司马光对王安石的道义文章也十分推许,他曾请王安石为其堂叔司马沂作墓志铭,在行状中他写道:"以请于今之德行文辞为人信者,以表其墓,庶几传于不朽"④,王安石也欣然答应,作有《宋赠尚书都官郎中司马君墓表》一文⑤。两人在文学上也多有交流,如司马光曾参与唱和王安石的《明妃曲》组诗。

这种良好的互动,随着王安石推行熙宁变法而出现裂痕。熙宁三年,司马光连写三封长信《与介甫》,全面批判新法,王安石则针对信中罗列的罪名予以简洁有力的回应(《答司马谏议书》);司马光又上《奏弹王安石表》,声称"臣之与安石,犹冰炭之不可共器,寒暑之不可同时"⑥,从此两人矛盾不可调和。王安石主政期间司马光远离汴京,而司马光重返政治舞台之际也是王安石罢相退居江宁之时。曾经相交之友,终因政治立场的不同而分道扬镳。

从结果来看,两人的决裂让后人对王安石的交友心生嫌隙,认为他过于刚愎执拗,为了推行新法而排除异己。而事实上,这期间,一方面确实是王安石强硬的政治作风逼走了司马光,使其远离政坛不问时事十余年,可另一方面,在王安石退相后,司马光的作风其实同样强硬,一夕之间几乎推翻全部新法,新党成员多遭贬黜,王安石《字说》也被禁止流传等等。而以上诸种,皆源于两人不同的学术思想和政治立场,并不是意气之争,也不曾上升到人身攻击。这一点,从王安石去世后司马光对其的评价可看出,他在与吕公著的信中说"介甫文章节义过人处甚多"⑦,认为王安石是因为"性不晓

① 《宋史·司马光传》卷三三六,第 10757 页。
② 《宋史·司马光传》卷三三六,第 10769 页。
③ (宋)陆游:《跋居家杂仪》,《陆游集·渭南文集》卷二十八,中华书局 1976 年版,第 2258 页。
④ (宋)司马光:《故处士赠都官郎中司马君行状》,《司马文正公传家集》卷七九,上海商务印书馆 1937 年版,第 981 页。
⑤ 此文今存于明万历刊本的《速水司马氏源流集略》之卷三,而不见于临川本的《临川先生文集》及龙舒本的《王文公文集》这两个系统中,但据邹国义《王安石〈宋赠尚书都官郎中司马君墓表〉一文——兼论温公、荆公之关系》一文考证,此墓表确为王安石所作无疑(《华东师范大学学报》2001 年第 1 期)。
⑥ (宋)司马光:《奏弹王安石表》,《司马温公文集》卷一,丛书集成初编本,上海商务印书馆 1936 年版,第 20 页。
⑦ (宋)司马光:《与吕晦叔第二简》,《司马文正公传家集》卷六三,上海商务印书馆 1937 年版,第 774 页。

事"才造成"忠直疏远,谗佞辐辏"①的局面,是性格所致而非人品有问题。

应当说,性情的契合与相互理解,既是两人结交的起点,也是后来行事风格相似的根源。相交源自惺惺相惜,对立源自所选道路的不同,纵观整个过程,虽然令人唏嘘,却也是坦荡可以言说的。两人从相交到对峙,均未曾违背朋友之义。

总的来说,一方面,王安石虽然渴求知己,却绝不放低标准,交友极为慎重。另一方面,一旦认定为朋友,则心怀坦荡,以诚相交,同时在相处的过程中,秉持轻势利重道义的"淡交"原则,他称颂李审言之交友"交不就利,高明所忌。……厥交淡如,唯正无私"②,这也是他自身的写照。而即使遭遇了人生的大起大落,仍能保持宽宏的胸怀面对过往,看淡恩怨,可以说王安石一生的交友,都很好地贯彻了他对于朋友之义的理想设定。

小　　结

本章从"理想人格"的角度来考察王安石的立身处世,这是缘于王安石在其所作的一系列史论文中,对于彪炳千秋的人物多发独特评判。尽管他很欣赏这些人物的成就,但往往更关注其显赫功名背后的人格意识和表现,而且他所作的评判也并不受功业高低的影响。比如对于张仪、苏秦③这种不以道义而纯靠谋略诡计行事的谋士,王安石很不以为然,而对被视为乱世隐士典范的伯夷④,他又将其理解为不甘隐逸的圣人,认为他本意是要辅佐仁君成就伟业的。可见,王安石看重的是人物立身处世背后的独立人格。

后人常说王安石好立新论,爱作翻案文章,其实这也正是他长期对于独立人格思考的结果。不管是王安石本身,还是他笔下的人物,都带有浓厚的人格独立意识。他在治学上的"为己"与"自得"、处事上的不顾流俗与狂狷,以及与朋友相处时的慎重、真挚,无不体现他对独立、不依傍他人的人格的追求。

对于王安石所追求的理想人格的核心,陆九渊概括为"道术必为孔孟,勋绩必为伊周"。从治学到为政,王安石确然以此为指引,激励及约束自己的立身处世,这也是他强大意志力的精神源泉。而作为政治家、改革家,他

①　(宋)司马光:《与吕晦叔第二简》,《司马文正公传家集》卷六三,上海商务印书馆 1937 年版,第 774 页。
②　(宋)王安石:《祭李审言文》卷八六,第 1491 页。
③　(宋)王安石:《苏秦》卷三二,第 535 页。
④　(宋)王安石:《伯夷》卷六三,第 1103 页。

当然首先是一位积极的入世者,但这也并不妨碍他超越现实的利禄功名而追求个体精神的独立。明儒邹元标曾评价王安石为"儒而无欲者""儒而有为者"①,"无欲"即指不受现实羁绊,而显人格之独立;"有为"则指有所树立,焕发出强烈的主体精神。两者结合,正是王安石独特的人格魅力之所在。

① (明)邹元标:《崇儒书院记》,见(清)蔡上翔:《王荆公年谱考略》卷首之二《王安石年谱三种》,中华书局 1994 年版,第 213 页。

第二章 王安石与荀子关系探源：
否定中的承继

前人论王安石文风的渊源，多上溯至孟、荀、扬、韩。如清刘熙载《艺概》称"王介甫文取法孟、韩"，又称"介甫文兼似荀、扬。荀，好为其矫；扬，好为其难"。① 笔者发现，对于孟子和扬雄的其人其文，王安石评价甚高，但对荀子和韩愈的思想却颇不认同。可是客观上，王安石的古文创作又不可避免地吸取了荀子、韩愈古文的养分。本章将从思想和表达两个层面来考察王安石与荀子之间的关系。

第一节 王安石儒学思想的建构

要了解王安石对荀子思想的评价，首先需要了解王安石儒学思想的建构这个大背景。从唐代的韩愈、李翱开始，儒家学者们便致力于振兴儒学，希望儒家学派的地位重新居于佛道两家之上。到了北宋，学者们继续在这条道路上努力，且有了新的倾向，形成了"宋学"。邓广铭总结说："或明或暗地吸收和汲引释道两家的心性义理之学于儒家学说之中，使儒家学说中原有一些抽象的道理更得到充实和提高，不但摆脱了从汉到唐正统儒生的章句训诂之学的束缚，也大不同于魏晋期内的玄学的空疏放荡，这就是我们称之为宋学的结构。"②其中，王安石的贡献最大，被邓氏称为"北宋儒家学者中高踞首位的人物"③。

王安石建构的儒学思想内容很多，仅从他的著述来概括，就包括对历代儒学人物的评价、对儒学性命之理的理解、对儒学内圣外王之道的阐发、对儒者出处进退之道的思考以及对儒学治国之道的发展等。笔者无意将每部

---

① （清）刘熙载：《艺概·文概》，上海古籍出版社1978年版，第32页。
② 邓广铭：《王安石在北宋儒家学派中的地位——附说理学家的开山祖问题》，《北京大学学报》（哲学社会科学版）1991年第2期。
③ 邓广铭：《王安石在北宋儒家学派中的地位——附说理学家的开山祖问题》，《北京大学学报》（哲学社会科学版）1991年第2期。作者总结王安石的贡献为："援诸子百家学说中的合乎'义理'的部分以入儒，特别是援佛老两家学说中的合乎'义理'的部分以入儒，这就使得儒家学说中的义理大为丰富和充实，从而也就把儒家的地位提高到佛道两家之上。"

分内容都铺开陈述①，只选择其中对早期儒学代表人物孔、孟的评价来做一简要概述，以对比其对荀子的态度。

王安石对孔子是极为推崇的。他在《孔子》一诗中称赞孔子道德学问高不可攀："圣人道大能亦博，学者所得皆秋毫。虽传古未有孔子，蟪蛄何足知天高。桓魋武叔不量力，欲挠一草摇蟠桃。颜回已自不可测，至死钻仰忘身劳。"②在《夫子贤于尧舜》一文中，认为孔子生当诸圣人之后，而能集历代圣人之大成，在道德上超越了尧舜等古代圣王。③

对于孟子，王安石同样推崇，并视之为人生偶像。在《扬雄三首·其一》中，他写道："孔孟如日月，委蛇在苍旻。光明所照耀，万物成冬春。"④把孟子和孔子并提，誉之为日月。在《答龚深父书》中，王安石说"孟轲，圣人也"⑤，在《答王深甫书三》之一中也说"夫孟子可谓大人矣"⑥。孟子是在被韩愈尊为"醇儒"后地位才有所上升的，但有唐一代始终识者寥寥。到了北宋，王安石大尊孟子，并在他主持的熙宁科举改革中，将《孟子》新添为考试科目，这对孟子能够被推为儒学正统起了极大作用。

同是战国时代的大儒，荀子在王安石笔下得到的却是基本否定的评价，如王安石曾说："荀卿之言，其不察理已甚矣。"⑦荀子与王安石都是尊崇礼学的儒家学者⑧，礼在荀子哲学中居核心地位⑨，荀子是先秦儒家礼学的集大成者；王安石同样将礼的地位看得很高，认为"礼者，天下之中经……盖人之道莫大于此"⑩，将礼看作人类脱离野蛮和虚伪的标志。同时，王安石重新注解了《周礼》，并将之作为政治实践的理论依据。熙丰变法中的许多具体措施，如免役法、市役法和保甲法等，大多源自《周礼》。在这样的前提下，作为同样重视礼学的哲学家，王安石对荀子的否定就值得探究了。

---

① 李祥俊《王安石学术思想研究》第二章《王安石的儒学思想》有论及，参见李祥俊：《王安石学术思想研究》，北京师范大学出版社 2000 年版。

② （宋）王安石：《孔子》卷九，第 123 页。

③ （宋）王安石：《夫子贤于尧舜》卷六七，第 1163 页。

④ （宋）王安石：《扬雄》，《王安石文集》集外文一，第 1735 页。

⑤ （宋）王安石：《答龚深父书》卷七二，第 1255 页。

⑥ （宋）王安石：《答王深甫书三》之一，卷七二，第 1261 页。

⑦ （宋）王安石：《荀卿》卷六八，第 1181 页。

⑧ 荀子是先秦诸子中最重视礼学的一位，前辈学者已多有论断，如李石岑言："孔子主成仁，孟子主取义，荀子则主崇礼"（李石岑：《中国哲学十讲》，世界书局 1935 年版，第 69 页）；王钧林："礼学不仅成了荀学的重要特征和标志，而且也构成了荀学的核心。"（王钧林：《中国儒学史·先秦卷》，广东教育出版社 1998 年版，第 223—224 页）

⑨ 陆建华《荀子礼学研究》（安徽大学出版社 2004 年版）一书详细论证了礼在荀子哲学中的核心地位。

⑩ （宋）王安石：《礼乐论》卷六六，第 1150 页。

第二节　王安石对荀子思想的批驳

王安石对荀子思想不甚认同，主要体现在以下三个方面。

1　对荀子"性恶论"的批判

中国古代各派哲学家的人生哲学，往往都基于各自不同的人性论。王安石也很重视这个问题，曾说："余闻之也，先王所谓道德者，性命之理而已。"①在他之前，已有孟子主张"性本善"，荀子言"性本恶"，扬雄有性"善恶混"，韩愈则有性情三品说。在批判地吸收前人观点的基础上，王安石撰有《原性》一文表达自己的人性论。

其中对于荀子的性恶论，王安石指出："荀子曰：'其为善者伪也。'就所谓性者如其说，必也恻隐之心人皆无之，然后可以言善者伪也，为人果皆无之乎？"②由于荀子认为人性中本没有善，善都是后天人为的，王安石就此反驳，那么人应该都没有恻隐之心，看上去善的人，其实都是伪装的。荀子为了证明自己的观点，在其《性恶》篇中是以陶人化土为埴来做比喻的，认为不能据此认定埴就是土的本性。王安石继续反驳："夫陶人不以木为埴者，惟土有埴之性焉，乌在其为伪也？"既然陶人可以化土为埴，这就说明土有这个特性，这并非后天养成的，否则，陶人为何不化木为埴，而只化土为埴呢？由此，王安石认为荀子所言之性，为所谓"情也、习也"，"非性也"，③性本身并无善恶可言，有了情以后，才有善恶。可见，王安石所持人性论的观点是：性无善恶，而情有善恶。故而他极不认同荀子之性恶论。

2　对荀子礼学的批判

前文已提到王安石和荀子都强调礼。就礼的发展轨迹而言，孔子重仁，于是礼以成之。但孔子言礼，仅提纲挈领，未有阐发，孟子也是如此。直到荀子广衍其义，并对礼的起源论述尤为精要，礼学基本理论框架至此完备。王安石却对荀子的礼学持批判态度，见《礼论》一文。

　　呜呼，荀卿之不知礼也！……礼始于天而成于人，知天而不知人则野，知人而不知天则伪。圣人恶其野而疾其伪，以是礼兴焉。今荀卿以

---

① （宋）王安石：《虔州学记》卷八二，第1427页。
② （宋）王安石：《原性》卷六八，第1188页。
③ （宋）王安石：《原性》卷六八，第1188页。

谓圣人之化性为起伪,则是不知天之过也。①

礼是本于或顺着人的天命之性而加以人为的,而荀子由于秉持"天人相分"的观点,完全从人为着眼,显然是不知礼。王安石认为,荀子把礼乐看成完全外在于人的"法度节奏",以这样的"法度节奏"去教育人、培育人,即荀子所谓的"化性",是人为的"伪",这是不懂真正之礼的体现。"礼始于天而成于人,知天而不知人则野,知人而不知天则伪",礼是贯通天人的,荀子主张的"化性起伪"就是"知人而不知天",这里的天人可以理解为内外,所以礼也是贯通内外的。按照王安石的意思,礼既有内在的即根于人性的一面,同时也有外在的即规则法度的一面,所以仅强调礼的"根于心"或"法度节奏",是片面的。

文中又从正反两方面举例来说明,外在的规范都是顺着人性的,同时如果本性中没有可能,外在的礼乐教化也没有什么作用。在王安石眼中,礼与人性是统一的。荀子过分强调礼的外在规范的部分,忽视了人性的部分,因而受到王安石的批驳。

3　对荀子的整体否定：非"大儒"

《临川先生文集》中,有不少篇章都涉及荀子,其中还有三篇是王安石专门针对荀子笔下的孔、孟、周公形象所作的驳论。

《荀卿》一文,是针对《荀子·子道》所记载的孔子与弟子们的一段对话而进行的批判:"荀卿载孔子之言曰:'由,智者若何? 仁者若何?'子路曰:'智者使人知己,仁者使人爱己。'子曰:'可谓士矣。'子曰:'赐,智者若何? 仁者若何?'子贡曰:'智者知人,仁者爱人。'子曰:'可谓士君子矣。'曰:'回,智者若何? 仁者若何?'颜渊曰:'智者知己,仁者爱己。'子曰:'可谓明君子矣。'"②

这段话里,荀子笔下的设定是"士"对应"使人知己"和"使人爱己","士君子"对应"知人"和"爱人","明君子"对应"知己"和"爱己",层级递增,所以士君子贤于士,明君子贤于士君子。但王安石表示:"是诚孔子之言欤? 吾知其非也。"③其一,虽然孔子在《论语》中有不少关于知者与仁者的论述,比如"仁者安仁,知者利仁"④"知者乐水,仁者乐山。知者动,仁者

---

① （宋）王安石:《礼论》卷六六,第1148页。
② （宋）王安石:《荀卿》卷六八,第1181页。
③ （宋）王安石:《荀卿》卷六八,第1181页。
④ 杨伯峻译注:《论语译注·里仁》,中华书局1980年版,第35页。

静。知者乐,仁者寿"①"知者不惑,仁者不忧"②等。但他并没有根据弟子对知与仁的理解程度而将他们分为士、士君子、明君子三个等级。其二,王安石认为,即使真的有从"使人知己"到"知人"到"知己"这三个等级,孔子也不可能视"知己"和"爱己"为最高境界。相反,孔子是视"知己"为"智之端"、"爱己"为"仁之端"的,两者处于最基本的层次。所以,正确的层级顺序应该是先"知己",然后才能"知人",先"爱己",然后才能"爱人",而荀子却把顺序颠倒了。基于此,王安石下结论:"今荀卿之言,一切反之,吾是以知其非孔子之言而为荀卿之妄矣。"③

另一篇《荀卿》,则针对荀子"尊尧、舜、周、孔而非孟子"这一点展开批驳。王安石采取欲抑先扬的方式,认为虽然"荀卿之书,修仁义忠信之道,具礼乐刑政之纪,上祖尧、舜,下法周、孔",有很多优点,但他却把孟子与杨朱、墨翟归为一类,并予以否定,使得王安石不禁感叹其何以"愚于此"。④在王安石看来,孟子与尧、舜、周、孔之道是一脉相承的,荀子否定孟子,就等于否定了"礼乐"之道,其对荀子的责难不可谓不严重。

《周公》一文,针对荀子所载周公之言论,王安石同样认为:"甚哉,荀卿之好妄也!"《荀子·尧问》记载了周公的待士之道:"吾所执贽而见者十人,还贽而相见者三十人,貌执之士者百有余人,欲言而请毕事者千有余人。"⑤荀子想要表达的是,上位者需抛开高高在上的姿态,要或者"执贽"(带礼物),或者"貌执"(以礼相待),才能广纳良才。王安石对此颇不认同。他认为荀子这是贬低了周公的能力,是"以乱世之事量圣人"。因为只有在战国乱世,才需要像春申君、孟尝君那样养士。相反,在三代圣世,"各有其业,讲道习艺,患日之不足,岂暇于游公卿之门哉?"所以,周公完全不需要如此恭谨又辛劳地去选贤纳士,而只需通过"立善法"来保证社会良好运行,自然就能"天下治"。王安石这是试图将荀子笔下重视求贤、礼貌待士的周公形象,转变为重视立法的周公形象,这自然是与他的变法精神相通的。由于周公在历代儒者心目中是典型的大儒,荀子却如此解读周公,王安石在文末下断语:"后世之士,尊荀卿以为大儒而继孟子者,吾不信矣。"⑥

综上可以看出,王安石对荀子的质疑,包括人性论、礼论及对先圣的形

①　杨伯峻译注:《论语译注·雍也》,中华书局 1980 年版,第 62 页。
②　杨伯峻译注:《论语译注·子罕》,中华书局 1980 年版,第 95 页。
③　(宋)王安石:《荀卿》卷六八,第 1182 页。
④　(宋)王安石:《荀卿上》,《王安石文集》集外文二,第 1817 页。
⑤　(唐)杨倞注:《荀子·尧问》,第 362 页。
⑥　(宋)王安石:《周公》卷六四,第 1110 页。

象塑造等各方面。王安石不仅不认同荀子的思想，甚至不同意将他视为继孟子之后的"大儒"。王安石抑荀的思想在宋代影响很大。之后程颐、朱熹等人都成为了批荀的代表人物。可以说，自此之后，荀子渐渐从儒学道统中被排除了出去。

第三节　原因分析：王安石的政治哲学与荀子相抵触

王安石的学说，都以现实政治为旨归。王安石之所以处处针对荀子，对其思想进行批驳，是因为他在选择儒家先圣作为自己政治哲学的依据时，继承了孟子一路而摒弃了荀子一路。

孔子之后，儒家的内圣外王之道由孟子和荀子分别继承。孟子代表内圣一路，从曾子到子思，再到孟子，发展心性之学。前文已叙，孟子在汉唐地位不高，但在宋代尤其是南宋后，地位上升，一方面成为理学构建道统的基石，另一方面《孟子》其书从子部入经部。荀子则代表儒家外王一路，发展孔子的政治学，从子夏到荀子，再从荀子发展成韩非的法家，到了汉代很受推崇，但在宋代却屡遭诟病，尤以二程和朱熹等理学家为代表。究其原因，南宋晁公武在《郡斋读书志》中如是解释："其书以性为恶，以礼为伪，非谏诤，傲灾祥，尚强伯之道。论学术，则以子思、孟轲为'饰邪说，文奸言'，与墨翟、惠施同诋焉。论人物，则以平原、信陵为辅拂，与伊尹、比干同称焉。其指往往不能醇粹，故后儒多疵之云。"[1]可见，荀子其实基本上是被宋学否定了。

当然，宋人中还是不乏传袭荀子思想的学者，比如李觏，其礼学、王霸论等思想都本于荀子。[2] 所以，仍需具体考察个体差异。在宋代抑荀的大环境中，我们需要找到荀子与王安石的政治哲学相抵牾的根源。

笔者认为，这个结点，在于两者对王霸论的不同看法。王霸之论，围绕圣贤治国与英雄治国、理想政治与现实政治的不同选择而立论，其间，又涉及义利、德业、人性等一系列问题，因此，可以充分代表一位学者的政治思想。荀子有《王霸》篇，王安石有《王霸》一文，分别阐释了二人的观点。

荀子主张王霸兼用，"隆礼尊贤而王，重法爱民而霸"[3]。一方面，他继

---

[1] （宋）晁公武撰，孙猛校证：《郡斋读书志校证》，上海古籍出版社2011版，第422页。

[2] 王明荪：《王安石的王霸论》，《宋辽金史论文稿》，明文书局股份有限公司1981年版，第165页。

[3] （唐）杨倞注：《荀子·大略》，第191页。

承了孔、孟的"仁"政思想,将圣王行王道,即"义立而王"①作为最高理想;
另一方面,面对诸侯征战的混乱局面,他提出了"信立而霸"②的现实政治哲
学。因为"不战而胜""不攻而得""不劳而天下服"③的王者之道太难实现,
而霸者,"刑赏已诺,信乎天下矣"④,虽然不具备最高仁义,但对内取信于百
姓,对外取信于诸侯盟友,从而能威动天下。可以说,荀子主张礼法并施,结
合儒家仁义和法家刑罚并治天下。但由于霸者的治国之道更加容易实现,
也更具有现实主义色彩,荀子实质上更认可后者,也就是上文晁公武所提到
的"尚强伯之道"。当然,荀子认可霸道,是建立在他认为"王霸"之间可以
相互转化的认识上,他认为"义"加于"霸道",即可成为"王道"。⑤

　　在最高的政治理想上,王安石与荀子是一致的,同尊"王道"。但在方
法上,王安石延续孟子的"内圣"之路,重仁义,更强调道德动机;而荀子则
处处强调礼法。同时,不同于荀子通过"义"与"信"区分"王道"与"霸道",
王安石认为"仁义礼信",是"王、霸之所同也"。他们的区别,在于"心异"。
王安石是这么解释的:"王者之道,其心非有求于天下也……以仁、义、礼、
信修其身而移之政,则天下莫不化之也。……霸者之道则不然。其心未尝
仁也,而患天下恶其不仁,于是示之以仁;其心未尝义也,而患天下恶其不
义,于是示之以义。其于礼、信,亦若是而已矣。是故霸者之心为利,而假王
者之道以示其所欲……故王者之道,虽不求,利之所归。霸者之道,必主于
利,然不假王者之事以接天下,则天下孰与之哉?"⑥

　　很显然,王安石并不认同霸道。在主观上,他一直强调的是重视自我,
以正己而正人这样的德治思路。相比之下,荀子对理想王道无法实现的冷
静正视,以及采取的偏于现实、趋于就势的兼综礼法的手段,在王安石看来
就是流于功利了。

　　因为过于强调礼的教化作用,荀子思想具有鲜明的"外王"特征。在积
极进取、崇尚事功的汉唐社会,这种特征无疑会受到追捧,成为其指导思想。
而在重修身、讲"正心"的宋儒看来,尤其是对于极其强调道德自律,终生致
力于"一道德以同天下之俗"⑦的王安石来说,荀子之思想,未免离经叛道。

　　因此,可以总结的是,王安石所追求的德业(通过变法来体现),不同于

---

① (唐)杨倞注:《荀子·王霸》,第122页。
② (唐)杨倞注:《荀子·王霸》,第122页。
③ (唐)杨倞注:《荀子·王制》,第90页。
④ (唐)杨倞注:《荀子·王霸》,第123页。
⑤ 参见阎步克:《士大夫政治演生史稿》,北京大学出版社1996年版,第193页。
⑥ (宋)王安石:《王霸》卷六七,第1169页。
⑦ (宋)王安石:《答王深甫书三》其二,卷七二,第1263页。

齐桓、管仲的一匡天下，而是要正己正物，"动心忍性，曾益其所不能"，也就是孟子所谓的"大任"①，这与荀子学说之旨归大有出入，也正是王安石批驳荀子的根源。

第四节　《荀子》与王安石的古文创作：
正名逻辑的承继

经由上述讨论可知，王安石多方位抵触和排斥荀子的学说，也并不尊他为儒家正统。但是，在实际的古文创作中，我们发现，即使再否定荀子的哲学思想与理念，王安石的文章，尤其是论说文，还是在很大程度上受到了《荀子》专论的影响。其中，尤以正名逻辑的运用最为明显地体现了这种承继性。

"正名"是儒家一贯的主张，孔子是正名思想的开创者，他最早提出要以"名"正"实"。荀子则在孔子思想基础上有所发展，构建了一个相对完整的正名思想体系。其《荀子·正名》、《荀子·解蔽》及《荀子·非十二子》等篇章均围绕"名"与"实"展开深入探讨。《荀子》专论中对"正名"的偏好也随处可见。如《荣辱》中，通过对狗彘之勇、小人之勇等的各正其名，厘清何谓君子之勇。再如《不苟》一文，通过对通士、公士、直士、悫士、小人的正名，论证君子立身行事之"不苟"，强调遵守礼仪的重要性。

王安石对"正名"也很重视，他在《答司马谏议书》一文中说："盖儒者所争，尤在于名实。名实已明，而天下之理得矣。"②说明在他的思维形式里，通过"正名"来明确"名"与"实"的关系，才能得"天下之理"。因此，在他的古文创作中，"正名"逻辑的运用也十分广泛。

荀子"正名"的目的是"贵贱明，同异别"（《荀子·正名》）③，明贵贱是指维持礼义伦常，建立稳定的社会秩序，这是从政治生活的角度出发的；同异别是指区别事物真伪，辨析品类，这是从一般逻辑学角度而言的。马积高就总结过，"荀子的正名说既包含着一般的逻辑法则的论述，又带有浓厚的政治思想家、政论作家的特色"④。而王安石对"正名"的运用，也体现了这两方面结合的特点。

---

① 杨伯峻译注：《孟子译注·告子下》，中华书局 2012 年版，第 327 页。
② （宋）王安石：《答司马谏议书》卷七三，第 1270 页。
③ （唐）杨倞注：《荀子·正名篇》，第 261 页。
④ 马积高：《荀学源流》，上海古籍出版社 2000 年版，第 82 页。

1　论证方式:"命名"为主,而非逻辑为主

首先来看两者对辨异同的一般逻辑学论证方式的运用。这是与墨子、公孙龙等先秦学者之逻辑论证法相对而言的。墨辩学者关注的是纯逻辑,注重理论的思辨,名家的名辨甚至带有玄想的诡辩色彩。① 而在荀子的论证里,"名"的树立最重要,对逻辑上没有更深入的追求。其在《荀子·正名》中云:"实不喻然后命,命不喻然后期,期不喻然后说,说不喻然后辨。故期、命、辨、说也者,用之大文也,而王业之始也。"②这说明,对于荀子来说,"命名"是认识的基础,论证的命脉在于安立名目,而非对"名"内容的辨析讨论,更不是立足逻辑本身来讲逻辑。如《荀子·修身》云:

> 以善先人者谓之教,以善和人者谓之顺;以不善先人者谓之谄,以不善和人者谓之谀。是是、非非谓之知,非是、是非谓之愚。伤良曰谗,害良曰贼。是谓是、非谓非曰直。窃货曰盗,匿行曰诈,易言曰诞,趣舍无定谓之无常,保利非义谓之至贼。多闻曰博,少闻曰浅。多见曰闲,少见曰陋。难进曰偍,易忘曰漏。少而理曰治,多而乱曰耗。③

修身之道,差之毫厘,则可能谬以千里,荀子苦心经营,以密集的定义严格区分种种不同。此段一百来字,一连下了二十二个定义,中间没有一句带叙述性的用于连接语气的话,文意浑然一体。这正是荀子惯用的方式。

王安石的论证同样如此,如《谏官》这篇短短的文章用了八个"所谓"句式,分别对贵、贱、士、贤、正名、谏官等名词及"以贤治不肖""以贵治贱"④等短语下了定义,稍有阐释,但并未展开,重点在于立名;《九变而赏罚可言》一文用九个"此之谓……"句式,为《庄子·天道》中九种明大道的方式一一正名;《性说》中有对上智、下愚、中人三类人的命名;《大人论》则是为圣人正名,并对"大""圣""神"三者稍加辨析,认为它们"皆圣人之名,而所以称之之不同者,所指异也"⑤。

需要指出的是,荀子与孔、孟在正名逻辑上的运用也有区别,他将孔、孟

① 马积高:《荀学源流》,第 77 页。
② (唐)杨倞注:《荀子·正名》,第 266 页。
③ (唐)杨倞注:《荀子·修身》,第 11—12 页。
④ (宋)王安石:《谏官论》,《王安石文集》卷六三,第 1101 页。
⑤ (宋)王安石:《大人论》卷六六,第 1155 页。

的"以名正实"的唯心名实观,改造为"依实定名"的唯物名实观①,强调实际经验的积累。因而荀子非常注重实际,运用的是综核名实的实证方法。他的辨析,完全以切于实用为依归,凡有悖于此的,一概不取。王安石同样是实用主义者,这与下文将要论述的政治目的这个层面是密切相关的,故具体放在下文讨论。

2　论证中的政治意蕴

两人的论证方式均呈现出浓厚的政治意蕴。

《荀子》一书中对正名逻辑的运用,有着"'正名'以'正政'的特殊追求"②,其基本方式是通过提出"名",结合自己的经验化阐释与辨析,来表达作者的政治理想。而对于作为政治改革家的王安石来说,毋庸置疑,他的写作是与政治脱离不开的。

在其著名的《上仁宗皇帝言事书》中,先后通过对"教""养""取""任"四者之道的正名,再加上对何谓"饶之以财""约之以礼""裁之以法"③的阐释,来向仁宗皇帝表达自己宏大的政治构想。《取材》一文,通过对"文吏""诸生"两种人才的正名,指出如今的进士或明经科选拔出来的人才都不如古之文吏或儒生。然后援引文中子的话来说明,科考文章考察的是士子能不能"贯乎道"和"济乎义",而不是"以章句声病累其心"或"以记问传写为能"。④ 最终作者由此总结出人才应当具备的能力。此种论述,表达的是一位臣子对朝廷选拔人才的看法。就连王安石对"文"的正名,都直指其为政治服务的本质。他在《上人书》开篇即说:"尝谓文者,礼教治政云尔。"⑤在《与祖择之书》中也说:"治教政令,圣人之所谓文也。"⑥

3　行文方式上的承继

逻辑论证方式的相似,也会影响到行文方式。我们来对比两段文字:

故事生不忠厚、不敬文,谓之野;送死不忠厚、不敬文,谓之瘠。君子贱野而羞瘠……丧礼之凡:变而饰,动而远,久而平。故死之为道也,

---

① 温公颐:《先秦逻辑史》,上海人民出版社1983年版,第267页。
② 刘宁:《汉语思想的文体形式》,华东师范大学出版社2012年版,第19页。
③ (宋)王安石:《上仁宗皇帝言事书》卷三九,第644页。
④ (宋)王安石:《取材》卷六七,第1201页。
⑤ (宋)王安石:《上人书》卷七七,第1338页。
⑥ (宋)王安石:《与祖择之书》卷七七,第1340页。

不饰则恶,恶则不哀;尔则玩,玩则厌,厌则忘,忘则不敬。一朝而丧其严亲,而所以送葬之者,不哀不敬,则嫌于禽兽矣,君子耻之。故变而饰,所以灭恶也;动而远,所以遂敬也;久而平,所以优生也。①

　　神生于性,性生于诚,诚生于心,心生于气,气生于形。形者,有生之本。故养生在于保形,充形在于育气,养气在于宁心,宁心在于致诚,养诚在于尽性,不尽性不足以养生。能尽性者,至诚者也;能至诚者,宁心者也;能宁心者,养气者也;能养气者,保形者也;能保形者,养生者也;不养生不足以尽性也。……先王知其然,是故体天下之性而为之礼,和天下之性而为之乐。礼者,天下之中经;乐者,天下之中和。礼乐者,先王所以养人之神,正人气而归正性也。②

　　两篇的主题相同,都是讨论礼。前文先对"野"和"瘠"的内涵做出解释,然后说明君子对于这两种行为的态度——"贱野而羞瘠";接着连缀两组排比短语和顶真句式,说明丧礼中君子所耻的"不哀不敬"之行为,最后总结为何要做到"变而饰,动而远,久而平"。后文首先阐明神、性、诚、心、气、形之间的承载关系,随后介绍养生、保形、育气、宁心、致诚、尽性六者间的循环关系,从养生到尽性,再从尽性到养生,循环往复,以此充分证明"生与性之相因循",最后总结礼乐与性之间的关系。王安石同样使用这样一连串排比短语和顶真句式,无怪乎茅坤在此文后点评:"行文处类荀卿。"③

　　兹再举一例。前文已提到,王安石的《礼论》一文是针对荀子"圣人化性而起伪"(《荀子·性恶》)一语而发。这里不再重复文章的内容和观点,单看两文论证时所举的例子。

　　故陶人埏埴而为器,然则器生于工人之伪,非故生于人之性也。故工人斫木而成器,然则器生于工人之伪,非故生于人之性也。圣人积思虑,习伪故,以生礼义而起法度,然则礼义法度者,是生于圣人之伪,非故生于人之性也。④

　　夫斫木而为之器,服马而为之驾,此非生而能者也,故必削之以斧

① (唐)杨倞注:《荀子·礼论》,第 226—228 页。
② (宋)王安石:《礼乐论》卷六六,第 1150 页。
③ 高海夫主编:《唐宋八大家文钞校注集评·临川文钞》,三秦出版社 1998 年版,第 3231 页。
④ (唐)杨倞注:《荀子·性恶》,第 278 页。

斤，直之以绳墨，圆之以规，而方之以矩，束联胶漆之，而后器适于用焉。前之以衔勒之制，后之以鞭策之威，驰骤舒疾，无得自放，而一听于人，而后马适于驾焉。由是观之，莫不劫之于外而服之以力者也。然圣人舍木而不为器，舍马而不为驾者，固亦因其天资之材也。①

前一段，荀子为说明礼不是出于人的天性，而是圣人人为制定这个观点，用陶工制作陶器和木工制作木器为例；后一段王安石同样以制作木器为例，再加上服马驾车的例子，用来说明礼本乎人的天性，而不是后天的人为，并且圣人正是由于"疾伪"（不满人为）而制礼这个观点。几乎同样的行文结构，两人所论证的却是完全相反的观点。

因此，可以合理推测，王安石是在潜移默化中选择了相似的行文方式及举例论证来更好地批驳荀子的观点。这种做法或许是有意为之，但不赞同其思想，却受其论证方式以及行文结构的影响，这种内容与形式的"背离"，与宋人普遍认同的文以载道观，似乎存在一丝微妙的对立。不过这种对立并不是说否定，而是指他跳出了内容与形式的简单结合模式，将文道关系提升到了辩证的层面。

小　结

荀子是先秦诸子的最后一位大师，其思想学说之于两汉经学、唐代柳宗元的天道观、清代考据学派等的影响自不必多说；《荀子》之文，据题抒论，辞义宣畅，其专论成就在散文史上既有开创之功，又有启后之绩。② 本章从思想学说体系和表达方式体系这两个层面探讨了《荀子》与王安石文之间的关系，同时深入分析了其背后的根源。正因为王安石不认同荀子王霸兼用的政治哲学，才从整体上摒弃了荀子的学说，而选择孟子之"仁政"作为自己的理论支撑。而为了更好地批驳荀子的观点，王安石刻意选择了与之相似的行文结构，这无疑影响到王安石古文的创作方式，使得王安石文章颇受《荀子》专论的影响。因此，尽管王安石对荀子思想多有排斥，却在古文创作上与《荀子》存在着种种联系。当然，王安石文风的形成是多方因素共

① （宋）王安石：《礼论》卷六六，第 1149 页。
② 关于《荀子》专论在散文史上的影响，已有不少学者撰文研究。如刘宁《汉语思想的文体形式》一书论述了汉唐子学"论著"及"论"体文在表达格局上与《荀子》之间的渊源关系；何寄澎认为韩愈论辩文设答问的方式是取法荀子，见《韩愈古文作法探析》，何寄澎《唐宋古文新探》，北京大学出版社 2010 年版。

同作用的结果,因为王安石对荀子的接受,其"承受过程在想象方面不可能是亦步亦趋的,其再创造和意识形态的再生产,往往是脱胎换骨的过程"①,也正是这样,王安石文才形成了自成一体的风格特征。

①　郑树森:《文学理论与比较文学》,台北时报文化出版企业有限公司 1982 年版,第 6 页。

第三章　王安石的"韩愈观"

第一节　北宋古文运动尊韩风潮及王安石的态度

宋初"古学渐盛,学者多读韩文"(《集古录·唐田弘正家庙跋尾》),经由欧阳修等人的重视和倡导,韩愈在北宋的地位节节拔高,影响也越来越大。北宋人评韩、学韩已成风气,古文家不仅参与整理韩愈的文集,同时大都有关于韩愈的论述。如穆修花了相当长的精力在韩集的校勘整理工作上(见其《唐柳先生集后序》),石介和孙复则列韩于"道统",分别见于石介的《读韩文》、《尊韩》及孙复的《信道堂记》。欧阳修自不用说,校订韩集,尊韩为"文宗"。苏洵也有言:"韩子之文,如长江大河,浑浩流转,鱼鼋蛟龙,万怪惶惑,而抑遏蔽掩,不使自露。而人望见其渊然之光,苍然之色,亦自畏避不敢迫视"①。苏轼《韩文公庙碑》更有"文起八代之衰,而道济天下之溺"②的著名论断。

总之,在北宋,韩愈是集"道统"和"文统"于一身的榜样,是古文家在对抗时文的斗争中标举的旗帜。对此,钱锺书总结道:"韩昌黎之在北宋,可谓千秋万岁,名不寂寞者矣。……要或就学论,或就艺论,或就人品论,未尝概夺而不与也。有之,则自王荆公始矣。"③钱锺书指出韩愈在北宋的巨大影响的同时,也提出从王安石开始有对韩愈的否定之声。

那么,与欧阳修等人相比,王安石对韩愈的不同评价体现在哪些方面?

《临川先生文集》中确有不少诗文涉及韩愈,对其评价有褒有贬,纷繁不一,甚至不乏矛盾抵牾之处。本章主要考察的内容,不是王安石对韩愈文学的接受,而是要分析王安石对韩愈思想、品行、文学等各方面的认识(形于言论的评述),尤其是对于他文学方面的认识,以及与其他古文家的区别。

---

① (宋)苏洵:《上欧阳内翰第一书》,曾枣庄、金成礼笺注:《嘉祐集笺注》,上海古籍出版社1993年版,第328页。
② (宋)苏轼撰,(明)茅维编,孔凡礼点校:《苏轼文集》卷十七,中华书局1986年版,第509页。
③ 钱锺书:《谈艺录》,中华书局1984年版,第62页。

第二节　王安石在思想层面对韩愈的评价：对权威、成说的批判

王安石对韩愈的学术思想在很多层面都有所不满，略从四个方面举例说明：

作为中唐古文运动的领袖，韩愈提倡行古道。《原道》一文，即是其复古崇儒、攘斥佛老的代表作。针对此文，王安石却认为"韩文公知'道有君子有小人，德有凶有吉'，而不知仁义之无以异于道德，此为不知道德也"①。韩愈写作《原道》的出发点乃言道之所本，却被定为不知"道"，王安石对韩愈的批评可谓非常尖锐。

韩愈论性，曾主张"性之品有三，而其所以为性者五（按：五常）"（《韩愈《原性》），苏轼即以为"其论终莫能通"②。王安石也不认同韩愈的性说，说"韩子以仁义礼智信五者谓之性"，"而五常不可以谓之性，此吾所以异于韩子"，③于是"韩子之言性也，吾不有取焉"④。

韩愈在其《与冯宿论文书》中曾论《周易》，认为扬雄的门人侯芭"颇知之，以为其师之书胜《周易》"，王安石则在《王深父墓志铭》中对此明确表示不认同："《易》不可胜也，芭尚不为知雄者"，认为韩愈对《周易》的认识不足。

王安石和韩愈都曾为伯夷作有专文。韩愈之《伯夷颂》，主要以伯夷自比，歌颂其"特立独行，穷天地亘万世而不顾"⑤的精神气概。而王安石的《伯夷》篇，力辩从孔孟到司马迁到韩愈的众人之成说，认为传说中伯夷反对伐殷和不肯宗周的行为是不足信也不足取的，意在传递一种突破陈说、勇于变革的理念。王安石认为韩愈不加考辨而深信前人之说，正是"守之不为变"的"学士大夫"中的一员，因而攻之不遗余力。

以上几点体现的王安石贬韩之意不言自明。可以说，王安石对古文运动领袖韩愈的思想世界并不完全认同，甚至在核心观点上不大认同。但我们仍需注意，王安石以上批判并非针对韩愈一人。如上引《答韩求仁书》中，并非仅批评韩愈不知"道"，而是将之与老子、扬雄等的思想一起进行分

---

①　（宋）王安石：《答韩求仁书》卷七二，第1253页。
②　（宋）苏轼：《扬雄论》，《苏轼文集》卷四，第110页。
③　（宋）王安石：《原性》卷六八，第1187页。
④　（宋）王安石：《性说》卷六八，第1189页。
⑤　刘真伦、岳珍校注：《韩愈文集汇校笺注》，中华书局2010年版，第1296页。

析批判;性论部分,其谓"吾所安者,孔子之言而已"(《原性》),因此孟、荀、杨、韩都是他辩驳的对象。而《伯夷》一文,从孔孟到司马迁到韩愈,一律否定。这是因为,王安石写这些文章,都有明确的现实目的,是为其改革变法造势,宣扬勇于挑战权威、变革旧说的精神。他的《读孟尝君传》《明妃曲》等诗文正是这类力翻前人之作的代表。因而,我们也不能认为上述批评是王安石对韩愈一人的否定。

总之,王安石出于个人的理念,同时也是为改革变法造势的需要,在思想层面反思作为古文运动精神领袖的韩愈的种种观点,体现了他在古文运动思潮中思想的独立性。

第三节 王安石在立身处世层面对韩愈的评价: 从崇仰到否定

从《临川先生文集》所载诸文,可明显发现青年时期的王安石对韩愈崇仰有加。如庆历年间,二十出头的王安石送别好友孙侔,在《送孙正之序》中高谈"孟韩之心",认为他们二人乃卓然于众人的"真儒",勉励好友应像孟、韩那样独立行世,而不是"时然而然",随波逐流。王安石以孟韩光大儒道的"素定"之志与孙侔互勉,此时韩愈在他心目中的地位与孟子并列。又如王安石在知鄞县期间,为请学者杜醇入县学执教,曾在书信中以韩愈勇于为师之典范进行劝说(见王安石《请杜醇先生入县学书》),这也说明韩愈的儒家师道精神颇为青年王安石所欣赏。

而到了中年以后,随着学养的积累与阅历的增加,王安石逐渐形成了自己稳定的人生观,对韩愈的认识也更深刻,不再表现为简单的推崇。如下面这首较少受关注的《送潮州吕使君》,即表现了这种变化:

> 韩君揭阳居,戚嗟与死邻。吕使揭阳去,笑谈面生春。当复进赵子,诗书相讨论。不必移鳄鱼,诡怪以疑民。有若大颠者,高材能动人。亦勿与为礼,听之汩彝伦。同朝叙朋友,异姓接婚姻。恩义乃独厚,怀哉余所陈。[①]

据刘成国考证[②],此诗作于嘉祐六年(1061)底,吕使君即吕璹,吕惠卿

---

① (宋)王安石:《送潮州吕使君》卷五,第68页。

② 刘成国:《王安石诗文系年补证》,《变革中的文人与文学——王安石的生平与创作考论》,浙江大学出版社2011年版,第133页。

之父。此时王安石在京知制诰，而吕璹即将出守潮州，得以相送。一提起潮州，自然很容易联想起曾远谪此地的韩愈，所以此诗将吕使君与韩愈对比。但作者的立意却是从三方面来批评韩愈。其一，被贬到潮州这个蛮荒之地，韩愈的表现是何等颓废，凄凄切切，甚至嘱咐侄孙韩湘去到那恶地给自己收尸("好收吾骨瘴江边"①）。相比之下，吕使君却"笑谈面生春"，洒脱至极。其二，"不必移鳄鱼，诡怪以疑民"一句，是针对韩愈所作的《移鳄鱼文》。当时韩愈以王命自居，像庙祝一样祭祀鳄鱼，并限令鳄鱼三日之内离开，在王安石看来，此等诡异做法，完全是愚弄百姓以提高自己身价的把戏，实在有违不语怪力乱神之儒家精神。其三，则是针对韩愈越礼屈尊大颠禅师的行为表示不齿。这样的一改初衷与放弃原则，使得韩愈在王安石心中的形象不再是当初"术素修而志素定"②的圣人，王安石也不再认为他是"真儒"。

综上可见，对于韩愈的立身处世，王安石的态度从崇仰到否定，有着明显的转变。

第四节　王安石在文学层面对韩愈的态度：辩证中的否定

以上两个层面的考察，若放在古文运动的大背景下来看，可以认为王安石对"尊韩"是持辩证态度的。下面进一步分析王安石对于韩愈文学的评价。

首先来看古文理想。韩愈的古文理想，是以严格的儒家观念来解释"道"——与道家、佛家严格区分开来；并以儒家思想来纯净文学风格。概言之，是追求"文"之"纯"，"道"之"真"③。

对此理想，王安石在《韩子》诗中表达了自己的态度："纷纷易尽百年身，举世何人识道真。力去陈言夸末俗，可怜无补费精神。"④此诗在尊韩之风盛行的北宋可谓语出惊人。王安石的态度很明确，不管是韩愈追求的"道真"，还是"力去陈言"的"文纯"，均因为无补于世，从而不是王安石所欣赏和所追求的古文理想。这一点，王安石在《上人书》中有更详细的解释：

---

① （唐）韩愈：《左迁至蓝关示侄孙湘》，屈守元等主编：《韩愈全集校注》，四川大学出版社1996年版，第759页。
② （宋）王安石：《送孙正之序》卷八四，第1473页。
③ 参见陈幼石：《韩柳欧苏古文论》，上海文艺出版社1983年版，第2—5页。
④ （宋）王安石：《韩子》卷三四，第568页。

　　尝谓文者,礼教治政云尔,其书诸策而传之人,大体归然而已。而曰"言之不文,行之不远"云者,徒谓辞之不可以已也,非圣人作文之本意也。自孔子之死久,韩子作,望圣人于百千年中,卓然也。独子厚名与韩并。子厚非韩比也,然其文卒配韩以传,亦豪杰可畏者也。韩子尝语人以文矣,曰云云,子厚亦曰云云。疑二子者,徒语人以其辞耳,作文之本意,不如是其已也。孟子曰:"君子欲其自得之也。自得之,则居之安;居之安,则资之深;资之深,则取诸左右逢其原。"孟子之云尔,非直施于文而已,然亦可托以为作文之本意。且所谓文者,务为有补于世而已矣。①

　　此文是王安石早年写给上司的一封书信,主要内容是阐发自己的文学观。其中引用孟子的这段话出自《孟子·离娄下》第十四章,原文开头谓"君子深造之以道,欲其自得之也"②,说的是追求道的方式,王安石以此类推为"作文之本意",即"务为有补于世",他所追求的是服务于"治教政令"③的文学,而韩愈的古文实绩在王安石眼里却只是"徒语人以其辞耳"。这也就解释了王安石何以在《韩子》诗中对韩愈持否定态度。

　　对于王安石在这首诗中的立场,历来都不乏为之辩解者,不管是治韩者还是治王者,都力图证明此诗不是在贬韩④,唯寿涌《王安石〈韩子〉诗辨析——兼析历来对王氏评韩的争议》⑤一文较客观。作者认为王氏此诗的本意是慨叹世事纷繁、人生易老,世人(实则针对韩愈)难识儒道真谛。韩愈主张去陈言,抨击浮文时俗,但在王安石看来却是无补世事、枉费精神。笔者比较认同寿涌先生的观点,因为虽然韩愈也曾宣扬文章当有实际教化目的,但事实上,相比内容的"道"或"用",他更关心语言层面的"辞",他的文章中谈论得最多的也是"辞"。如"辞不足,不可以为成文"(《答尉迟生

①　(宋)王安石:《上人书》卷七七,第1339页。
②　杨伯峻译注:《孟子译注》,中华书局2010年版,第174页。
③　(宋)王安石:《与祖择之书》卷七七,第1340页。
④　如刘大杰《中国文学发展史》第二册(上海人民出版社1976年版,第286页)和吴小如《王安石何尝轻韩愈》(《光明日报》1983年3月)两位先生,皆认为此诗前两句是在讥讽末俗之人不识韩愈的"道真",而只知夸尚韩愈的文章;同样,李春芳《〈韩子〉诗解说的商榷》(人民文学出版社1985年版,第51页)一文,从史实出发,证明不存在末俗之人对韩愈"力去陈言"的文章竞相专尚的情况。结论是认为《韩子》诗是为悲悯韩愈而作,慨叹黑暗的社会埋没人才、泯灭真理,为韩愈"道真"不行于世而以文章夸示于末俗表示遗憾,也寄寓作者自身的感慨。
⑤　寿涌:《王安石〈韩子〉诗辨析——兼析历来对王氏评韩的争议》,《抚州师专学报》1992年第4期。

书》）；"愈之志在古道，又甚好其文辞"（《答陈生书》）；"惟古于词必己出，降而不能乃剽贼"（《南阳樊绍述墓志铭》）；等等。如此重视文辞，显然与王安石所追求的目标是两端。

我们再来看王安石对于韩愈具体作品的评价。吴曾《能改斋漫录》中记载这样一条材料：

> 陈无己、王荆公、孙莘老论韩文嗜好不同：
> "陈无己记秦少游云：'《元和圣德诗》于韩文为下，与《淮西碑》如出两手，盖其少作也。'然荆公于《淮西碑》不以为是，其《和董伯懿咏晋公淮西将佐题名诗》云：'退之道此尤俊伟，当镂玉版东燔柴。欲编诗书播后嗣，笔墨虽巧终类俳。'而孙莘老又谓《淮西碑》'序如书，铭如诗'，何耶？信知前辈嗜好不同如此。"①

秦观、孙觉都称赞韩愈的《平淮西碑》，独王安石"不以为是"，甚至将此文定性为"笔墨虽巧终类俳"。首先我们需要了解韩愈此碑创作的历史背景：元和十二年（817），由宰相裴度督军，节度使李愬雪夜奇袭蔡州，擒吴元济，淮西平；韩愈奉诏撰此碑，可是碑甫立，宪宗即令磨去，复命翰林学士段文昌重撰。历来史家对磨碑事件争论纷纷，但这并不是我们讨论的重点，我们关注的是碑文本身。其文分为两大部分，前为散文之序，后为韵文之铭。事实上，此碑甫出便在士林中广泛传颂。除前引北宋秦、孙二人，在唐代即已有李商隐作《韩碑》诗来推重它："公退斋戒坐小阁，濡染大笔何淋漓。点窜《尧典》《舜典》字，涂改《清庙》《生民》诗"②；北宋还有江西派诗人江端友《题临江军驿舍二首》，其二谓："淮西功业冠吾唐，吏部文章日月光，千载断碑人脍炙，不知世有段文昌"；明清更不乏赞誉此碑的古文家，如茅坤、方苞等③，对碑文在体例安排、语言熔铸等方面的成功颇为称道。但对于此碑的种种优点，王安石却都看不上，"退之道此尤俊伟，当镂玉版东燔柴。欲编诗书播后嗣，笔墨虽巧终类俳"。反而认为韩愈是在笔墨间求奇斗巧、炫耀才气，句句语带讥讽，尤其以一个"俳"字点出韩愈乃以谀文取荣之人。

---

① （宋）吴曾：《能改斋漫录》卷十，上海古籍出版社1979年版，第278页。
② 刘学锴、余恕诚：《李商隐诗歌集解》，中华书局1988年版，第909页。
③ 茅坤评："颂文淋漓纵横，并合绳斧"；方苞："方苞碑记墓志之有铭，犹史有赞论，义法创自太史公。其指意辞事，必取本文之外，班史以下，有括终始事迹以为赞论者，则予本文为复矣。此意惟韩子识之。故其铭辞未有义具于碑志者。或体例所宜，事有复举，则必以补本文之间缺。"见吴孟复、蒋立甫主编：《古文辞类纂评注》，安徽教育出版社2004年版，第1304页。

可见,由于王安石后期在古文理想或文章价值观方面与韩愈的根本分歧,导致他对韩愈文学整体上的否定。相较于北宋其他古文家而言,他也就不可能沿着韩愈倡导的古文运动这条道路前行。

第五节　放弃韩愈之后的出路:回归孟子

由上文可知,韩愈的思想世界与立身处世,以及其古文理想与实践,都已不是王安石想效仿的对象。那么,他是否有其他的选择?《秋怀》一诗道出了答案:"韩公既去岂能追,孟子有来还不拒"①。很显然,他选择放弃韩愈,转向孟子。

王安石留下的诗文中,尊孟的言论非常多②。他推崇孟子所称的"王道"与"仁政":"臣始读《孟子》,见孟子言王政之易行,心则以为诚然"(《上仁宗皇帝言事书》),"仁声入人深,孟子言之醇"(《寓言九首》其七)。孟子的"仁政"思想,成为他观察社会、开展改革的理论依据。同时,他两次引用孟子"有仁心仁闻而泽不加于百姓者,为政不法于先王之道故也"一语,来表达"法先王"的重要性(《上仁宗皇帝言事书》《拟上殿札子》)。更重要的是,他视孟子为精神寄托:"沉魄浮魂不可招,遗编一读想风标。何妨举世嫌迂阔,故有斯人慰寂寥"(《孟子》)。

王安石也以实际行动,来证明自己传承孟子道统的宏大志向。弟子陆佃说"(王安石)言为《诗》《书》,行则孔孟"③;而王安石的《淮南杂说》甫一面世,时人便称"其言与孟轲相上下"④。

王安石的尊孟,当然有其深刻的政治动机。此前,北宋疑孟派代表李觏站在捍卫纲常名教的立场,批判孟子不尊周室,违背君臣之义。其《常语》谓:"吾以为天下无孟子可也,不可以无六经;无王道可也,不可以无天子。故作《常语》,以正君臣之义,以明孔子之道,以防乱患于后世耳。"⑤后来司马光撰《疑孟》,同样斥责孟子无君臣之礼,悖人臣大义。司马光政治立场偏于保守,其强调君臣伦理秩序,与他反对变法的态度是内在一致的。而王安石站在改革、变法的立场,倡导孟子思想也非常自然。

---

① (宋)王安石:《秋怀》卷十二,第186页。
② 据笔者统计,王安石的文集中有四十余篇文章提到孟子或引用孟子的话。
③ (宋)陆佃:《祭丞相荆公诗》,《陶山集》卷十三,文渊阁四库全书本。
④ (宋)晁公武:《郡斋读书志》卷十九《王介甫临川集》题解引蔡卞语,江苏古籍出版社1988年版,第670页。
⑤ 四部丛刊本《直讲李先生文集》卷三二—卷三四中有《常语》三卷,但无批孟篇章,此处引《邵氏闻见后录》卷十三,中华书局1983年版,第100页。

　　所以,不管是精神层面的契合,还是政治现实的需要,王安石抬升孟子的地位,都是必然的。熙宁变法中,《孟子》由子部上升为经部,并成为科举的必考科目。在这场宋代孟子的升格运动中,王安石功不可没。

　　了解了以上背景,我们再来看作于嘉祐二年的《奉酬永叔见赠》,就更能理解安石"回归孟子"的心愿:

　　　　欲传道义心虽壮,学作文章力已穷。他日若能窥孟子,终身何敢望韩公。抠衣最出诸生后,倒屣尝倾广座中。只恐虚名因此得,嘉篇为贶岂宜蒙。①

　　此诗是答欧阳修《赠王介甫》一诗:"翰林风月三千首,吏部文章二百年。老去自怜心尚在,后来谁与子争先。"②欧阳修以李白之诗才、韩愈之文章相期许,预言他将成为新的文坛领袖,俨然有托付衣钵的意味。王安石则以传道之志向答之。他区分了道统与文统,谓自己学文无力而传道之心犹壮,不想再将精力投注在古文创作上,也不想借文章而获得"虚名",只希望奉孟子为圭臬,致力于传播道义,从而在政治上一展抱负。谦抑的语气中实则隐含王安石志存高远的气度,他的立场很鲜明。王安石谓韩文不再对自己造成吸引,他向往的是三代之治,希望效法的是孟子的仁政理想。这也符合他十七八岁时就立下的宏志:"欲与稷契遐相希"③。

　　这首诗早在南宋就已被关注,被视作王氏贬韩的依据。李壁注此诗时引王俦之言:"观介父何敢望韩公之语,是犹不愿为退之,且讥文忠之喜学韩也。"④叶梦得也说:"自期以孟子,处(欧阳)公以为韩愈"⑤。认为王安石不愿为退之,这是可以肯定的,但说王安石有讥讽欧公之意,恐有过度阐释之嫌。韩愈乃一代文宗,这是欧阳修古文群体的共识,且"以欧继韩"之说在嘉祐前后也已确立⑥。王安石写此诗仅为了表明自己的态度:与欣赏韩愈、倡导韩文、效仿韩文乃至绍继韩愈之道统与文风的欧阳修不一样,王安石之志不在此,道德、学术及政治才是他所倾注热忱的,文学则是次要的。

　　关于王安石与欧阳修之宗尚不同,时人亦曾论及。黄庭坚《杨子建通

----

① (宋)王安石:《奉酬永叔见赠》卷二二,第345页。
② (宋)欧阳修著,李逸安点校:《欧阳修全集》,中华书局2001年版,第813页。
③ (宋)王安石《忆昨诗示诸外弟》卷十三,第206页。
④ (宋)李壁:《王荆公诗笺注》卷三三,第827页。
⑤ (宋)叶梦得撰,田松青、徐时仪校点:《避暑话话》,上海古籍出版社2012年版,第131页。
⑥ 冯志弘:《北宋古文运动的形成》,上海古籍出版社2009年版,第20—22页。

神论序》一文中谈及宗师问题时,有言曰:

> 天下之学要之有宗师,然后可臻微入妙。虽不尽明先王之意,惟其有本源,故去经不远也。今夫六经之旨深矣,而有孟轲、荀况、两汉诸儒及近世刘敞、王安石之书,读之亦思过半矣;至于文章之工难矣,而有左氏、庄周、董仲舒、司马迁、相如、刘向、扬雄、韩愈、柳宗元及今世欧阳修、曾巩、苏轼、秦观之作,篇篇俱在,法度粲然,可讲而学也。①

黄庭坚把王安石与从《左传》到韩、柳、欧、苏为代表的"文章之工"这一类中区分开来,而将他归入宗经一类,与孟、荀为列,即不把王安石视为古文家,而是思想家。在这一点上,比起王安石身后无数将之列为欧门弟子的文人而言,黄庭坚可算王安石知音,确能了解他真正所冀求的目标。

总之,即使王安石很早就以文章见称于世,但他本无意为文,更无意接欧阳修衣钵而成为文坛领袖,这一态度,便通过他不认可古文运动的旗帜人物韩愈而鲜明地表达出来。尽管王安石的"韩愈观"与宋代多数文人异趣,但对照其笔下的其他历史人物,可知他对于古今人物的评价从不盲目随大流,皆有自己的观点,所以,持此"韩愈观",也不足为奇。

---

① (宋)黄庭坚:《杨子建通神论序》,《黄庭坚全集》之别集卷二,四川大学出版社2001年版,第1486页。

第四章　王安石与欧阳修文道观异同论

——兼以嘉祐二年和熙宁六年的科举实践为对比

如何正确理解"文"与"道"的内涵,并处理好他们之间的关系,是古文运动的核心问题。欧阳修在阐述他的古文理论时,对文道关系涉及颇多。如他曾对学生苏轼说"我所谓文,必与道俱"①,又说"大抵道胜者文不难而自至也"②,此类论述很多。而王安石与唐宋古文运动有联系的一个重要的原因,便在于他所认同的文道关系与韩、欧有重大的一致性,即强调文以贯道。

王安石在《上邵学士书》中明确提出"文贯乎道"③的主张,而且明确表示是针对时文而言:"某尝患近世之文,辞弗顾于理,理弗顾于事,以襞积故实为有学,以雕绘语句为精新,譬之撷奇花之英,积而玩之,虽光华馨采,鲜缛可爱,求其根柢济用,则蔑如也。"他认为要写出他理想中"词简而精,义深而明"的好文章,必须做到"诚发乎文,文贯乎道,仁恩义色,表里相济"。在打击浮华不正的文风、使文章既具有充实的内容又能做到表达简明等方面,王安石与北宋古文运动的领导者欧阳修所持立场是一致的。

但是,这二人在具体的古文创作中,却又呈现出完全不同的面貌,欧文以纡徐阴柔为尚,王文却以豪健奇崛为宗。文风的不同固然是由多方面因素造成的,但其中重要的一点应是:他们对文道关系的理解还存在颇多不同之处。本章拟分两点进行论述,并尝试解释其原因。

第一节　"文"与"道"的地位不同

1　欧阳修:文道合一

欧阳修主张"文道合一",即文与道关系并列,同样重要。一方面,他提出"道胜文至"④,看似更强调"道",还说"仆知道晚,三十年前尚好文华,嗜

---

① (宋)苏轼:《祭欧阳文忠公夫人文二首》之二,《苏轼文集》卷六十三,第 1956 页。
② (宋)欧阳修:《答吴充秀才书》,《欧阳修全集》,第 664 页。
③ (宋)王安石:《上邵学士书》卷七五,第 1319 页。
④ 原文即为"大抵道胜者文不难而自至也",见《答吴充秀才书》,《欧阳修全集》,第 664 页。

酒歌呼,知以为乐而不知其非也"①,即自谓三十岁以后才明白"道"比文华辞采更重要;但另一方面,他又多次叙及"道以充文"的过程,"道"最终还是为了"文",或者说"文"还是占有极其重要的位置。

如他在《答祖择之书》中提到,由于如今"师法渐坏",西昆体盛行,欲行古道的祖择之无人可师法,也无人可交游议论,其文章就出现了"所守未一而议论未精"的问题,信中指出:"夫世无师矣,学者当师经。师经必先求其意,意得则心定,心定则道纯,道纯则充于中者实,中充实则发为文者辉光,施于事者果毅。"②从"师经"到写出好文章,这期间必须经过"道纯"这一环节,即净化心中的道,内容才会充实,文章才会发而"辉光"。这就是为什么道胜,文就不难自至的缘故。这段论述中,欧阳修虽然强调内在的道的重要性,但其出发点却是为了引导祖择写出好文章。

除了《答祖择之书》,欧阳修在《与乐秀才第一书》中也详尽阐述了他充中发外的主张:"闻古人之于学也,讲之深而信之笃,其充于中者足,而后发乎外者大以光。譬夫金玉之有英华,非由靡饰染濯之所为,而由于其质性坚实而光辉之发自然也。"③即认为道充于中,发而为文,自然光采恢宏,就像金玉之光发乎天然,是由于其内里坚实,而不是人工磨砺洗濯所能达到的。这类论述表面上看是强调"道",实际上却也是为了"文"(就如同老子提倡"无为",实际是以"无为而无不为")。

从理论角度而言,文与道的关系,其实也就是作品的内容与形式,思想性和艺术性的关系。所以,欧阳修眼中的"文道合一",就是认为内容与形式同样重要。他曾说:"某闻《传》曰'言之无文,行而不远'。君子之所学也,言以载事,而文以饰言,事信言文,乃能表见于后。……言之所载者大且文,则其传也彰;言之所载者不文而又小,则其传也不彰。"④这里的"信""大"指内容要真实且重要,"文"即指文采。一篇文章想要流传久远,"事信"与"文"都不可或缺,最完美的结合便是"事信言文"。

综上,欧阳修论文时基本不离道,在论道时也处处都是为了文。他既看到了道对文的极端重要之作用,也看到了文对道的相对独立性。道倚文而永存,文因道而增辉。这种对文道关系的理解,比北宋初期"道统派"古文家(柳开、石介等)的看法进了一步,更比程朱等理学家宣扬的"道即是文""作文害道"等观点全面不少。

---

① (宋)欧阳修:《答孙正之侔第二书》,《欧阳修全集》,第1005页。
② (宋)欧阳修:《答祖择之书》,《欧阳修全集》,第1010页。
③ (宋)欧阳修:《与乐秀才第一书》,《欧阳修全集》,第1024页。
④ (宋)欧阳修:《代人上王枢密求先集序书》,《欧阳修全集》,第984页。

2　王安石：先道后文

王安石的文道观,在《与祖择之书》中有着完整表达:"治教政令,圣人之所谓文也。书之策,引而被之天下之民,一也。圣人之于道也,盖心得之,作而为治教政令也,则有本末先后,权势制义,而一之于极。其书之策也,则道其然而已矣。"①这段话里,王安石借圣人之口表达自己对文道关系的理解,即道由心得,在道的指引下书之于策,从而成文。因此,道与文虽然"一之于极",是统一的,但应有"本末先后"之分。那么,孰本孰末呢?王安石的答案很明显,他认为由心得之的"道"为本,书之策的"文"为末。若道不是由心得之,那么写出来的文章,"独能不悖?"②

所以在道和文之间,王安石坚持以道为本。在《答吴孝宗书》中,王安石批评吴孝宗虽能文辞,却不明道:"若子经欲以文辞高世,则世之名能文辞者,已无过矣。若欲以明道,则离圣人之经,皆不足以有明也。……子经诚欲以文辞高世,则无为见问矣。诚欲以明道,则所欲为子经道者,非可以一言而尽也"③。王安石指出,孝宗若是只想以文辞高世,那自己就没什么可教的;若想致力于明道,则自己想教的一时半会都说不完。其倾向性态度可见一斑。

再来看他著名的《韩子》一诗:"纷纷易尽百年身,举世何人识道真。力去陈言夸末俗,可怜无补费精神。"④他认为韩愈追求语辞创新的主张为"无补"于"道"。又,欧阳修曾以李白和韩愈来比拟他所取得的文学成就⑤,安石却回答道:"欲传道义心尤壮,强学文章力已穷"⑥,在孟子的"道义"与韩愈的"文章"之间,他选择前者。又,他为先父王益文集所作序文中这样写道:"乃得旧歌诗百余篇,虽此不足尽识其志,然讽咏情性,其亦有以助于道者,不忍弃去也,辄序次之。"⑦他以是否有助于道为标准来取舍诗文,认为文因为道才有存在的意义。

王安石对于人才的看法也有类似观点。其《答黎检正(佽)书》中谓:"盖自秦、汉以来,所谓能文者,不过如此。窃以为士之所尚者志,志之所贵

---

① (宋)王安石:《与祖择之书》卷七七,第1340页。
② (宋)王安石:《与祖择之书》卷七七,第1340页。
③ (宋)王安石:《答吴孝宗书》卷七四,第1295页。
④ (宋)王安石:《韩子》卷三四,第568页。
⑤ (宋)欧阳修《赠王介甫》:"翰林风月三千首,吏部文章两百年"(《欧阳修全集》,第813页)。
⑥ (宋)王安石:《奉酬永叔见赠》卷二二,第345页。
⑦ (宋)王安石:《先大夫集序》卷七一,第1230页。

者道。苟不合乎圣人,则皆不足以为道。唯天下之英材,为可以与此。"①他认为合于圣人之志与道者,远比能文者更符合"英材"的名号。

很显然,在文与道二者中,王安石更看重道。因为在他的观念里,文的本质很明确,即"尝谓文者,礼教治政云尔"②。欧阳修曾由《左传》引孔子"言之无文,行而不远"一语申发出"事信言文"这一检验文章优劣的标准,但王安石专门就此说法进行重新解释,他说:"徒谓辞之不可以已也,非圣人作文之本意也。"即认为孔子这句话只是为了表达文辞不可不要,但并不是圣人作文的本意。"治教政令,圣人之所谓文也"③,圣人作文的本意在于通过书写在竹简上的治国政令来进行礼乐教化。所以,作为政治和教化作用的"文",其所传达的"道"显然是第一位的,至于文辞,不是最根本的。

前文已提及,道和文的关系有时又表述为文和辞的关系,亦即内容与形式的关系。王安石《上人书》中谓:"且所谓文者,务为有补于世而已矣。所谓辞者,犹器之有刻镂绘画也。诚使巧且华,不必适用;诚使适用,亦不必巧且华。要之以适用为本,以刻镂绘画为之容而已。不适用,非所以为器也,不为之容,其亦若是乎?否也。然容亦未可已也,勿先之其可也。"④他将文与辞的关系,比作器物的功能("用")与其外表("容")的关系:器物的适用性是根本,作为修饰的"容"也不是完全不重要,只是不能优先于器物本身。由此可见,王安石的文道观是先道后文,作为文章内容之"道",与作为文章形式之"文"是一种主从关系。

值得注意的是,从表面上看,王安石有关"用"与"容"的看法,与柳开所谓"德"与"容"⑤、道学家所谓"本"与"末"的描述有些近似。但柳开实质是持"道统论",认为道就是文,六经、圣贤之外无文,这就将文统、文辞都排除在外。道学家之论与此一脉相传,即朱熹所谓"这文皆是从道中流出"⑥的观点,最终也是否定文学,到了二程甚而有"作文害道"⑦之理论。王安石的不同在于,他对"道"与"文"的理解皆带有政治家的印记,道诚然重要,但文也并非毫无价值,它是辅助道的重要工具,所以他也很重视"文"或"形式"。

① (宋)王安石:《答黎检正(仉)书》卷七五,第 1311 页。
② (宋)王安石:《上人书》卷七七,第 1339 页。
③ (宋)王安石:《与祖择之书》卷七七,第 1340 页。
④ (宋)王安石:《上人书》卷七七,第 1339 页。
⑤ (宋)柳开:《上王学士第三书》,《河东先生集》卷五,原国立北平图书馆甲库善本丛书,国家图书馆出版社 2013 年版,第 321—323 页。
⑥ (宋)黎靖德编,王星贤点校:《朱子语类·论文》卷一三九,中华书局 1986 年版,第 3309 页。
⑦ (宋)程颢、程颐:《二程遗书》卷一八,上海古籍出版社 2000 年版,第 290 页。

如在《答王景山书》《送陈兴之序》《广西转运使孙君墓碑》《张常胜墓志铭》等文章中,他对"能文"者均表达了赞赏之意。

第二节　道的具体内涵不同

既然道属于内容层面,文属于形式层面,那么对于"道"这一"内容"的具体定义,就显得尤为重要。诚如学者陈幼石所说,"在先秦诸子中是他们对共同关心的一组系列问题所可能采取的各自不同的立场的一个通用名词"①。那么,欧阳修和王安石所关心的问题及立场,即他们心中的"道",所指为何?

1　欧阳修之"道":百事生活

欧阳修对"道"的理解,主要接受了韩愈的观点,但也有自己的发展,具体见于其《与张秀才棐第二书》中。首先,他提出"君子之于学也,务为道,为道必求知古"②,也就是"知古明道"的原则。但这里的"古",并不是张秀才想的那样要追溯到"以混蒙虚无为道,洪荒广略为古"的太古时代,而是文中所说"易知而可法"的圣人之道,即"周公、孔子、孟轲之徒常履而行之者是也"。这种观点实际上正是针对如石介等人所代表的泰山派古文家所鼓吹的"诞者之道",纠正了他们所主张的道愈玄愈显高深、愈古愈值珍贵的偏向。

欧阳修既然把"古"的上限定在尧舜之后,那么这个"圣人之道"的内涵即"《六经》所载,至今而取信者也"③。具体而言,就是被孔子誉为"高深闳大而不可名"的《尧典》与《舜典》中所记载的内容,包括"亲九族,平百姓,忧水患,问臣下谁可任,以女妻舜,及祀山川,见诸侯,齐律度,谨权衡,使臣下诛放四罪"④等;或是孟子所谈的"教人树桑麻,畜鸡豚"等内容。可看出,这其中既有安民、祭祀、用人、外交等治国安邦的大事,也有婚嫁、种植、养生送死等日常生活的小事。欧阳修认为,圣人之道正是体现在这些"世人之甚知而近"的百事之中。

所以,他才在《答吴充秀才书》中如是说:"夫学者,未始不为道,而至者鲜焉。非道之于人远也,学者有所溺焉尔。盖文之为言,难工而可喜,易悦

①　陈幼石:《韩柳欧苏古文论》,第80页。
②　(宋)欧阳修:《与张秀才棐第二书》,《欧阳修全集》,第978页。
③　(宋)欧阳修:《与张秀才棐第二书》,《欧阳修全集》,第978页。
④　(宋)欧阳修:《与张秀才棐第二书》,《欧阳修全集》,第979页。

而自足。世之学者,往往溺之。一有工焉,则曰,吾学足矣。甚者至弃百事不关于心,曰:吾文士也,职于文而已。此其所以至之鲜也。"可见,欧阳修所谓道的具体内容,正是现实生活中的"百事"。只有关心"百事",对社会十分了解,才能达到"道充""道胜"的境界,才能写出好文章。

总之,重视现实生活之"百事",即欧阳修所理解的"道",这对古文创作贴近社会生活产生了积极作用。欧阳修的这一观点,往近说,是源自韩愈的"不平则鸣"说;往远说,则可溯自司马迁的"发愤著书"说,都指出了古文家面对现实、干预现实的重要性。

2　王安石之"道":道德与治国安邦的致用思想

王安石文集中言"道"之处不可胜数,谈圣人之道、天道、世道、朝廷取人之道、养士之道等等,这也是顺应大流,因为宋朝正是道学兴盛的时代。前人对王安石之"道"有很多解释,代表性的看法如梁启超《王安石传》说他的道"厌饫于九流百家"①。此后,周楚汉认为王安石之道是"融道、法、墨、佛、名等百家思想而经过改造了的儒道"②。而熊宪光则认为王安石之所谓道,"乃指治国安邦、革弊变俗的政治理想,所强调的是经世致用"③。王水照也认为王安石之道是"经世济时的事功之道,不同于道学家的心性命理之道,也不像二程等人从周敦颐的'文以载道'说发展为'文以害道'说"④。

这些观点均有可取之处,因为王安石所提及的"道",本就内涵丰富。但笔者认为,若要谈王安石文道观中的"道",应重视其最原初的含义,要回到其与"文"一并被提及的语境中来寻找答案。我们试看这篇《王深父墓志铭》:

> 吾友深父,书足以致其言,言足以遂其志,志欲以圣人之道为己任,盖非至于命弗止也。故不为小廉曲谨以投众人耳目,而取舍、进退、去就必度于仁义。世皆称其学问文章行治,然真知其人者不多,而多见谓迂阔,不足趣时合变。嗟乎,是乃所以为深父也。令深父而有以合乎彼,则必无以同乎此矣。尝独以谓天之生夫人也,殆将以寿考成其才,

① 梁启超:《王安石传》,东方出版社 2009 年版,第 231 页。
② 周楚汉:《唐宋八大家文化文章学》,巴蜀书社 2004 年版,第 265 页。
③ 熊宪光:《王安石的文学观及其实践》,《西南师范大学学报》(人文社会科学版)1981 年第 1 期。
④ 王水照:《王安石的散文理论与写作实践》,《王水照自选集》,上海教育出版社 2000 年版,第 517 页。

使有待而后显,以施泽于天下。或者诱其言以明先王之道,觉后世之民。呜呼,孰以为道不任于天,德不酬于人,而今死矣。甚哉,圣人君子之难知也。以孟轲之圣,而弟子所愿,止于管仲、晏婴,况余人乎?至于扬雄,尤当世之所贱简,其为门人者,一侯芭而已。芭称雄书,以为胜《周易》。《易》不可胜也,芭尚不为知雄者。而人皆曰:"古之人生无所遇合,至其没久而后世莫不知。"若轲、雄者,其没皆过千岁,读其书、知其意者甚少,则后世所谓知者未必真也。夫此两人以老而终,幸能著书,书具在,然尚如此。嗟乎深父,其智虽能知轲,其于为雄,虽几可以无悔,然其志未就,其书未具,而既早死,岂特无所遇于今,又将无所传于后?天之生夫人也而命之如此,盖非余所能知也。……

在碑志文中发表议论,是王安石文的重要特色,此篇即是代表。为了表达对王深父英年早逝且"无所遇于今"的遗憾,王安石以孟子、扬雄作比:他们二人留下了著作,且老而善终,即使这样,后世"所谓知者未必真也",更何况深父"志未就,书未具"就已去世,能将什么传之后世呢?这一对比加深了王安石的遗憾之情。但从中也能看出,王安石并不认可通过著书而名扬当世或名垂千古的方式。他指出,即使世人都夸你的学问文章,也不代表他们就了解你,而真正能留给后世的东西,在于道德层面,是一种价值观的传递,但这些却偏偏是最难被记载、被表达的。正如王安石在《读史》中所说"糟粕所传非粹美,丹青难写是精神",一个人的道德精神是很难被文字真实传承下来的。因此碑志中写道:相比文章受称道,深父身上这种"取舍、进退、去就必度于仁义"的道德精神,才是他最可贵且不朽的地方。

所以笔者认为,在王安石的文道观中,"道"之最基础含义,是符合"仁义"之道德。他在《九变而赏罚可言》中说,"万物待是而后存者,天也;莫不由是而之焉者,道也;道之在我者,德也;以德爱者,仁也;爱而宜者,义也"①,便是此观点的理论依据。在《答韩求仁书》中他也说"道之在我者为德,德可据也。以德爱者为仁,仁譬则左也,义譬则右也。德以仁为主,故君子在仁义之间,所当依者仁而已"②。可见,在王安石这里,道就是德,引申为"取舍、进退、去就必度于仁义"。所以他才会抨击韩愈的观点:"韩文公知'道有君子有小人,德有凶有吉',而不知仁义之无以异于道德,此为不知道德也"③。这也可以解释王安石为什么会说"文以贯道",因为既然他所

---

①　(宋)王安石:《九变而赏罚可言》卷六七,第 1161 页。
②　(宋)王安石:《答韩求仁书》卷七二,第 1252 页。
③　(宋)王安石:《答韩求仁书》卷七二,第 1252 页。

理解的文是"务为有补于世"的"治教政令",那么文章之内容自然需符合仁义,而仁义是道德秩序和政治秩序的基础,这才能达到儒家礼乐教化之目的。

王安石认为的文章所贯之"道",不能仅泛泛理解为融汇百家之"儒道",也不能仅针对经世济用之目的,而应包括作者想表达和传承的、以"仁义"为核心的道德观和价值观。其所谓"传道义",付诸实践,便是通过道德教化来实现变风俗和治国安邦的改革大计。正如他在《答姚辟书》所分析的,当时读书人应进士试的目的不外乎"蹈道"(追寻道义)和"蹈利"(追逐名利)两种,对于后者,王安石不屑一说,而对于那些埋头于章句名数之间,却对社会现实漠不关心的"蹈道"者,王安石也予以批评。他明确指出:"夫圣人之术,修其身,治天下国家,在于安危治乱,不在章句名数焉而已"①。若"守经而不苟世",则离道还是很遥远。所以,要追寻圣人之"道",首先需要完善自身的道德修养,然后面向现实,研究治理国家的方法,而不是像汉儒那样潜心于经书的章句研究中。这样一来,王安石对"道"的理解就上升为治国安邦、革弊变俗的济用思想了。

第三节　原因分析:立言与立功的不同选择

王安石与欧阳修在人生经历方面颇多相似之处,作为集文人、学者与官员于一身的士大夫,他们二人同出江西,先后经由翰林学士入为当朝执政(欧、王分别于宋仁宗嘉祐六年、宋神宗熙宁二年任参知政事),又先后参与或主持北宋朝最重要的两次政治革新(庆历新政与熙宁变法)。可以说,二人都满怀为国为民的政治理想,心忧天下,同时又都以文章为天下所宗。但是,他们对于文道关系及道的内涵的理解却又如此不同,同时对文学的态度也相差甚远。

欧阳修将文学创作视为本职工作,自谓"平生事笔砚,自可娱文章"(《镇阳读书》)、"臣素以文辞专学,治民临政既非所长"(《辞开封府札子》)、"平生知己,先相公最深,别无报答,只有文字是本职,固不辞,虽足下不见命,亦自当作"(《与杜䜣论祁公墓志书》)。欧阳修在不同场合都表达了身为古文家的立场,且将之上升为一种使命感,颇为自得。相比之下,王安石却志不在此。他嘉祐四年直集贤院,受宋敏求委托编选《唐百家诗

---

① (宋)王安石:《答姚辟书》卷七五,第1317页。

选》，但又在序言中直言不讳地感慨："废日力于此，良可悔也"①。北宋馆阁本就有浓厚的作诗论文气氛，编选唐诗也在正常馆务范围内，但一心致力于革弊变俗的王安石却十分排斥此类馆职②，认为徒然耗费时间和精力，无济于社会。可见，他内心对文辞之事并不感兴趣。

两人对于文学的态度差异如此之大，根源在于他们对立功与立言的不同选择。

1 欧阳修：文学不朽论

在《薛简肃公文集序》中，欧阳修说道："君子之学，或施之事业，或见于文章，而常患于难兼也。盖遭时之士，功烈显于朝廷，名誉光于竹帛，故其常视文章为末事，而又有不暇与不能者焉。至于失志之人，穷居隐约，苦心危虑而极于精思，与其有所感激发愤惟无所施于世者，皆一寓于文辞。故曰穷者之言易工也。如唐之刘、柳无称于事业，而姚、宋不见于文章。彼四人者犹不能于两得，况其下者乎！"这里探讨的，是对于立功与立言的不同选择。古人有"三不朽"的说法，"大上有立德，其次有立功，其次有立言，虽久不废，此之谓不朽"（《左传》襄公二十四年)③。有的人选择立德，如孔子；有的人一心立功，如大禹；还有的人专意立言，如司马迁。这是三种至圣的境界，是传统士大夫心中所希冀达到的人生理想。但三者都达到显然不可能，所以一般都会有所取舍。那欧阳修的选择呢？

从上引的序言中可看出，他认为立功与立言都重要，但很难兼顾，所谓"功施当世圣贤事，不然文章千载垂"④，二者居其一即可，毕竟由于精力、机遇、天赋等种种因素所限，这两者很难兼于一身，往往只能选择一方面。所以欧阳修既不完全着意于立功，也不偏废立言，但他曾强调"穷者之言易工"的观点，认为失志之人将一腔心血投入到文学创作时，自然容易成功。所以，在无法实现抱负时，他倾向于能借文章"不朽而存"。

所以欧阳修是倡言"文章不朽"论的。相关论述如"精魄已埋没，文章岂能磨……存之警后世，古鉴照妖魔"（《读徂徕集》）；"一时留赏虽邂逅，后世传之因不朽"（《予作归雁亭于滑州后十有五年梅公仪来守是邦因取余

---

① 《唐百家诗选序》，黄永年、陈枫校点：《王荆公唐百家诗选》，辽宁教育出版社 2000 年版，第 1 页。
② 据《续资治通鉴长编》卷一八九，嘉祐四年五月："度支判官、祠部员外郎王安石累除馆职，并辞不受。"（第 4566 页)。
③ 杨伯峻编著：《春秋左传注》，中华书局 1990 年版，第 1088 页。
④ （宋）欧阳修：《答圣俞莫饮酒》，《欧阳修全集》，第 101 页。

诗刻于石又以长韵见寄因以答之》)①;"予又益悲梦升志虽困,而独其文章未衰也"(《黄梦升墓志铭》)②;"其生也迫吾之贫,而殁也又无以厚焉,谓惟文字可以著其不朽。且其平生尤知文章为可贵,殁而得此,庶几以慰其魂"(《南阳县君谢氏墓志铭》)③等等,不胜枚举。换句话说,欧阳修相信一个人留下的文章可以让他名垂千古。

欧阳修发现并整理韩愈文集的过程,也体现了他的这种观点和选择。据《记旧本韩文后》所载:"予之始得于韩也,当其沉没弃废之时,予固知其不足以追时好而取势利,于是就而学之,则予之所为者,岂所以急名誉而干势利之用哉?亦志乎久而已矣。故予之仕,于进不为喜、退不为惧者,盖其志先定而所学者宜然也。"④欧阳修最早得到六卷《昌黎先生文集》时,就知道它并不符合当下文坛所趋,并不能为他带来声名好处,但慕法韩文为其"素志"⑤,他为文也不是为了"急名誉而干势利之用"。所以不管在仕途上是进是退,他都不会过于悲喜,因为他的志向在于"文"本身,而不是仕途。

所以,欧阳修的古文理论,都是以古文家的身份立论的,归根到底是为了使文章"不朽而存"。而欧阳修所追求的不朽之"文章",是有一定标准的,前文所引《代人上王枢密求先集序书》中,他提出的"事信言文"的观点即是文章"乃能表见于后世"的标准。

基于此,我们再来看他在《送徐无党南归序》中表达的对"三不朽"的论述,就会更深刻地理解他的观点。在该文中欧公认为,圣贤之所以不朽,是因为"修之于身,施之于事,见之于言"这三方面使然,分别对应立德、立功与立言。在这其中,最重要的是"修之于身",因为"施于事者",不可能都能达到目的;"见于言者",也与个人才能有关,不是人人都擅长;唯独"修之于身",是"无所不获"的。所以即使没有事业,也没有立言,同样可以像孔子的弟子颜渊一样成为不朽之圣人。欧阳修这一论述是有明确针对性的:当时文坛以追求"文章丽""言语工"为尚,且"今之学者,莫不慕古圣贤之不朽,而勤一世以尽心于文字间者",欧阳修认为这种思想很可悲,若一心沉溺于浮靡的文字间,是无法达到圣人之不朽境界的。在这篇序文中,欧阳修并非否定立言,而是否定追求"丽"与"工"的立言方式,其最终目的正是为了实现"见之于言"的文章不朽。

---

① (宋)欧阳修:《欧阳修全集》,第137页。
② (宋)欧阳修:《欧阳修全集》,第419页。
③ (宋)欧阳修:《欧阳修全集》,第530页。
④ (宋)欧阳修:《记旧本韩文后》,《欧阳修全集》,第1056页。
⑤ (宋)欧阳修:《记旧本韩文后》,《欧阳修全集》,第1056页。

　　总的来说,对于立德、立功与立言的人生理想,欧阳修的态度很豁达,不是非此即彼,而是认为只要占有其中一项,即可不朽。这其中,文章之不朽当然是他极力认同和倡言的,也是他一生努力所追求的至圣境界。

2　王安石:文章合用世

　　王安石的选择与欧阳修有着鲜明的不同。一方面,他屡屡表示出不以文章高世的态度,谓"古之成名,在无事于文辞"(《答李秀才书》),"只恐虚名因此得,嘉篇为贶岂宜蒙"(《奉酬永叔见赠》),"天方选取欲扶世,岂特使以文章鸣"(《次韵欧阳永叔端溪石枕薪竹簟》)。另一方面,他提出"欲与稷契遐相希"①的远大理想,立功是他一生努力的方向,至圣的最高境界,是要经世济用。

　　王安石是反对文章不朽论的,他认为文没有自身的终极价值,其价值必须依托社会价值来实现。所以,他没有考虑借立言而名垂千古的问题,也不希望在当世借文章扬名(前文所引的《王深父墓志铭》即体现这一观点)。在他的眼里,"所谓文者,务为有补于世而已矣"②,文的本质是"治教政令","文章合用世"③才是第一要义。

　　尽管和欧阳修一样,王安石也有对于时文的不满,但欧阳修批评杨亿等人雕琢颂美、卑弱不振,是从文体本身出发的,考虑的是文学内部的问题;王安石却是以政治家的眼光和立场来看,认为西昆体这种华而不实、内容空洞的文章不仅不适用,还妨碍社会风俗④,同时还认为,通过诗赋墨义科试选出来的士人也无法胜任公卿之职。所以他才在神宗继位后,请求"先除去声病对偶之文,使学者得以专意经义"(《乞改科条制札子》)。可见,王安石纠正文风的目的,是为了使文章大则"足以用天下国家",小则"足以为天下国家之用"。⑤ 济用,才是其文论的核心。

　　王安石有意识地把自己与古文家区别开来,认为古文家虽然一直高谈"文以明道",但他们的落脚点在"文"而不在"道"。他在《上人书》中批评韩愈、柳宗元"徒语人以其辞",正是此意。王安石晚年退居江宁,远离朝野

---

①　(宋)王安石:《忆昨诗示诸外弟》卷十三,第206页。
②　(宋)王安石:《上人书》卷七七,第1339页。
③　(宋)王安石:《送董传》卷十五,第241页。
④　《续资治通鉴长编》卷二三五:熙宁五年,在商议省略空洞无物的考核评语时,王安石认为:"天下无道,辞有枝叶,从事虚华乃至此,此诚衰世之俗也";《续资治通鉴长编》卷二七五:熙宁九年,王安石与神宗论道时说:"陛下该极道术文章,然未尝以文辞奖人,诚知华辞无补于治故也。风俗虽未丕变,然事于华辞者亦已衰矣,此于治道风俗不为小补。"
⑤　(宋)王安石:《上仁宗皇帝言事书》卷三九,第644页。

后,胸中有感触,用心经营为绝妙的近体诗,却始终不在作文上下功夫。可知,他对于古文的看法一直保持一致,即适用即可。他的古文所展现的魅力使他位居唐宋八大家之一,但这源自他自身深厚的学养,以及勤学深思的性格,他文章的高度并不是刻意经营来的。

　　总之,王安石的抱负不在于文章而在于改革社会的雄心,自然"视文章为末事",不会用力为文。在"三不朽"中,他显然选择了立德和立功,而并不重视立言。

第四节　欧、王文道观的实践:科举改革期间考官与举子之文学业绩概览(以嘉祐二年和熙宁六年为对比)

　　北宋嘉祐二年的贡举是北宋科举与文学相关联的一个令人瞩目的节点。这一年,古文运动的代表人物欧阳修为主考官,奠定宋诗风格的梅尧臣是点检试卷官。同年,欧门弟子曾巩与苏轼兄弟,支持新政的邓绾、吕惠卿、林希、曾布等变法派人物,宋代理学的代表张载、程颢等,均进士及第。可以说,"北宋政治界、思想界、文学界的各种代表人物都在这两个月中闪闪发光,崭露峥嵘"①。此次贡举很好地体现了欧阳修的文道观。其主考官和录取士子身份各异、思想不同,但都学有所成且文采斐然。在道和文的选择中,虽然"道"是欧阳修考虑的重要因素,但毫无疑问,"文"(反对时文、推行古文)才是这次贡举最主要的关键词。尽管如此,此科士子却在后来的政坛和思想界大放异彩,这与欧阳修以"道"为百事生活的通达观念有很重要的关系。嘉祐二年贡举的具体情况和重大意义,前人多有论述,此不赘述。总之,欧阳修主导的这次贡举产生了十分良好的结果,这也使他的文道观成为古文运动主导理念,并得其最亲近的门生传承(如苏轼)。

　　同样,在王安石主导科举改革的时期,他的文道观也得到了推行。但这一推行结果却一直遭人诟病,如苏轼在《答张文潜县丞书》中说:"文字之衰,未有如今日者也。其源实出于王氏。"②其所指正是王氏的科举改革。但我们细味苏轼之语,他说"源"出于王氏,没说就是出于王氏,显然苏轼也理解其中复杂的因果关系。通过前文对王安石文道观的解析可知,王安石虽然极强调道,但仍是先道后文,而不是重道废文。当文可以恰当地为道服

---

① 曾枣庄:《文星璀璨:北宋嘉祐二年贡举考论》,复旦大学出版社2010年版,第2页。
② 《苏轼文集》卷四九,第1427页。

务时,他是不反对文的。甚至可以认为,他在科举考试中推行典范的经义文,正是为了给道提供一种最恰当的载体。文不善则会害道,所以苏轼说"王氏之文,未必不善也",王安石的本意是希望给士子提供一种标准的"善"文,从而节省精力,使其能将更多精力投入到对道的探索中。但问题在于,好的出发点不一定导致好的结果,良好的意图容易被滥用,而且对创作自由的限制终究会累及思想的活跃度,这些恐怕是王安石始料未及的。

尽管如此,因为王安石本身并不排斥文,所以在他本人主导科举改革的时期,文坛事实上并未呈现彻底衰落的景象。在其贡举新政施行的近六十年里,一共开考十八榜,平均每榜登进士第人数约 570 人①,其中确实没有哪一榜能同嘉祐二年榜同日而语,但这原因恐怕是多方面的。事实上,如果仔细观察,依然能发现其中有许多富于文学业绩的考官和士子。此处仅以改制后第一次经义取士的熙宁六年榜为例进行考察,这也是王安石个人影响力最甚的一榜。

先看考官。熙宁六年(1073)正月九日,"以翰林学士曾布权知贡举,知制诰吕惠卿、天章阁待制邓绾、直舍人院邓润甫并权同知贡举"②。这些主考官均为新党中坚分子③,点检试卷官也多为王安石的学生,如崇文院校书黎宗,国子监直讲龚原、陆佃,审官西院主簿舒亶等。④ 这些考官大多擅长文学,基本都撰有个人专集。据《宋史·艺文志七》《直斋书录解题》等各类公私书目著录,其中,曾布集 30 卷,吕惠卿文集 100 卷⑤、又奏议 170 卷,邓绾《治平集》30 卷,又《翰林制集》10 卷、《西垣制集》3 卷、奏议 20 卷⑥、杂文

---

① 据傅璇琮主编的《宋登科记考》(江苏教育出版社 2009 年版,第 311—654 页),从神宗熙宁六年到徽宗宣和六年间,开考十八榜,笔者统计登进士第人数总和为 10311 人,故平均每榜约 570 人(注:不包括特奏名进士)。

② (清)徐松辑:《宋会要辑稿·选举》一之一二《贡举》,中华书局 1957 年版,第 4236 页。

③ 这些人是新党已成后人共识,证据也非常多,仅举一证,如曾布、邓绾、吕惠卿三人都出自明人何乔新所谓"王门十哲":"王安石之门下群小杂沓,皆以利合者也。章惇、邓绾、曾布、蔡京、邢恕、林希、吕惠卿、李清臣、张商英、吕嘉问左右安石,建立新法。或赞翔于立法之初,或绍述于罢政之后,虽谓之'王门十哲'可也。"[(明)何乔新《吕嘉问提举市易恃势凌三司使薛向出其上齐布代向怀不能平虽上奏问多收息干赏挟官府而为兼并之事吕惠卿执政劾曾布沮新法出知饶州》,《椒邱文集》卷五,文渊阁四库全书。]

④ (清)徐松辑:《宋会要辑稿·选举》一九之一六《试官》,中华书局 1957 年版,第 4570 页。

⑤ 集名《东平集》,见孙觌《东平集序》(《鸿庆居士集》卷三十)。又《郡斋读书志》卷一九和《文献通考·经籍考》卷六五著录"吕吉父集二十卷"[晁公武,《郡斋读书志》卷一九,江苏古籍出版社 1988 年版,第 703 页;(元)马端临著,华东师大古籍研究所标校:《文献通考·经籍考》(下),华东师范大学出版社 1985 年版,第 1501 页]很可能经过元祐党争的破坏,到了南宋晁公武所见的吕惠卿集子只剩 20 卷,然今均不存。

⑥ 《郡斋读书志》卷十二著录"驭臣鉴古二十卷":"右皇朝邓绾所著",可能就是这 20 卷奏议之集名。(《郡斋读书志》第 347 页)

诗赋 50 卷,龚原文集 70 卷,舒亶文集 100 卷,陆佃《陶山集》20 卷①。不过,他们的集子大多散佚(除陆佃和舒亶的集子部分留存),或仅存零星篇章②,这就导致后人无法一窥其文学业绩,在文学发展史上给人以衰微的印象。但我们仍可以从古人的只言片语中一探这几位考官的文学业绩。

曾布(1036—1107):21 岁即与兄曾巩同时登第,当时颇有文名,曾任馆阁之职。其诗词受人关注,是因为他将唐传奇《冯燕传》改成"大曲",是现存最早将传奇改编成"大曲"的尝试。

吕惠卿(1032—1111):欧阳修称其"材识明敏,文艺优通,好古饬躬,可谓端雅之士"③。沈遘谓吕惠卿"好学不倦,其议论文章皆足以过人"④。孙觌赞其文"不谬于古,推原道德之旨,不悖于今,声气相交,风动云兴,如虎吟啸,如凤鸣高岗之上,辞丽义密,追古作者"⑤。程颢也称他"在朝虽多可议,而才调亦何可掩也"⑥。可知,吕惠卿之文名在当时是备受肯定的。

邓绾(1028—1086):《宋史·艺文志》中所著录的邓绾作品很多,可惜均不存。但是有关邓绾的一条材料值得注意,在下一届即熙宁九年的科考中,邓绾升任知贡举,"初命绾知举,时专以经取士,前史兴亡治乱之迹,学者莫得习。绾于策问,悉访史学。至是,奏进士张嶷等合格,号为得人。事已,绾入对。上曰:'卿以史学问矫学者,可谓举其遍矣'"⑦。说明邓绾已经敏锐地察觉到专以经义取士的弊端,于是着意考察举子的史学素养。

陆佃(1042—1102):其《陶山集》今存十六卷,诗文皆备。陈襄《乞升陆佃优等倡名劄子》中,认为对于陆佃应"专取其义理之学而略其文辞"⑧,显然其文章的文辞较义理要逊色。所以陈襄又补充道:"虽文采不甚优,观其志精深,固已出于群隽。"⑨观其祭文和书信,文风朴实,行文真诚,但确实文

① 《直斋书录解题》,上海古籍出版社 1987 年版,第 311 页。但《国史经籍志》卷五(集类)著录为"陆佃陶山集三十卷"。

② 有关新党/王门人物作品的具体现存情况,请参见沈松勤《论王安石与新党作家群》(《杭州大学学报》(哲学社会科学版)1998 年第 1 期)和王奕琦《北宋王门及其文学研究》(浙江大学 2013 年硕士学位论文)之第三章第一节"王门核心人物的文学史残影"。

③ (宋)欧阳修:《举刘攽吕惠卿充馆职劄子》,《欧阳修全集》卷一百一十三,中华书局 2001 年版,第 1715 页。

④ (宋)沈遘:《荐胡宗愈吕惠卿劄子》,《西溪集》卷八,文渊阁四库全书。

⑤ (宋)孙觌:《鸿庆居士集》卷三十《东平集序》,(宋)盛宣怀,缪荃孙编:《常州先哲遗书》(十九—二十二),南京大学出版社 2010 年版。

⑥ 《闽南名贤传·吕惠卿轶事(泉州府志参百川学海)》。

⑦ (宋)彭百川:《太平治迹统类》卷二八《祖宗科举取人·神宗》,江苏广陵古籍刻印社 1981 年版。

⑧ (宋)陈襄:《乞升陆佃优等倡名劄子》,《古灵集》卷七,文渊阁四库全书。

⑨ (宋)陈襄:《乞升陆佃优等倡名劄子》,《古灵集》卷七,文渊阁四库全书。

辞不胜义理。

　　舒亶(1041—1103)：相对而言，舒亶现存的作品较多。以元丰六年(1083)被罢御史中丞为界，其创作可以分为前后两期①。前期仅留下奏疏、制令等寥寥作品；后期他谪居鄞县十余年，是其诗词文的创作丰收期。其中散文有11篇，内容上，作者正视现实，关注民生；行文上，畅达简洁，有条不紊。《乾道四明图经·舒亶传》称他"为文不立稿，尤长于声律。程文太学，词翰秀发，为天下第一"②。

　　从上述材料可以看出，这些考官的文学业绩实不可小觑。后人之所以少有提及新党作家群的文学成就，甚至于其集子的大量散佚，很大程度是因为党争及南渡等政治因素。总之，虽然这一榜的考官没有像欧、梅那般耀眼，但总的来说，也都是善文学之士。

　　再来看这一榜的进士。仔细搜检，可发现有几位成就斐然。如李之仪、晁端礼、张耒等。其中李之仪和晁端礼都因词作留名，唯张耒诗文皆擅，故笔者重点以张耒之文为例。

　　张耒(1054—1114)：苏门四学士之一，北宋中后期重要的文学家之一。他的古文贯穿着强烈关注现实的精神，是苏门学士中现实主义精神最突出的一位。在其所存的近三百篇散文中③，纵论古今、品评政事、表达个人史论、政论的文章就占了三分之一。有从全局观照的政论：如《论法》《治术》《知人论》等；有对某一问题如边事问题的专论：如《择将篇》《审战篇》《远虑篇》等；有对某一朝代的得失评判：如《秦论》《唐论》《五代论》等；有对众多历史人物的专文点评：如《司马相如论》《鲁仲连论》《乐毅论》④等。从艺术风格上看，其论说文擅长总分总式结构，如其《礼论》四篇，都是先引观点，再举一两个事例论证，再分析原因，最后总结重申观点，结构清晰，逻辑严密。所以明马骀才会在《张文潜文集序》中说："文潜文雄健秀杰类子由，视长公浑涵光芒若不及，而谨严持正自其所长"⑤，可见其古文优势在于谨言持正。再看文论观，张耒认为文章要经世致用，所谓"俗儒昧事实，文字工彩绣。可观不可用，章甫冠土偶"⑥，华而不实的文章，不过是可观不可用

----

① 参见周建国：《论新党舒亶及其文学创作》，《文学遗产》1997年第2期。

② (宋)张津等：《乾道四明图经》卷五，《丛书集成三编》第八〇册，台北新文丰出版公司1985年版，第471页。

③ 据《张耒集》(中华书局1990年版，第4页)之"前言"。

④ 以上所引张耒文之篇名，均出自(宋)张耒著，李逸安等点校，《张耒集》：中华书局1990年版。

⑤ (明)马骀：《张文潜文集序》，《明刻本张文潜文集》，转引自《张耒集》附录三，第1022页。

⑥ (宋)张耒：《读戚公恕进卷》，《张耒集》卷九，第128页。

的土偶而已。

以上三人都与苏轼关系密切,且以文学知名,但这都不妨碍他们被录取。尤其值得注意的是,尽管张耒是苏门学士,但从上文可以看出,不管是其以政论、史论为主的文体倾向,还是逻辑严密、雄深雅健的文学风格,抑或是经世致用的文论观,都与王安石更为接近。相较"苏门四学士"中的其他三位,黄庭坚作文强调"以理为主,理得而辞顺"①;秦观则在古文形式上较多运用寓言、典故等方式;晁补之以题跋、游记之文最为有名,且其奏疏情真意挚,有其过人之处。对比之下,这三人的特色才更接近苏轼,这就显得饶有趣味。诚然,一个人的文论观、作品内容的倾向以及文章风格的形成,是由家庭环境、人生经历、学校教育等诸多因素综合影响的结果。但至少可以说,张耒的各方面成就,不能完全撇开与熙宁六年中举(包括针对举业的备考和日常训练)的关系。正如神宗在熙宁六年科考结束后所说,"今岁南省所取多知名举人,士皆趋义理之学,极为美事"②。经由科考的训练,"义理"进入士子的思维,从而影响其古文创作,使得日常为文关注现实、结构清晰、逻辑严密,这是自然之事。

因此也可以说,张耒这样的道文兼善的士子,才是王安石文道观推行最成功的案例。但从整体上而言,我们不得不承认,相比嘉祐二年的文星璀璨,熙宁六年的文学人才不过寥寥几人。这也就说明了,作为选拔人才的执政者,其文学思想中对文与道孰先孰后的认识,将对此期的文学发展产生巨大的影响。

小　　结

欧阳修和王安石都强调文以明道,也都对形式浮华的时文有所批评,但两人对文道关系以及道的内涵上,理解各有不同。欧阳修主张文道并重,王安石却倾向先道后文;欧阳修认为作为文学源泉的"道",乃是现实生活中的"百事",王安石则将"道"定义为"道德",并上升为治国安邦、革弊变俗的致用思想,从而有助于其利用文学来完成礼乐教化之功能。本章还将欧阳修知贡举的嘉祐二年,与王安石执政期间影响最甚的熙宁六年榜进行对比,概览两榜主考官及士子的文学业绩,以此印证两人文道观的实践。

① (宋)黄庭坚:《与王观复书》,刘琳、李勇先、王蓉贵校点:《黄庭坚全集》,四川大学出版社2001年版,第470页。

② (宋)李焘:《续资治通鉴长编》卷二百四十三,熙宁六年三月庚戌条,中华书局1985年版,第5917页。

　　归根到底,欧阳修是从立言的角度,以文学家的身份来探讨古文理论问题,而王安石则是从立功的角度,以政治家的立场来矫正古文之弊。但是,我们应当看到,"那些始终关怀着宇宙人生之真谛、国家民族之休戚、风俗道德之厚薄与文化学术之隆替的人,从来都比纯文学家有着更大的成绩贡献于文学史"①。所以王安石虽然不如欧阳修那么重视文学的价值,甚至有否定文学的言论,但其思想文化的进步终究有利于文学发展,所以今天我们对王安石的文章仍持肯定意见。

---

① 　朱刚:《唐宋四大家的道论与文学》,东方出版社 1997 年版,第 90 页。

第五章　疏离于古文运动之外：论王安石与欧阳修、曾巩的文学交游

关于王安石在北宋古文运动中的地位，《宋史·文苑传》的一段论述常被引用："国初，杨亿、刘筠犹袭唐人声律之体，柳开、穆修志欲变古而力弗逮；庐陵欧阳修出，以古文倡，临川王安石、眉山苏轼、南丰曾巩起而和之，宋文日趋于古矣。"①此处，王安石是作为继欧阳修之后，对古文运动"起而和之"的角色出现的，地位非常重要。

这段话也常被文学史编者引用。然其前半部分，罗根泽先生已指为"大谬"，因"杨亿后柳开约二十年，知柳开的革新变古不是针对杨、刘，而是针对杨、刘以前的与古文相反的文体，就是'五代体'"。②既然前半句已大误，则后半句正确与否也值得怀疑。

今考其后半段出处，最早似可追溯至北宋末年孙觌《送删定姪倅赵序》一文："庆历、嘉祐间，欧阳文忠公以古文倡，而王荆公、苏东坡、曾南丰起而和之，文章一变醇深雅丽，追复古初，文直而事核，意尽而言止。"③因两者说法基本一致，在没有更多文献支撑的情况下，暂将此作为《宋史》所据之原始材料。

孙觌（1081—1169），字仲益，号鸿庆居士，常州晋陵（今江苏武进）人，徽宗大观三年（1109）进士。其为人无操守，朱熹有《记孙觌事》一文专门进行讽刺，《四库全书总目提要》也谓"其生平出处，则至不足道。……当时已人人鄙之矣"④。《四库提要》又提及两事：其一，"孝宗时，洪迈修《国史》，谓靖康时人独觌在，请诏下觌，使书所见闻靖康时事上之。觌遂于所不快者，如李纲等，率加诬辞。迈遽信之，载于《钦宗实录》。其后朱子与人言及，每以为恨。谓小人不可使执笔"⑤；其二，引岳珂《桯史》之言："孙仲益《鸿庆集》大半志铭，盖谀墓之常。"可见，孙觌其人其文，都有值得怀疑

---

① （元）脱脱等：《宋史》，中华书局1977年版，第12997页。
② 罗根泽：《中国文学批评史》，上海书店出版社2003年版，第6页。
③ 孙觌：《鸿庆居士集》卷三一，（宋）盛宣怀、缪荃孙编：《常州先哲遗书》（十九—二十二），南京大学出版社2010年版，第437页。
④ （清）纪昀总纂：《四库全书总目提要》，河北人民出版社2000年版，第4059页。
⑤ （清）纪昀总纂：《四库全书总目提要》，河北人民出版社2000年版，第4059页。

之处。

　　当然,我们不能仅凭上述论述就遽然否定孙觌之观点。相反,其观点正可为我们提供一个考察王安石与古文运动关系的切入点。我们应当思考的是:在欧阳修倡导的古文运动中,王安石是否真的"起而和之"? 所以,本章着重论述王安石与北宋古文运动核心成员欧阳修、曾巩的文学交游。重点不在考辨三人关系之亲疏远近,①而在于关注他们诗歌唱和及书信往来中有关文学讨论的部分,以此来验证,王安石是否和曾巩一样,主观上即对欧阳修主持的古文运动"起而和之"。

　　在这里,我们首先需要厘清一个问题,即后人所称的"古文运动",在时人眼里,是否真的形成了一场"运动"? 否则,所谓王安石与"古文运动"的关系也就无从谈起。

　　首先,"古文"作为文体概念,是从唐人开始的,指一种与文坛流行的"雕绣藻绘""骈四俪六"的骈体文不同的散体单行的文体。② 中华文化一直有复古、崇古的传统,以古为贵,以古为美。而唐宋古文运动这种对古文的崇尚,已经超过了一般复古思想的范畴,表现出一种强烈的革新性和创造性,社会波及面很广,深入文体、思想等领域,可以说"古文运动"不只是文体方面的变革,它已是当时文学风尚的概括。正是基于此,研究者们才将之与一般的复古思潮区分,称之为"古文运动"。

　　其次,具体到宋代,确然有两次标志性的事件促成这种风尚的形成。其一,欧阳修《苏氏文集序》有言:"天圣之间,予举进士于有司,见时学者务以言语声偶摘裂,号为时文,以相夸尚。……其后天子患时文之弊,下诏书讽勉学者以近古,由是其风渐息,而学者稍趋于古焉"③;又,其《与荆南乐秀才书》:"天圣中,天子下诏书,敕学者去浮华,其后风俗大变。"④以上两文都指向宋仁宗天圣年间朝廷所颁布的"申戒浮文"诏书,可以认为欧阳修是有

① 目前学界关于此论题的成果,基本都以考辨王与欧、王与曾之间"始合而终揆"的关系及原因为主,如顾永新《欧阳修和王安石的交谊》(《文学遗产》2001年第5期)认为欧、王私交不错,欧非常欣赏且极力提拔王,王对欧的褒奖延誉终生充满感激,二人学术观点上的差异和政见分歧,于他们的友谊无害。再如刘成国《王安石与曾巩交疏辨》(《抚州师专学报》1999年第4期),认为王、曾二人关系的疏远当在熙宁初年,并分析两人晚年相揆的原因是政见分歧及学术思想相异,也包括王安石个人的性格因素。此外,张新红的硕士论文《王安石交游考辨》(郑州大学,2004年)中也考察了王安石与曾巩、欧阳修的交游,但对于前者,重在探讨两人政治见解和学术志趣的差异;对于后者,重在强调其义兼师友的深厚感情。
② 孙昌武:《唐代古文运动通论》,百花文艺出版社1984年版,第2页。
③ (宋)欧阳修著,李逸安点校《欧阳修全集》,中华书局2001年版,第614页。
④ (宋)欧阳修著,李逸安点校《欧阳修全集》,中华书局2001年版,第661页。

意识地将天圣诏令视为北宋文学风尚变革的起点，也就是所谓"古文运动"的起点。苏轼、朱熹、陆游等人也均有类似的看法。①

第二，嘉祐二年欧阳修知贡举，革除"太学体"险怪文风，以平易自然为标准，推行关心百事、"文以为用"的古文指导思想。由此，在科举杠杆的推动下，自天圣后逐步形成的"近古"风尚如同注入了强心剂，全面推向文人士子，到达北宋"古文运动"的顶峰。

所以，尽管"古文运动"这一概念源自近代研究者，宋人确然并未自称身处这种"运动"中。但是，即使没有形之于表述，却并不妨碍它确实存在（身在其中而不感知）。当时存在一种"明显的迹象"，即一大群文人在欧阳修的引导下，以反对时文为目标，以复古审美为宗尚，对此前及当时的文学及思想进行了改变或者创新。只要承认这一点，那么就可以认为存在"古文运动"。学者不同意"古文运动"，只是对"运动"一词存在自己的理解，认为它"程度太深"而已。

笔者找出《临川先生文集》中涉及欧阳修和曾巩的诗文，再检得《欧阳修全集》与《曾巩集》中涉及王安石的诗文进行综合考察。这些作品以书信、祭文及唱和诗为主，其中有关文学交往的部分可以概括为三方面的内容：其一，相互表达欣赏之意；其二，有关诗文写作的细节讨论；其三，关于为文目的的讨论。这些交往的内容与古文运动的发展是否有关系？比如，彼此欣赏的对方文学的特征，符合古文运动的大潮流吗？细节讨论部分是针对时文而进行的吗？有关文学目的的讨论，符合古文运动所宣扬的文道观吗？以上种种，又是否推动了古文运动的进程？下文将详析之。

第一节　王安石与欧阳修的文学交游

1　相 互 欣 赏

①欧阳修对王安石的青睐

欧、王两人的交往，始于曾巩的推荐。通过曾巩，欧阳修很早就看到了王安石的作品，对其人其文都极力表示认可，曾几次向朝廷推荐王安石。至和元年（1054），欧称其"德行文学，为众所推……久更吏事，兼有时才"（《荐王安石吕公著札子》）②，建议补为谏官。至和三年，欧又在《再论水灾

---

① 冯志弘：《北宋古文运动的形成》第五章，上海古籍出版社 2009 年版，第 148 页。
② （宋）欧阳修著，李逸安点校：《欧阳修全集》，中华书局 2001 年版，第 1654 页。

状》中荐举王安石："太常博士、群牧判官王安石,学问文章,知名当世,守道不苟,自重其身,议论通明,兼有时才之用,所谓无施不可者。"①

　　以上评价主要着重于才学和能力,再看其对王安石具体作品的称赞。早在庆历三年欧即在与友人信中称其诗"甚佳,和韵尤精"(《与沈待制二》其一)②。至和元年,欧从刘敞处得知王有《平山堂》诗,遂致函王安石"因信幸乞为示"(《与王文公三》其二)③,可见其喜爱。次年,欧公又把己诗寄赠王安石,谓"小诗幸同作,以送介甫"(《与韩门下》)④。嘉祐中,欧阳修给刘敞写信,称"得介甫新诗数十篇,皆奇绝,喜此道不寂寞,以相告"(《与刘侍读二十七》其四)⑤。从这些书信或诗歌往来中可见欧阳修对王安石诗的赞赏之意。

　　欧阳修对王安石文的欣赏,许多是体现在曾巩的书信中,由曾巩转达。如曾巩《与王介甫第一书》："欧公悉见足下之文,爱叹诵写,不胜其勤。……(欧)言:'此人文字可惊,世所无有。盖古之学者有或气力不足动人,使如此文字,不光耀于世,吾徒可耻也。'"⑥从中可见欧阳修对王安石文的喜爱。另外,在欧阳修给曾巩的信中也有涉及王安石文,如其《与曾舍人》一信提及他得到王安石"鄞县新文"后欣喜感叹:"读之饱足人意。盛哉盛哉! 天下文章久不到此矣。"⑦他还将王文选入自己所编"悉时人之文佳者"⑧的《文林》一书中。

　　以上,均可看出欧公对王安石诗文的激赏。激赏之外有提到具体细节的,诗歌部分,有"和韵尤精"和"奇绝"两点;而古文部分,欧公以"天下文章久不到此矣"表示惊叹,评价都相当高,但也仅此而已。可以说,无涉古文运动相关主旨。

　　②王安石对欧阳修的推重

　　《临川先生文集》中涉及欧阳修的部分,有《次韵欧阳永叔端溪石枕蕲竹簟》《奉酬永叔见赠》唱和诗两首,《上欧阳永叔书》四通,《祭欧阳文忠公文》一篇。王安石对欧阳修文学上的推重,集中体现在祭文中:

①　(宋)欧阳修著,李逸安点校:《欧阳修全集》,中华书局 2001 年版,第 1663 页。
②　(宋)欧阳修著,李逸安点校:《欧阳修全集》,中华书局 2001 年版,第 2435 页。
③　(宋)欧阳修著,李逸安点校:《欧阳修全集》,中华书局 2001 年版,第 2368 页。
④　(宋)欧阳修著,李逸安点校:《欧阳修全集》,中华书局 2001 年版,第 2369 页。
⑤　(宋)欧阳修著,李逸安点校:《欧阳修全集》,中华书局 2001 年版,第 2419 页。
⑥　(宋)曾巩著,陈杏珍、晁继周点校:《曾巩集》,中华书局 1984 年版,第 254 页。
⑦　(宋)欧阳修《与曾舍人》,[日]东英寿考校,洪本健笺注:《新见九十六篇欧阳修书简笺注》,上海古籍出版社 2014 年版,第 79 页。
⑧　(宋)曾巩著,陈杏珍、晁继周点校:《曾巩集》,中华书局 1984 年版,第 255 页。

如公器质之深厚，智识之高远，而辅学术之精微，故充于文章，见于议论，豪健俊伟，怪巧瑰琦。其积于中者，浩如江河之停蓄；其发于外者，烂如日星之光辉。其清音幽韵，凄如飘风急雨之骤至；其雄辞闳辩，快如轻车骏马之奔驰。世之学者，无间乎识与不识，而读其文，则其人可知。①

熙宁五年（1072），一代文宗欧阳修逝世，同僚、门生、朋友纷纷撰写祭文表达悼念之情，其中以王安石的祭文获赞最多。茅坤评曰："欧阳公祭文当以此为第一。"②诚然，不论是起笔的不同寻常，还是主体部分记叙、描写、论理、抒情的有机融合，或是打破常规的长短句交替及骈散并用，均造就了这篇祭文凌压众篇的出色。但细究王安石对欧阳修文学的评价，可发现他的关注点与他人的不同。

欧阳修对于古文革新的主要贡献在于打击狂怪艰涩的"太学体"，而使平易自然的文风成为主流。但在王安石眼中，他最欣赏的则是欧公"豪健俊伟""怪巧瑰琦""雄辞闳辩"的为文特色，丝毫不提欧公屡屡强调的"简而有法"③"自然"④等文论法则。此外，欧阳修文章纡余委备之舒缓风格也备受人称道，如苏洵即有言："执事之文，纡余委备，往复百折"（《上欧阳内翰第一书》）⑤。但王安石所偏爱的，却是欧文"飘风急雨之骤至""快如轻车骏马之奔驰"之处。这固然与王安石的个人审美倾向直接相关，如他自身的文风也偏向豪健俊伟而非舒缓自然；但这似乎也可说明，王安石对欧阳修主持的这场古文改革并不敏感，故在祭文中丝毫不提其振兴古文的历史作用，也未从改革时文的角度点出欧阳修对古文创作的独特贡献。

上述这几点，如果对比其他人为欧公所作祭文或墓志就可以看出明显区别。如曾巩《祭欧阳少师文》以"绝去刀尺，浑然天质。辞穷卷尽，含意未卒。读者心醒，开蒙愈疾。当代一人，顾无俦匹"⑥几句点出欧阳修文自然、含蓄的特色及无人匹敌的地位。又如韩琦《故观文殿学士太子少师致仕赠太子太师欧阳公墓志铭》称"自唐室之衰，文体寝而不振，陵夷至于五代，气

---

① （宋）王安石：《临川先生文集》卷八六，第1490页。
② 张伯行选编：《唐宋八大家文钞》，上海古籍出版社2007年版，第390页。
③ （宋）欧阳修著，李逸安点校：《欧阳修全集》，中华书局2001年版，第431页。
④ 欧公在文集中一再强调"必得于自然"（《唐元结阳华岩铭》）、"须待自然之至"（《与渑池徐宰》六通之五），"孟、韩文虽高，不必似之也，取其自然耳"（《与曾子固书》）。以上均见（宋）欧阳修著，李逸安点校：《欧阳修全集》，中华书局2001年版，第2239、2474、2590页。
⑤ （宋）苏洵著，曾枣庄、金成礼笺注：《嘉祐集笺注》，上海古籍出版社1993年版，第328页。
⑥ （宋）曾巩著，陈杏珍、晁继周点校：《曾巩集》，中华书局1984年版，第526页。

益卑弱。国初柳公仲途，一时大儒以古道兴起之，学者卒不从。景祐初，公与尹师鲁专以古文相尚，而公得之自然，非学所至，超然独骛，众莫能及。譬夫天地之妙，造化万物，动者植者，无细与大，不见痕迹，自极其工。于是文风一变，时人竞为模范。自汉司马迁殁几千年，而唐韩愈出；愈之后又数百年，而公始继之。气焰相薄，莫较高下，何其盛哉！"①此文以兴古道、以古文相尚、得之自然、继承韩愈等几个关键词，点出了欧阳修在古文改革中的重大意义。又，苏辙为欧公所作神道碑也是如此说法："自退之以来，五代相承，天下不知所以为文。祖宗之治，礼文法度，追迹汉、唐，而文章之士，杨、刘而已。及公之文行于天下，乃复无愧于古。"②

可见，欧阳修文风平易自然的特点、在古文运动中的地位等问题，在他人所撰祭文中几乎都作为重点提及，唯独王安石的祭文却付之阙如。由此可显见王安石对欧阳修独特的评价和欣赏角度。

总之，王安石这篇祭文，满怀深情地对欧公之文学、气节、人品及一生的卓越功勋进行高度评价，但终归是出于政治家和经学家的视野，他不是以古文家，尤其不是以古文改革参与者的身份来看待欧公的文学世界。这一点是我们必须着重注意的。

2　王安石对欧阳修所提文学建议的忽视

在欧、王的文学交游中，被讨论得最多的，莫过于欧给王提建议的这条材料："欧公更欲足下少开廓其文，勿用造语及摸拟前人，请相度示及。欧云：'孟韩文虽高，不必似之也，取其自然耳。'"（曾巩《与王介甫第一书》）

这封信作于庆历七年（1047）。此前，欧阳修贬知滁州，曾巩从金陵去看望他，相处二十日，两人谈到王安石的文章，欧公在表达了对王安石喜爱之情后，也提了一些建议。于是曾巩写此信转达欧公之意，并盛邀安石来滁，谓"欧公甚欲一见足下，能作一来计否？胸中事万万，非面不可道"。

不少论者都将此条记载视为王安石得到欧公指点的重要依据，从而视王安石为古文运动的一员大将。但这一点恐怕不能成立。一方面，欧、王的此次会面当未成行，即王安石并未去滁州拜谒欧公。因为倘若真的成行，有欧、曾、王三人均在的场合，肯定会留下只言片语的文字，但翻检三人的集子，都未曾有相关记载。这或许是因为此时王安石知明州鄞县时公务繁忙，不能前往，但也有可能是他主观上并不想应约，因为倘若王安石真是倾心于

---

① （宋）韩琦：《故观文殿学士太子少师致仕赠太子太师欧阳公墓志铭》，《安阳集编年笺注》卷五十，巴蜀书社 2000 年版，第 1551 页。

② （宋）苏辙：《欧阳文忠公神道碑》，《栾城集》，上海古籍出版社 1987 年版，第 1433 页。

文学之人，是无法忽视文坛领袖欧阳修的盛情相邀的。另一方面，不管是曾巩后来与欧公的回信，还是王安石对此信的回复中，都未有王安石对欧公的回应，所以我们无从得知王安石对此建议的态度，也就无法认定他接受了欧公的指点。

虽然仅凭一条材料很难定论，但我们似乎也能看出，不管何人文章，言高与否，好像都不是王安石最关心的事物。他真正所关注的，在文学之外。

3　文道关系的不同选择

欧、王二人的文学交游中，也呈现出对文道关系的不同取舍。

王安石曾表达过拜入欧门的意愿。王安石22岁（1041年，庆历二年）进京赴考时，欧阳修已处文坛盟主地位。[1] 因为曾巩的引荐，两人自此开始交往。欧对王格外器重，关怀有加。王之于欧，也始终以师礼待之。所以在其《上欧阳永叔书二》中谓"某以不肖，愿趋走于先生长者之门久矣"也在情理之中。论者常以此为据，证明王安石自表衷心，想拜在欧门下。但细读此信，却能觉出此并非王安石真意：

> 某以不肖，愿趋走于先生长者之门久矣。初以疵贱，不能自通，阁下亲屈势位之尊，忘名德之可以加人，而乐与之为善。顾某不肖，私门多故，又奔走职事，不得继请左右。及此蒙恩出守一州，愈当远去门墙，不闻议论之余，私心眷眷，何可以处！道途邅回，数月始至敝邑，以事之纷扰，未得具启以叙区区乡往之意。过蒙奖引，追赐诗书，言高旨远，足以为学者师法。惟褒被过分，非先进大人所宜施于后进之不肖，岂所谓诱之欲其至于是乎？虽然，惧终不能以上副也。辄勉强所乏，以酬盛德之贶，非敢言诗也。惟赦其僭越，幸甚。[2]

据文中"及此蒙恩出守一州"语，可知此信作于嘉祐二年（1057）王安石知常州时。书信开头首先对欧公礼贤下士、奖掖后进的热诚和谦逊表示深深的谢忱和感激，所谓"过蒙奖引，追赐诗书"之"诗书"，指的是欧阳修《赠王介甫》一诗，故王安石随信亦附有答诗《奉酬永叔见赠》。此二诗前文已有详析，若结合此信背景，可有更深入的理解。欧阳修有着明确而自觉的续

---

[1]　洪本健：《欧阳修入主文坛在庆历而非嘉祐》，《华东师范大学学报》（哲学社会科学版）1999年第5期。

[2]　（宋）王安石：《上欧阳永叔书二》卷七四，第1291页。

盟意识①,王安石甫一进入其视野便受到他的高度关注,且王安石在当时士大夫中的声誉也很高②,所以他自然而然想"付托斯文",但王安石却在答诗中明确表明自己志不在此,所谓"欲传道义心虽壮,学作文章力已穷"(《奉酬永叔寄赠》)。③

再来看此信的结尾,王安石谓"惧终不能以上副也。辄勉强所乏,以酬盛德之贶,非敢言诗也",这与其回诗结尾"只恐虚名因此得,嘉篇为贶岂宜蒙"表达的是同样的意思,即对于欧阳修的褒奖和期望,言自己不敢当。这恐怕并不是谦辞,而是王安石真心不想以文章鸣世。这一点也可以从王安石奉酬欧阳修的另一首诗中得到佐证,其《次韵信都公石枕蕲簟》一诗中道:"公才卓荦人所惊,久矣四海流声名。天方选取欲扶世,岂特使以文章鸣。"④此诗作于嘉祐四年,当时欧公声名已盛,王安石却希望他能发挥"扶世"之作用,而不是只以文学鸣世。这里的"以文章鸣",正是对应欧公所倾慕的韩愈道路,即通过文辞而闻名于世。

可以说,王安石对于从韩到欧的这条古文运动之路兴趣不大,其主要原因即在为文的根本价值取向上存在分歧。所以,尽管王安石有表达想入欧门之心愿,但这也只是后生晚辈的礼貌之词。实际上,纵观两人一生的交游,他确实没有像曾巩那样与欧阳修保持密切的师生关系。

第二节　王安石与曾巩的文学交游

王安石与曾巩之间的交往情况比较简单。二人自庆历元年(1041)定交以来⑤,友情日笃,诗文来往频繁。在现存两人的集子中,相互寄赠的诗歌和书信有很多,主题可简要概括为以下几类。第一类是表达思念、期盼与知音情怀,如《寄曾子固二首》其一、《寄曾子固》(古诗)、《得曾子固书因寄》;《寄介卿》《发松门寄介甫》《江上怀介甫》《过介甫》等。第二类是曾巩受毁谤后的倾诉与王安石的开导宽慰,如《之南丰道上寄介甫》《赠曾子固》《答曾子固南丰道中所寄》。第三类是讨论学术及治国方针,如《答曾子固

①　王水照:《嘉祐二年贡举事件的文学史意义》,《王水照自选集》,上海教育出版社2000年版,第210页。

②　司马光言其"名重天下,士大夫恨不识其面"。见(宋)朱熹:《三朝名臣言行录》,《儒藏·史部》第48册,四川大学出版社2008年版。

③　(宋)王安石:《王安石文集》卷二二,第345页。

④　(宋)王安石:《王安石文集》卷五,第70页。

⑤　据曾巩《寄王介卿》:"忆昨走京尘,衡门始相识。"当时曾巩入太学,王安石也于此年赴京师应礼部试。(《曾巩集》卷二,第18页)。

书》《与王介甫第二书》。第四类是表达回归田园及其他人生感悟，如《寄曾子固二首》其二、《寄曾子固》（七律）、《豫章道中次韵答曾子固》；《秋日感事示介甫》《酬介甫还自舅家书所感》等。第五类是具体讨论文学的书信，如《与王介甫第一书》《与王介甫第三书》等。

可以看出，虽然两人交谊深厚，来往酬答极多，但真正涉及文学讨论的篇章却寥寥。当然，也有部分材料散见于其他书信中。接下来将在尽可能全面搜集材料的基础上，细析王、曾之间的文学交游，同样也从相互欣赏及文学细节切磋两个方面来进行讨论。

曾王之间相知相惜之情在两人早年交往中表现得比较充分。落实到具体作品上，王安石有《赠曾子固》："曾子文章众无有，水之江汉星之斗"[1]；《答段缝书》云："某在京师时，尝为足下道曾巩善属文。"[2]《答王景山书》："足下又以江南士大夫为无能文者，而李泰伯、曾子固豪士，某与纳焉。"[3]可以看出，王安石在各种场合推重曾巩之文，认为他是"能文者"。而曾巩亦相当看重王安石，一直努力向名家大儒推荐这位不同寻常的同乡知己。如在给欧阳修的上书中说："巩之友王安石，文甚古，行甚称文，虽已得科名，居今知安石者尚少也。彼诚自重，不愿知于人，尝与巩言：'非先生无足知我也。'如此人古今不常有。"（《上欧阳舍人书》）[4]在给蔡襄的上书中也如是表达。总之，两人互相倾慕，友谊深笃。但关于具体欣赏的是对方诗文的哪一点，在两人的书信和唱和作品中都没有提及。

其次，有关文学创作的讨论。王安石在《得曾子固书因寄》诗中曾提到"旧学待镌磨，新文得删拾"。这句诗可说明王曾之间的确存在关于文学的讨论和切磋。而在曾巩《与王介甫第三书》中，两人就对一篇文章进行了更具体细微的讨论。文略录如下：

> 巩启：八月中，承太夫人大祥，于邮中寓书奉慰。十月梅厚秀才行，又寓书，不审皆到否？昨日忽被来问，良慰积日之思。
>
> 深父殂背，痛毒同之，前书已具道矣。示及志铭，反复不能去手。所云"令深甫而有合乎彼，则不能同乎此矣"，是道也，过千岁以来，至于吾徒，其智始能及之，欲相与守。然今天下同志者，不过三数人尔，则于深父之殁，尤为可痛。而介甫于此，独能发明其志，读之满足人心，

---

① （宋）王安石：《临川先生文集》卷十三，第201页。
② （宋）王安石：《临川先生文集》卷七五，第1315页。
③ （宋）王安石：《临川先生文集》卷七七，第1352页。
④ （宋）曾巩著，陈杏珍、晁继周点校：《曾巩集》，中华书局1984年版，第257页。

可谓能言人之所不能言矣。//顾犹见使商榷所未安,观介甫此作,大抵哀斯人之不寿,不得成其材,使或可以泽今,或可以觉后,是介甫之意也。而其首则云:"深父书足以致其言。"是乃称深父以未成之材而著书,与夫本意违矣,愿更详之。/《孟子》之书,韩愈以谓非轲自作,理恐当然。则所云"幸能著书者",亦惟更详之也。如何? 幸复见谕。/所云:"读《礼》,因欲有所论著",恐尝为介甫言,亦有此意,顾不能自强,又无所考质,故莫能就。今介甫既意及于此,愿遂成之,就令未可为书,亦可因得商榷矣。……①

　　据文意,"太夫人"指王安石的母亲吴氏,嘉祐八年(1063)八月卒于京师。"大祥"指父母去世后的两周年祭礼,因而此信作于治平二年(1065)。这一年,王安石和曾巩共同的好友王回因病去世,王安石作有墓志铭,曾巩此信中就该铭表达了自己的欣赏之意,也提出了三点建议。为了方便阅读,笔者用符号将信中划分了几个小段落,"//"之前属于曾巩所赞同和欣赏的部分,之后属于曾巩提出的不同看法;"/"用于划分三点建议:

　　其一,曾巩认为"书足以致其言"这句,与王安石的本意有所矛盾。因为王安石想表达的主题是哀叹王回的寿命太短,所以王回留下的文字应当是不足以"致其言"的。故曾巩认为王安石此句的表达待商榷。

　　其二,王安石在志铭中写到,孟子、扬雄二人"以老而终,幸能著书,书具在",以对比王回的英年早逝。曾巩取韩愈说,认为《孟子》一书非孟轲自作,所以王安石这里的说法不够严谨,以孟子之事为据不恰当。

　　其三,通过联系深父的实际情况,曾巩认为志铭中的"读《礼》,因欲有所论著"一句,表达也不够妥当。

　　对比今存《临川先生文集》中的《王深父墓志铭》,可以考察王安石对曾巩的三条建议是否接受。其文谓:"吾友深父,书足以致其言,言足以遂其志……若轲、雄者,其没皆过千岁,读其书、知其意者甚少,则后世所谓知者未必真也。夫此两人以老而终,幸能著书,书具在,然尚如此。……"可以发现,对于前两条建议,王安石坚持己见,未作改动。而对于第三条建议,因"读《礼》,因欲有所论著"这句话最终在墓志中没有出现,可以认为是王安石接受了曾巩建议,删掉了此句。

　　然而问题又在于,王、曾二人关于这篇墓志的切磋,集中在表达严谨这一文辞技巧的层面,属于文学创作的一般性讨论。通观二人的书信来往,并

---

① (宋)曾巩著,陈杏珍、晁继周点校:《曾巩集》,中华书局1984年版,第257页。

没有涉及古文运动的核心内容，比如针砭时文、提倡复古等。曾巩和王安石之交游不可谓不亲密，前信之探讨也不可谓不细致，但这唯一一次具体而细微的写作讨论，也无关古文运动的主旨。这确然也可以说明王安石本人对古文运动的疏离态度。

第三节　以欧阳修与曾巩的文学交游为对比

以上对王与欧、王与曾的文学交游进行了梳理，可发现王安石与他们二人的交往中，涉及文学层面时，有欣赏有推重，也有交流和切磋，但都属于一般意义上的文学探讨，无涉古文运动的主旨。为了更好地说明问题，此处再以曾巩与欧阳修之间的文学互动作为对比，因为他们之间才是真正以古文运动为主旨的文学交游。

曾巩18岁时第一次进京赴进士试，未中。庆历元年（1041），曾巩23岁，入太学游学，欧阳修时任馆阁校勘。怀着对乡贤的无限景仰，曾巩首次写信给欧阳修，表达了对其道德文章的钦佩："巩自成童，闻执事之名，及长得执事之文章，口诵而心记之。"并随信献杂文时务策两篇，表达"望执事之门而入"（《上欧阳学士第一书》）[1]的愿望，即请求对方将自己收为门下。欧阳修"见其文，奇之"[2]，欣然应允。但在翌年礼部试中，潜心钻研古文的曾巩仍落第，在他准备南归时，欧阳修作《送曾巩秀才序》相勉励。此序文中，欧阳修批评了当时礼部试以同一尺度取人之迂腐，抨击他们不敢大胆选用"魁磊拔出之材"，为曾巩抱不平。同时，他又十分肯定曾巩"思广其学而坚其守"（欧阳修《送曾巩秀才序》）[3]的志向，鼓励他只要一心向学，自然会有收获。欧阳修的这番诚恳开导和劝勉，让曾巩坚定了自己的信念。

曾巩回到家乡后，感念欧公知遇之恩，写下《上欧阳学士第二书》："学士先生执事：伏以执事好贤乐善，孜孜于道德，以辅时及物为事，方今海内未有伦比。其文章、智谋、材力之雄伟挺特，信韩文公以来一人而已。某之获幸于左右，非有一日之素，宾客之谈，率然自进于门下，而执事不以众人待之。坐而与之言，未尝不以前古圣人之至德要道，可行于当今之世者，使巩薰蒸渐渍，忽不自知其益，而及于中庸之门户，受赐甚大，且感且喜。"[4]信中视欧阳修为韩愈以来唯一的继承者，字里行间透出对欧公的推崇和感激。

①　（宋）曾巩著，陈杏珍、晁继周点校：《曾巩集》，中华书局1984年版，第232页。
②　（元）脱脱等：《宋史·曾巩传》卷三一九，中华书局1977年版，第10390页。
③　（宋）欧阳修著，李逸安点校：《欧阳修全集》，中华书局2001年版，第625页。
④　（宋）曾巩著，陈杏珍、晁继周点校：《曾巩集》，中华书局1984年版，第233页。

此后两人书信往返频繁,曾巩还在庆历七年赴滁州拜谒欧公,"住且二十日"(曾巩《与王介甫第一书》)①,当面讨论文学,交流思想。嘉祐二年(1057),时为翰林学士的欧阳修知贡举,为打击当时在士子中流行的艰涩险怪的"太学体",欧阳修下决心以行政手段革除不良文风,为平易自然的古文开辟道路。于是这一年,曾巩终于考中进士,与二苏等其他古文高手一起,成为欧阳修的得意门生。

从上述欧、曾二人交游过程可以看出,出于对欧公道德文章的钦佩,曾巩服膺于欧公,并始终受教于欧公。正如他自己所说,"言由公诲,行由公率"(曾巩《祭欧阳少师文》)②。具体到古文创作层面,可以从以下三方面来看欧公对曾巩的影响以及曾巩对欧公的响应。

首先,曾巩对欧阳修散文创作的实绩极为认同。在他看来,欧公的文章"根极理要,拨正邪僻,掎挈当世,张皇大中"(曾巩《上欧阳学士第一书》)③,是与孟子、韩愈一脉相传的最纯正的古文。因而,他在书信中也一再向欧公表达振兴古文、古道之志。

其次,曾巩在欧阳修的影响下改变了文风。欧阳修最早看到曾巩文章时,曾表示,"予初骇其文,又壮其志"④,此处之"骇",既是因为曾巩"橐其文数十万言来京师"⑤,数量惊人,也是因为文中所充盈的气势。青年时期的曾巩胸怀大志:"窥六经之言与古今文章,有过人者,知好之,则于是锐意欲与之并。"(曾巩《学舍记》)⑥既然志在与古今文章名家并驾齐驱,自然不免慷慨任气,纵横奔放。曾巩首次上呈欧阳修的杂文时务策,很可能是《邪正辨》《国体辨》《说言》等一组论议文,⑦皆气势外露而文意平直,欠蕴藉深厚。欧阳修看出了这一点,于是着意引导:"我始见曾子,文章初亦然。昆仑倾黄河,渺漫盈百川。决疏以道之,渐敛收横澜。东溟知所归,识路到不难。"(欧阳修《送吴生南归》)⑧从此,曾巩敛气蓄势,藏锋不露,风格逐渐转向乃师欧阳修"阴柔"一派。比如曾巩39岁(嘉祐二年)时所作的《拟岘台记》,风格上显然是摹拟欧阳修之《醉翁亭记》,纡徐委婉,平和宽厚。茅坤

---

① (宋)曾巩著,陈杏珍、晁继周点校:《曾巩集》,中华书局1984年版,第254页。
② (宋)曾巩著,陈杏珍、晁继周点校:《曾巩集》,中华书局1984年版,第527页。
③ (宋)曾巩著,陈杏珍、晁继周点校:《曾巩集》,中华书局1984年版,第232页。
④ (宋)欧阳修著,李逸安点校:《欧阳修全集》,中华书局2001年版,第625页。
⑤ (宋)欧阳修著,李逸安点校:《欧阳修全集》,中华书局2001年版,第625页。
⑥ (宋)曾巩著,陈杏珍、晁继周点校:《曾巩集》,中华书局1984年版,第284页。
⑦ 高克勤:《曾巩及其散文述论》,《宁波大学学报》1995年第4期。
⑧ (宋)欧阳修著,李逸安点校:《欧阳修全集》,中华书局2001年版,第107页。

亦评曰:"此记大略本柳宗元《訾家洲》、欧阳公《醉翁亭》等记来。"①曾巩受乃师影响之大可见一斑。

再次,曾巩对欧阳修古文理论既有继承也有发展。这一点,可从一篇碑志的写作说起。庆历六年,曾巩奉父命请欧阳修为祖父曾致尧作神道碑,欧阳修在写作中发现曾巩叙述先祖事迹时有一部分"考于《史记》,皆不合"②,于是并未完全采用他所提供的材料。同时,他还专门写有《与曾巩论氏族书》,说明缘由:"然近世士大夫于氏族尤不明,其迁徙世次多失其序,至于始封得姓,亦或不真"③,并在信中一一列举不实之处。曾巩在回信《寄欧阳舍人书》中,"感与惭并"④,诚恳回应。他认识到志铭近于史的作用,认为唯有真实,才有流传后世的意义。关于如何在墓志铭写作中坚持"公与是",曾巩提出"非蓄道德而能文章者无以能为也"。他认为墓志写作者既应富于道德修养,同时还需"文章兼胜"。显然在曾巩心目中,欧阳修正是集"道德"与"文章"于一身之人。这里,曾巩所提倡的"蓄道德而能文章"的主张,是在欧阳修"我所谓文,必与道俱"(苏轼《祭欧阳文忠公夫人文》)、⑤"道胜者文不难而自至也"(欧阳修《答吴充秀才书》)⑥等文论启发下产生的,丰富了欧阳修领导的古文运动的思想内涵。

曾巩的主张,与其师欧阳修的古文理论都属于"文道合一"观,这是他们所认同的拯救颓败文风的最好旗帜。因为重辞采、偏绮靡的骈文是重文不重道,而偏向艰涩奇崛的古文则是重道不重文,这两者在欧、曾看来都不合于"理",也是不"自然"的。因而他们以自己的创作实绩引导文风,很大程度上造就了宋文平易自然的本色,也积极推动了古文运动的良性发展。

对比之下,王安石无论是文学观念,还是相关的人生理想,都与欧、曾有所差别。所以在他与欧阳修、曾巩的文学交游中,我们更多看到的是一些真心的或出于礼节的互相夸赞、推崇,或者是关于具体问题的探讨,而鲜少涉及古文运动这一事关文学根本理念的讨论。这大概也是他们求同存异,主动回避这一问题的缘故。

---

①　张伯行:《唐宋八大家文钞》,上海古籍出版社 2007 年版,第 309 页。
②　(宋)欧阳修著,李逸安点校:《欧阳修全集》,中华书局 2001 年版,第 665 页。
③　(宋)欧阳修著,李逸安点校:《欧阳修全集》,中华书局 2001 年版,第 665 页。
④　(宋)曾巩著,陈杏珍、晁继周点校:《曾巩集》,中华书局 1984 年版,第 253 页。
⑤　(宋)苏轼撰,(明)茅维编,孔凡礼点校:《苏轼文集》,中华书局 1986 年版,1956 页。
⑥　(宋)欧阳修著,李逸安点校:《欧阳修全集》,中华书局 2001 年版,第 664 页。

小　　结

在一般的文学史论著或个人专著里,学者基本延续《宋史·文苑传》的说法,认为王安石和苏轼、曾巩一样,对欧阳修领导的古文运动"起而和之",从此"宋文日趋于古矣"。本章则从王安石与欧阳修、曾巩交游的角度,来重新考察王安石与古文运动的关系。

王安石与欧阳修的交游,建立在相知相惜、互为欣赏的基础上。但细观二人的文学交往,可发现王安石对欧阳修所主持的古文革新并不重视。在王安石为欧阳修所撰写的祭文中丝毫未提欧在振兴古文、改革文风上的重要作用。对于欧阳修在写作上提点王安石要"取其自然"的建议,王安石也未作出回应。对于欧阳修希望托付文坛衣钵的愿望,王安石给出了明确答复,表示自己志不在此,甚至试图劝欧公不要只"以文章鸣"。总之,从王安石与欧阳修的交游来看,王安石主观上并无积极参与古文运动的愿望。

同样,考察王安石与曾巩的交游也会发现,两人虽然交谊深厚,但留下的相关诗文中真正讨论文学的却寥寥无几;即使有,也都是一般性的讨论,无关乎古文运动的主旨,从中也看不出王安石有为古文运动摇旗呐喊的表现。

对比之下,曾巩在与欧阳修的文学交游中表现出来的热忱,才算是真正对古文运动的"起而和之"。作为欧阳修的积极追随者,从理论到实践,他都是沿着欧阳修开辟的道路前进的。在欧公的悉心指点下,曾巩不仅改变了自己的文风,而且在古文理论上发展了欧阳修的主张,丰富了古文理论的内涵,由此推动了古文运动的发展。

综上,本章认为王安石对欧阳修主导的古文运动实际上保持了一种疏离的姿态,或者说在北宋古文运动的前期,他扮演了一个旁观者的角色。

第六章　王安石的科举改革与北宋古文运动关系疏证

如果把平易自然的古文取代骈文成为时文作为标准,那么到了欧阳修这里,基本可以看作"古文运动"的成功,之后的苏轼不过是在继续欧公之路,稳固古文的地位。但是,古文运动不仅仅是一场文体改革,它同时也是一场思想运动。自从韩柳提倡复兴儒学(新儒学的发轫),到了北宋,理学思潮兴起。欧阳修之后,思想界呈现四分五裂的格局,"新学"、关学、蜀学、洛学等各成体系,并掺以激烈的新旧党争,最终通过蔡京等人将"新学"树为"国是",王氏"新学"在北宋末的六十年里占据着官方统治地位,影响了北宋后期的绝大多数读书人。从这个角度而言,就不能认为北宋古文运动在欧阳修这里结束且成功了。

元丰末年,苏轼在《答张文潜县丞书》中说道:

> 文字之衰,未有如今日者也。其源实出于王氏(安石)。王氏之文,未必不善也,而患在于好使人同己。自孔子不能使人同己,颜渊之仁,子路之勇,不能以相移,而王氏欲以其学同天下。地之美者,同于生物,不同于所生。惟荒瘠斥卤之地,弥望皆黄茅白苇,此王氏之同也。①

这段话指出的是,在王安石主持科举改革及颁行《三经新义》以统一思想的影响下,文坛呈现"弥望皆黄茅白苇"的单调又趋同的景象。有学者以此为据,认为在古文运动中继承欧阳修衣钵的苏轼,他所力图改变的正是王氏影响下的文风。如曾枣庄在《北宋古文运动的曲折过程》一文中说:"欧阳修去世后,在十一世纪的后三十年,苏轼(1036—1101)继续反对时文,但他所反对的时文是指王安石(1021—1086)'欲以其学同天下'的主张",作者也同时指出这是"古文运动内部的分歧"②;再如程杰在其专著《北宋诗文革新研究》中谈到苏轼的文学思想时,完全是将其作为王安石的对立面来进行讨论的:"苏轼直接面临着'熙宁新法'对文学创作的冲击。针对新

---

① (宋)苏轼:《答张文潜县丞书》,孔凡礼点校:《苏轼文集》卷四十九,中华书局1986年版,第1427页。

② 曾枣庄:《北宋古文运动的曲折过程》,《文学评论》1982年第5期。

法'专取策论而罢诗赋'的举措,苏轼上《议学校贡举状》表示反对……在熙宁五年(1078)作的《监试呈诸试官》一诗中,苏轼对新法的弊端再次表示了忧虑……苏轼在另一篇《送人序》中从士人成才的角度批评了新法压制人才、压制文学的专制错误。"①

显然,以上所举材料和论述,皆认为王安石所主持的科举改革,对古文运动的发展起了侵害作用。那么,这场改革对古文运动究竟产生了哪些影响,是否真如苏轼所说导致了"文字之衰"?本章将致力于解决这个疑惑。

为了便于论述,我们把神宗熙宁前以欧阳修为文坛领袖的阶段,定为北宋古文运动的前期,熙宁后自王安石主政(1069)开始,一直到北宋末(1127)的近六十年,定为古文运动的后期。本章将重点讨论王安石的科举改革在北宋古文运动后期中的作用和影响。

第一节　对象的界定

在正式论述之前,需要说清楚几个问题:

其一,北宋科举改革并非王安石个人意见。虽然本章以王安石作为北宋科举改革的主持者,但罢诗赋而专考经义,并不完全是王氏的个人构想,而是熙宁初,经过神宗与王安石、司马光、吕公著、韩维、苏颂等人反复商讨后共同倾向的方案,体现了士大夫阶层的主流意见。因为他们都深患诗赋取士将使士子一味追求声病偶俪而义理缺失,经义取士的呼声才越来越高。这一点,在林岩的《北宋科举考试与文学》一书中有专门章节进行讨论②。之所以本章称"王安石的科举改革",首先诚然是因为这次改革是在王安石主政期间推行的,其文集中体现出的科举和教育改革思想与实际推行的改革方案基本一致;更重要的是因为颁于学官的《三经新义》,完全是在王安石主导下编撰的,体现了其新学思想,对士子影响最大。

其二,确定王安石科举改革方案执行的起止时间。宋神宗熙宁四年(1071)二月,朝廷正式颁布贡举新制,罢诗赋而专考经义。熙宁八年,由王安石主持编撰的《三经新义》(《诗义》《书义》《周礼义》)颁行全国,为士子应考所必读,从而取代唐孔颖达的《五经正义》及其他教材和注释,成为新的官学教材。虽然在之后的元祐年间,随着新旧党"你方唱罢我登场"的反复,经义与诗赋的命运及王氏新学的地位也随之反复与起伏,但总的来说王

① 程杰:《北宋诗文革新研究》,内蒙古教育出版社2000年版,第226页。
② 林岩:《北宋科举考试与文学》,上海古籍出版社2006年版,第97—109页。

安石的科举改革方案一直被贯彻到北宋末①,所以,本节所讨论问题的时间跨度,定为熙宁四年到北宋结束的近六十年。

其三,本章将从思想和文体两方面对科举与古文运动的关系进行考察。"科举与文学"属于文学研究中的交叉课题。由于科举涉及古代生活中政治、文化、制度等方方面面,体系庞大,它与文学之间的关系十分复杂,若面面俱到又泛泛而谈,就很难深入事实的内核,也不能简单笼统地将之定性为"促进"或"促退"关系。所以,要论述王安石的科举改革与北宋古文发展之关系,就需要找到合适的角度介入。引言中已提到古文运动是思想和文体的双重改革,那么,本章便从这两方面入手。

第二节　科举改革对士子思想层面的影响

1　通过改革学校教育统一士子的价值观:适用价值观的强化

思想层面首先体现在价值观上,古文写作是与士子的价值观联系在一起的。价值观的改变,必然会影响到古文的表现形式②。士子首先要体认他所理解的"道",然后才通过"文"表现出来,这背后对价值观的思考占有很重要的地位。当然,本章所论的价值观,专指与学术或文学相关的价值观,可称"文"的价值观,即对何种"文"更有价值或具有终极价值的认识。

自庆历兴学后,北宋官学逐渐普及。于是士子价值观的培养,除了家学和私学,更多依赖于官方学校教育,因而我们首先探讨王安石新政中学校教育改革的部分,对士子价值观的改造。科举归根到底是选拔人才,文学的发展也倚仗于文学人才的培养,这些都需要依靠教育来完成。

王安石对学校教育的重要性有着深刻的认识,并将之提到"一道德"的高度。他在《乞改科条制札子》中说道:"古之取士,皆本于学校,故道德一于上,而习俗成于下,其人材皆足以有为于用"③。对于科举改革,他的思路

---

① 有关王安石科举改革在北宋的争议与反复,详见姚红、刘婷婷《两宋科举与文学研究》第二章"王安石科举改革与北宋学术、文学"(浙江人民出版社 2008 年版,第 42—46 页)。林岩《北宋科举考试与文学》第六章也用一系列文献材料证明"直至徽宗朝之末,王学之势力依然不衰"(第 235 页)。

② 关于将"古文"纳入思想史的视野来研究,以及与价值观相联系的观点,请参见[美]包弼德著,刘宁译《斯文:唐宋思想的转型》(江苏人民出版社 2001 年版)第一章"导言"部分的相关论述。

③ (宋)王安石:《乞改科条制札子》,《王安石文集》卷四二,第 703 页。

是"宜先除去声病对偶之文,使学者得以专意经义,以俟朝廷兴建学校"①,所以,以经义取代诗赋只是过渡阶段,他的最终目的,是要取消科举考试,通过学校升贡来选拔人才。

王安石的教育改革,包含几个方面,其一是对太学的整顿。创立了著名的"三舍法",即将太学分为外舍、内舍和上舍三部分,学生按照程度高低进入三舍授业,通过考试可以升舍,上舍生可以不用参加科举考试而直接被推荐到中书补官。这就弱化了朝廷取士对科举的依赖,让学校承担了部分取士的责任。

其二是建立专科学校。王安石十分注重专才的培养,他认为"夫人之材,成于专而毁于杂。故先王之处民才,处工于官府,处农于畎亩,处商贸于肆,而处士于庠序,使各专其业而不见异物,惧异物之足以害其业也"②。王安石认为以往教育体制下培养出的人才,只会诵读章句吟诗作赋,而为了达到"富国强兵"的目标,他所急需的是能够经世致用的人才,因此,武学、律学和医学等专科学校逐渐设立。这就使得学校教育紧密联系实际,在全社会弘扬一种实学精神。

其三则体现在《三经新义》的主导思想上。他所主持编撰的《三经新义》,是作为指导变法的理论依据而存在的,具有十分明显的"经世务"倾向。这在"三经"的序言中都有表现,尤以《周礼义》序言最有代表性:"惟道之在政事,其贵贱有位,其先后有序,其多寡有数,其迟数有时;制而用之存乎法,推而行之存乎人。其人足以任官,其官足以行法,莫盛于成周之时;其法可施于后世,其文有见于载籍,莫具乎《周官》之书。"③可见,王安石希望士子结合现实探究其中的经邦济世之道,而不是脱离实际的空谈性命、天理。

以上种种,带给士人的最大影响,便是实学精神和适用价值观深入人心④。他希望培养出的学生,不是以往只侧重诗赋创作和经文背诵的士子,而是通晓本朝礼乐典章的儒者,更是能经世安邦的适用人才。《续资治通鉴长编拾补》(熙宁二年)记载:"上曰:'朕知卿久,非适今日也。人皆不能知卿,以为卿但知经术,不可以经世务。'安石对曰:'经术者,所以经世务

① (宋)王安石:《乞改科条制札子》,《王安石文集》卷四二,第703页。
② (宋)王安石:《上仁宗皇帝言事书》卷三九,第647页。
③ (宋)王安石:《周礼新义·周礼义序》,《王安石全集》第三册,复旦大学出版社2016年版,第29页。
④ 所谓适用价值观,指王安石文论中,诸如"治教政令,圣人之所谓文也"(《与祖择之书》)、"尝谓文者,礼教治政云尔……所谓文者,务为有补于世而已矣……要之以适用为本"(《上人书》)等这类观点,文章写作以适用为本。

也,果不足以经世务,则经术何赖焉!'"①所以,经术是为了经世务而存在的。这样的教育思路,会不自觉地将"经术"的根底渗入日常文学创作中,因为只有这样才能充分发挥其"济用"功能。于是,士子们原先所秉持的韩愈"不平之鸣"、欧阳修面向"百事"等的文学价值观,在一定程度上转向纯为"治教政令"②服务。

以往学界倾向于认为王安石科改后的社会风气,侵害了古文的发展,这主要是建立在与之前欧阳修主导文坛时社会风气的对比上。客观看来,熙宁之前,在欧阳修等人的影响下,社会风气确实是有益于古文发展的。"写作'古文'就成为一种象征,或者说在士人阶层展现的一种姿态,表明自己的写作是为了探求'道'、阐明'道',成为'道'的承担者……所以,写作'古文'注定会使作者的价值获得承认,这样的想法无疑对写作'古文'的士人是一种肯定。"③在这一视角下,就很容易理解此期古文兴盛的原因。

王安石的科举改革,强化了适用价值观,古文也随之倾向于"适用"型写作,这就必然削弱了古文写作的情感性和审美性,从这个角度而言,适用价值观的强化,对古文的发展是有不利因素的。但是我们需要看到,王安石所提倡的适用价值观,与欧阳修等人所提倡的价值观内核是一致的,都属于古文运动基本价值观的范畴内,都是为了"致力于重建社会政治秩序和道德秩序的宏伟事业"④。古文运动从唐中期产生起,就"反映了大多数寒门地主的政治利益,使人心乐其道而习其文"⑤,因而古文创作的最终目的是指向现实政治的,虽然在发展过程中有时会陷入艰涩险怪的歧途,但古文运动中提倡复古的古文家们都会努力将它拉回能为儒学和政治服务的轨道上。王安石所作的,只不过是更重点地强化这种价值观,而其精神实质并未与古文运动原有的价值观发生冲突。

总之,在价值观层面,王安石的科举改革对古文运动的影响是强化了适用性(同时客观上也弱化了古文的情感性和审美性),更突出地强调古文之应用性,更明确地指向了现实政治。

2　通过改革考试科目改变士子的知识结构:由博转精、趋向单一

举子在备考阶段的所有学习活动,都是为考试科目而准备。罢诗赋而

---

①　(清)黄以周等辑注,顾吉辰点校:《续资治通鉴长编拾补》卷四,中华书局2004年版,第153页。

②　(宋)王安石:《与祖择之书》卷七七,第1340页。

③　林岩:《北宋科举考试与文学》,上海古籍出版社2006年版,第90页。

④　林岩:《北宋科举考试与文学》,上海古籍出版社2006年版,第90页。

⑤　葛晓音:《论唐代的古文革新与儒道演变的关系》,《中国社会科学》1987年第1期。

专考经义,这对于赴考的举子来说,备考的改变是巨大的。

　　首先来看,专考经义,考的是什么。据《续资治通鉴长编》卷二二〇(熙宁四年二月丁巳),中书云:"……今定贡举新制,进士罢诗赋、帖经、墨义,各占治《诗》《书》《易》《周礼》《礼记》一经,兼以《论语》《孟子》。每试四场,初本经,次兼经并大义十道,务通义理,不须尽用注疏。次论一首,次时务策三道,礼部五道。中书撰大义式颁行。"①

　　这就说得很清楚,所列的这几种儒家经典,可以选择一种专门研究。由于"诗赋所出之题,取于诸书而无穷;经义所问之目,各从本经而有尽"②,之前的诗赋考试,命题杂出于六经、诸子和历代史书,士人为了应考必须博观泛览,对诸书都需要非常熟悉。而经义取士后,却只需专治一经。其结果则如毕仲游在《理会科场奏状》中所言:"至于经义则不然,为《书》者不为《诗》,为《诗》者不为《易》,为《易》者不为《礼》,为《礼》者不为《春秋》,是知一经而四经不知也。"③举子连儒家士人最基本的《五经》都不熟悉,知识结构之单一可以想象。朱弁《曲洧旧闻》卷三引苏轼语云:"科举自罢诗赋以后,士趋时好,专以《三经义》为捷径,非徒不观史,而于所习经外,他经及诸子,无复有读之者,故于古今人物,及时世治乱兴衰之迹,亦漫不省。"④朱弁还以当时举人不知董仲舒为何人之例,来说明应考举人基本常识的匮乏。总之,知识面狭窄是王安石主政期间应考士子的普遍问题。

　　以上是从横向广博的角度,来考察士子的知识面,再从纵深的角度来看,专治一经,果然能专精吗? 上文提到的毕仲游《理会科场奏状》中,就以孙复为例来说明,专治一经并不容易。孙复四十年专治《春秋》,"人犹以为未尽《春秋》之旨意",而熙宁以后的士子,"今年治经,明年则用以应举。谓传注之学,不足决得失,则益以新说。新说不足以决得失,则益以佛老之书。至于分章析字,旁引曲取,以求合于有司,圣人之经术,遂但为卜利禄之具,要之应举得第而已,岂有正心、诚意、治经术、谋圣人之道者哉!"⑤如此左右逢源,何谈真正的专精。

　　无关乎元祐期间重新执政的旧党大臣们针对经义取士提出不同意见:

　　　　伏见朝廷用经术设科,盖欲人知礼义,学探原本。近岁以来,承学

① (宋)李焘:《续资治通鉴长编》卷二二〇,中华书局2004年版,第5334页。
② (宋)毕仲游:《理会科场奏状》,《西台集》卷一,中州古籍出版社2005年版,第4页。
③ (宋)毕仲游:《理会科场奏状》,《西台集》卷一,第4页。
④ (宋)朱弁:《曲洧旧闻》卷三,中华书局1995年版,第20页。
⑤ (宋)毕仲游:《理会科场奏状》,《西台集》卷一,第2页。

之士,闻见浅陋,辞格卑弱。其患在于治经者专守一家,而略去诸儒传记之说;为文者惟务解释,而不知声律、体要之学。深虑人材不继,而适用之文,从此遂熄。兼一经之内,凡可以为义题者,牢笼殆尽,当有司引试之际,不免重复。若不别议更张,浸久必成大弊。欲乞朝廷于取士之法,更加裁定。①

大臣们从两个角度批评经义取士:考生"闻见浅陋",考题"不免重复"。从而主张恢复诗赋取士,当然,最终并没有完全实现,经义取士制度一直都保留②。

但这样的批判意见也让我们看出,不管是从横向还是纵深的角度,北宋后期的士人阶层均知识面狭窄且又非真正专精某经。一个人的知识储备,决定了他的思考深度。因而这对于古文写作来说,弊端是很明显的。所谓"文以载道","道以充文","道胜而文自至",古文家们的这些观点都说明,文章离不开"道",也就是广义上的"思想"。"道"从何来?从知识论的角度而言,"道"来源于儒家经典中的知识,即"六经所载,至今而取信者也",若从更广泛的意义上讲,"道"浸润于与儒家经典义理相贯通的各部典籍③。因此,若举子不能从根本上体贴《五经》乃至其中一经,且不屑留意诸子、史书,那么显然在写作中无法旁征博引,无法真正担负起"载道""道胜"的使命。张嵲在《毛达可尚书文集序》中评价经义取士对古文的伤害很恰当:"自熙宁、元丰以来,崇尚经术,文章以醇粹近道为右。士子不能奉承兹意,故其弊也,失于颓靡不振,不能上下古今为深博,好文之士颇或病之。其后有司因循故习以取士,其弊滋甚。"④在利禄的指引下,士子无视"近道"之本意,所掌握的知识又不能通晓上下古今,无怪乎汪藻会认为自熙宁、元丰之后,"文章之气日衰"⑤。

3　通过统一评判标准控制士子的言论:思想的禁锢

科举从诗赋取士到经义取士,不是突然之举,而是经历了一个逐渐过渡的漫长过程。在宋代,早在仁宗天圣七年就下诏在开科取士中要革除浮华

---

① (宋)李焘:《续资治通鉴长编》卷三六八,中华书局 2004 年版,第 8858 页。
② 具体参见诸葛忆兵:《论宋代哲宗朝科举制度之演变》,《江苏社会科学》2021 年第 5 期。
③ (宋)欧阳修:《与张秀才棐第二书》,李逸安点校:《欧阳修全集》,中华书局 2001 年版,第 978 页。
④ (宋)张嵲:《紫薇集》卷三一《毛达可尚书文集序》,《影印文渊阁四库全书》第 1131 册,台湾商务印书馆,第 611 页。
⑤ (宋)汪藻:《鲍吏部集序》,《浮溪集》卷十七,中华书局 1985 年版,第 196 页。

文风,以经义为旨归①。有学者认为这是北宋古文运动的起点②,诚然。因为欧阳修曾指出"天圣中,天子下诏书,敕学者去浮华,其后风俗大变。今时之士大夫所为,彬彬有两汉之风矣"③。这也可以证明,北宋古文运动的发展与科举一直都是息息相关的。同时,欧阳修这句话中值得注意的是"两汉之风",学者陈元锋从翰林学士的制诰诏令写作的角度出发,认为北宋文坛崇尚的两汉文风是指以贾谊、董仲舒为代表的政论、策论和"西汉诏令"。④ 但笔者认为,此处的"两汉之风",同时也指宋初科举的考核重点开始向经义倾斜时,延续的是汉代经学家的治经方式。宋仁宗庆历、嘉祐年间所考的"大义",即经义的前身,其内容有三:"先列注疏,次引先儒异说,末乃断以己意。"⑤据司马光所言:"若不能记注疏本意,但以己意穿凿,不合正道,虽文辞辨给,亦降为不通。"⑥可见,此时所考的"大义",重在强调严守先儒注疏,反对穿凿己意,属于沿袭自汉代的传统治经之法。

对此,王安石颇不认同,"大义之所得,未有以贤于故也"⑦。所以他改革后的"经义"考试,重在阐发自己的见解,义理之学随之大兴,也开启了士子疑经议经的风气。这本可以在一定程度上解放思想,但言论领域一旦自由,对统治者来说则是危险的信号,"学术不一,一人一义,十人十义"⑧现象的出现,极不利于控制思想及维持社会稳定。于是王安石不久便颁行统一的教材《三经新义》⑨,要求士子必须诵习。

若《三经新义》只是作为考试参考书供士子参阅,其实也影响不大,毕

---

① 天圣七年正月二日"申戒浮文"诏令全文如下:"国家稽古御图,设科取士,务求时俊,以助化源。而襃博之流,习尚为弊。观其著撰,多涉浮华,或碎裂陈言,或会粹小说,好奇者遂成为谲怪,矜巧者专事于雕镌。流宕若兹,雅正何在? 属方开于贡部,直申儆于词场。当念文章所宗,必以理实为要。探典经之旨趣,究作者之楷模,用复温纯,无陷媮薄。庶有裨于国教,期增阐于儒风。咨尔多方,咸体朕意。"(徐松辑《宋会要辑稿·选举三》,中华书局 1957 年版,第 4269—4270 页)。
② 详见冯志弘:《北宋古文运动的形成》第五章"天圣'申戒浮文'诏的背景和意义——兼论北宋古文革新的征兆",上海古籍出版社 2009 年版,第 148—163 页。
③ (宋)欧阳修:《与荆南乐秀才书》,《欧阳修全集》,第 661 页。
④ 陈元锋:《北宋翰林学士与文学研究》,复旦大学出版社 2019 年版,第 219 页。
⑤ (元)脱脱等:《宋史·刘恕传》卷四四六,中华书局 1977 年版,第 13118 页。
⑥ (宋)司马光:《论选举状》,《司马温公文集》卷之三,丛书集成初编本,1936 年版,第 45 页。
⑦ (宋)王安石:《上仁宗皇帝言事书》,《王安石文集》卷三九,第 652 页。
⑧ 马端临著,上海师范大学古籍研究所、华东师范大学古籍研究所点校:《文献通考·选举考》卷三一,中华书局 2011 年版,第 907 页。
⑨ 据(宋)李焘:《续资治通鉴长编》(熙宁八年)卷二六五:"王安石上《诗》、《书》、《周礼》义序,诏付国子监置之《三经义解》之首。……遂改撰以进,上乃颁行之。"中华书局 2004 年版,第 6514 页。

竟从汉到宋,早已有诸家注疏。偏偏在实际评判中,却发展到"苟不合于所谓《新经》《字说》学者,一切皆在所弃之列而已"①的境地,晁公武也说:"用以取士,士或稍违异,辄不中程,由是独行于世者六十年。"②

于是举子唯王学是从,只诵习《三经新义》而不再读其余诸家注解,这就丧失了学术自由,也严重禁锢了思想的发展。王安石以经义取士的初衷,本是想把经生培养成知"经术"的文章之士,使其人其文"务为有补于世",担负起治国经邦之重任。然而,事实上呢?据陈师道记载,王安石"暮年乃觉其失",曰:"欲变学究为秀才,不谓变秀才为学究也。"③学究,也就意味着思想的僵化迂腐。毕仲游在另一篇文章《经术、诗赋取士议》中对比诗赋与经义取士的后果,说得很透彻:"熙宁之初,患诗赋声病偶俪为学,而破碎乎道也,故以经术取士,使人治一经而立其说,庶几有补于道。而十余年间,道之破碎益甚,治经者不问经旨之何如,而先为附会之巧,一章之中有十意,一意之中有十说,至掇昔人之语言,以经相配,取其谐而不问其理义,反甚于声病偶俪之文。"④如此只求附会而没有个人的独立思考,自然无法促进学术的发展,促进思想的进步。

思想的禁锢,必然导致文章的萎靡与乏味。没有思想深度的文章,再怎么结构精巧,再如何用词恰当,也是徒有其表。可以说,王安石的科举改革,是通过政治手段,侵蚀了思想领域的自主性和多样性,这才导致了文坛"弥望皆黄茅白苇"的萧条。苏轼所说的"文字之衰",其实根源还是在于"思想之衰"。

事实上,我们再往前追溯到唐代,会发现历史有着惊人的相似性。唐代古文运动中,也有一位既通文论,又位高权重的大臣,进行过类似的科举改革,只不过规模比较小,持续时间较短。这位大臣便是历任礼部、吏部尚书和宰相的权德舆⑤。安史之乱后,不少文人开始反思祸乱根源,从文章的浮靡上溯到科举取士的弊端,认为进士科考诗赋,明经科试帖经的方法,无益于政。于是改革科举,希望考经典大义,行经术之道的呼声在复古思潮中被越来越多的人提出,权德舆顺应这一潮流,在其主持典选时期,改革只习骈俪不重经义的考试方法,在策问中以考察通经能力为主。这样,"半年已

①　(宋)刘挚:《论取士并乞复贤良科疏》,《忠肃集》卷四,中华书局1985年版,第59页。
②　(宋)晁公武:《郡斋读书志》卷一,江苏古籍出版社1988年版,第39页。
③　(宋)陈师道:《后山谈丛》卷一,中华书局1985年版,第5页。
④　(宋)毕仲游:《经术、诗赋取士议》,《西台集》卷五,第60页。
⑤　对于权德舆在唐代古文运动中的先驱作用,请参见葛晓音:《论唐代的古文革新与儒道演变的关系》,《中国社会科学》1987年第1期。

来,参考对策,不访名物,不征隐奥,求通理而已,求辨惑而已"①。对此,韩愈称赞道:"昨闻诏书下,权公作邦桢。丈人得其职,文道当大行。"②所以,权氏的改革,使得儒学"由专习章句转为精求义理"③,这正是"文以载道"说的先声,直接推动了古文运动的发展。

王安石的改革,可以说是对权氏科举改革的呼应。本更应推动古文运动的发展,但统治阶级出于控制思想的目的,统一教材和评判标准,于是士子们在功名利禄的诱惑下便不求通理辨惑,只求附会雷同,丧失独立思考之能力,导致此期儒学在从章句转向义理的过程中,走入了狭窄的幽径,无法获得更多思想上的进步和发展。

以上,从三个方面分析了王安石科举改革对北宋古文发展思想层面的影响。首先,王氏科举改革与北宋古文运动,这两者在最核心的价值观层面是一致的,都是为了追求经世致用的文章之士,仅这一点即可证明,王安石主持的科举改革之于此期古文的影响,仍然属于北宋古文运动的范畴;其次,也应看到,这场改革对古文的发展确有弊端。读书人知识结构单一,知识面狭窄,本就严重影响其思想深度和广度;再加上学术领域被严格控制,流行着统一的解经标准,这必然造成士子在思想上的空疏浅陋,古文写作也就随之单调萎靡,造成文气衰竭的局面。从这个角度来理解苏轼的不满与反对,确实是有道理的。

第三节　科举改革对古文运动文体
层面的影响:经义的兴盛

接下来从文体层面讨论这场改革对古文运动的影响。欧阳修之后,平易自然的文风便成为日常表述的主流,这一风格的形成,是由欧阳修批判地继承韩柳古文且自觉倡导的结果,之后又由其弟子苏轼延续下去。但是,欧阳修的文风真的在北宋后期成为主流了吗? 这是不是太低估了王氏"经义"文的影响呢? 因为欧阳修正是通过嘉祐二年的贡举,罢黜艰涩险怪的"太学体",推崇造语平淡、议论中理的苏轼兄弟,从而改变了整个文坛的风气。那么,王氏科举改革之后,王安石所倡导的"经义"文泛滥天下,追随者

---

①　(唐)权德舆:《答柳福州书》,郭广伟校点:《权德舆诗文集》,上海古籍出版社 2008 年版,第 628 页。

②　(唐)韩愈:《燕河南府秀才》,屈守元等主编:《韩愈全集校注》,四川大学出版社 1996 年版,第 528 页。

③　葛晓音:《论唐代的古文革新与儒道演变的关系》,《中国社会科学》1987 年第 1 期。

不计其数,同样有着科举杠杆的强势介入,同样是作为操持科举衡文的古文家,王安石的影响也就不容小觑。

时文,是"按时下科场流行的格式写作,专用于'举业'的文章"①。所以北宋古文运动后期的时文,便是"经义"。清包世臣认为时文在北宋已经成为一个明确的文体概念,他说:"唐以前无古文之名,北宋科举业盛,名曰'时文',而文之不以应科举者,乃自曰古文。"②认为"时文"之名是因北宋科举业盛而起,颇有道理。

若简要勾勒两宋以降时文文体的变迁过程,我们发现,宋初使用的是骈文③;仁宗嘉祐前开始流行艰涩险怪之体④;嘉祐二年贡举之后经由欧阳修推广平易自然之古文;神宗熙宁变法之后,经义成为时文;从南宋开始,举子逐渐讲求文章的章法、句法,评点之学渐兴,散文技巧也日趋精密,形成十段文的固定格式,最终发展成为明清八股文。

所以,北宋时文的文体变革,依托于科举取士的变革,同时又与古文运动的发展密切相关。宋初古文运动的先驱者柳开、石介,他们所反对的正是西昆体骈文;随后欧阳修、梅尧臣等人领导的诗文革新运动,也是针对流行于太学生中的"太学体"。到了王安石却稍有些特殊,一方面,他自己作为古文大家,当时已名扬天下,也呈现了不输于宋代其他古文大家的优秀的古文作品;另一方面,他所引导的时文写作已到"《三经义》外无义理,扇对外无文章"⑤的局面,而这正是另一位古文大家苏轼所诟病的对象。看似矛盾对立的事件都发生在王安石身上,其中究竟值得探讨。那么,接下来我们将以王安石主政期间的时文——"经义"的面貌为切入口,探讨其对古文运动文体层面的冲击。

1　作为典范的王安石经义

关于北宋经义的文体形态,在熙宁四年(1071)正式下达的贡举改革诏命中,就进行了相关规定。前已引《续资治通鉴长编》卷二二〇载中书云大

①　祝尚书:《论宋代时文的"以古文为法"》,《四川大学学报》(哲学社会科学版)2007年第4期。

②　(清)包世臣:《零都宋月台古文抄序》,《艺舟双楫》,中国书店1983年版,第51页。

③　据欧阳修《苏氏文集序》:"天圣之间,予举进士于有司,见时学者务以言语声偶相摘裂,号为时文,以相夸尚。"这里的"时文"正是指西昆体骈文。《欧阳修全集》,第614页。

④　即指"太学体",据苏轼《谢欧阳内翰书》对"太学体"的评价:"士大夫不深明天子之心,用意过当,求深者或至于迂,务奇者怪僻而不可读,余风未殄,新弊复作。大者镂之金石,以传久远,小者转相摹写,号称古文。"可知"太学体"属于古文中的一派,是由于矫正"余风"即西昆时文而出现的,但矫枉过正,走向另一种弊端。《苏轼文集》卷四十九,第1423页。

⑤　(宋)晁说之:《元符三年应诏封事》,《嵩山文集》卷一,上海书店1934年版,第36页。

义"务通义理,不须尽用注疏";同时又有《文献通考》卷三十一记载:"试义者须通经,有文采,乃为中格,不但如明经、墨义粗解章句而已。"这就说明,与先前仁宗时期所考的大义相比,改革之后形式上显然有差异。考生有了更大的自由度,可以独抒己见,在阐述义理的同时,还可以适当追求写作的文学性。为了有统一的行文标准,朝廷让"中书撰大义式颁行"。"大义式"为一篇短文,以"通经而文采焕然"①为合格,然而遗憾的是,今均不存。

　　现在所存两个版本系统的王安石集子中并没有单列出经义这个门类,但清代所编《古今图书集成》经义部中列有"王安石经义式"②,共收录六篇:《里仁为美》《五十以学易》《参也鲁》《浴乎沂》《非礼之礼、非义之义、大人弗为》《可以与、可以无与,与伤惠;可以死可以无死,死伤勇》。其中只有最后两篇见于《王文公文集》卷二八和《临川先生文集》卷六七,名为《非礼之礼》和《勇惠》,其余四篇来路不明。对此,最早纪昀就有所怀疑,"经义始宋熙宁。传于今者,惟《刘左史集》载十七篇,《宋文鉴》载一篇,《制义规范》载十六篇而已。坊刻有王安石、苏辙等经义,果有所传欤?抑伪托欤?"③根据方笑一和黄强④等学者考证,王安石的这六篇经义,大抵是后人从他的集子中析出类似于经义的部分或全篇,等同于作为宋代时文文体的经义,甚至作为典范来看待。类似《非礼之礼》和《勇惠》这样的小文章,王安石其实写过二十余篇,并不是专为科举的"经义式"而作;与此同时也有并不是王安石写就但后人伪托是其经义的作品,比如其余四篇。清俞长城所编的《宋七名家经义》中就有颇多此类情况。因此《古今图书集成》中所录的六篇"王安石经义式",很有可能就是从《宋七名家经义》中转录而来的,并不是熙宁所颁行的"大义式"。

　　虽然我们现在无法复原王安石经义的原貌,但入选前引《古今图书集成》的《非礼之礼》和《勇惠》两篇,肯定是具有和王安石其他论体文不同的文体特征,才会被当成或者改成经义从而归入"经义部"的。从广义上说,经义其实算是论体文中的一种,也属于古文,因为它毕竟不是用骈文写作的。"盖荆公创立制义,原与论体相仿,不过以经言命题,令天下之文体出

　① (清)徐松:《宋会要辑稿·选举》三之五四,中华书局1957年版,第4288页。

　② 清代《古今图书集成》理学汇编文学典第一百八十卷经义部,台北鼎文书局印行,第1825—1827页。

　③ (清)纪昀:《嘉庆丙辰会试策问五道》之四,《纪晓岚文集》第一册第十二卷,河北教育出版社1995年版,第271页。

　④ 方笑一:《经义考》,《华东师范大学学报》(哲学社会科学版)2002年第6期;黄强:《现存宋代经义考辨》,《扬州大学学报》2005年第2期。

于正,且为法较严耳","盖经义与论同原,论以才气胜,经义以理法胜"。①
俞长城认为经义与论体文相比,理法更严,但他们之间具体有何区别,需要
拿文本来进行对比说明。

　　为了更直观地感受王安石经义与其论体文的异同,兹选《非礼之礼》及
其议论文的代表《中述》进行对照分析。

　　先看《非礼之礼》②一文的句式与结构。句式上,第一段开门见山破题:
"古之人以是为礼,而吾今必由之,是未必合于古之礼也;古之人以是为义,
而吾今必由之,是未必合于古之义也。"句式两两相对;第二、三段承题,分
别以"盖知向所谓义者……"和"盖知向之所谓礼者……"来举例论证,同样
两两相对,通篇的对偶句式颇多。结构上,此文题出《孟子·离娄下》"非礼
之礼,非义之义,大人弗为"③,王安石就抓住"礼""义"二字,从时间角度,
也就是礼义的古今之别来破题。主体部分分别以汤、武放孔子为例展开详
细论述。在结构严谨的同时又追求些许变化,比如第一段是先讨论礼,再讨
论义,而第二、三段的例证则是先说"义",次言"礼",井然有序的同时又不
死板。两类例证各自范围又有不同,汤、武放弑桀、纣之事从极大处着眼,用
孔子以纯为冕之事说明礼是可以权变的又是从极小处着眼,维度上涵盖极
广,体现了王安石高超的写作技巧。在文章结尾,有对《孟子》赵岐旧注的
辩驳,使文章的思想更深刻,算是结题和升华。

　　另一篇经义文《勇惠》④也是类似比较稳定对称的结构。"勇"和"惠"
是古代两个重要的道德范畴,用以指导人的行为。但是不同立场的人会有
不同的观点。文章第一段开头先破题,针对"世之论者"对勇惠的看法,王
安石直接提出自己对立的观点予以否定。然后在第二段中,王安石给出了
一个高于勇惠的道德范畴——"义",予以详细阐释。第三、四段引经据典,
分别以孔子对子路的评价、孟子的见解为例证明自己的观点。全篇也颇多
两两相对的句式,层次清楚,结构严谨,体例规范。

　　而《中述》⑤一文的句式和结构就简单得多,全文以散句为主,紧紧围绕
"圣人之道本乎中"这一个主题展开观点,议论中穿插着孔子取人的不同例
子,结构紧凑且没有明显的章节分布之痕迹。可以说,王安石大部分的议论
文皆如此,短小精悍,围绕一个主题展开,逻辑严密,结构紧凑。

---

① (清)梁章钜著,陈居渊校点:《制艺丛话》卷三,上海书店出版社2001年版,第47页。
② (宋)王安石:《非礼之礼》,《王安石文集》卷六七,第1166页。
③ 杨伯峻译注:《孟子译注》,中华书局2012年版,第203页。
④ (宋)王安石:《勇惠》,《王安石文集》卷六七,第1171页。
⑤ (宋)王安石:《中述》,《王安石文集》卷六七,第1173页。

　　由此可知,与一般古文相比,经义有着更完整的结构,大体上都会有破题、承题和结题三部分,层次分明。此时程式上并没有后世八股文的苛严,但结构都比较稳定,同时稳中求变,以展现技巧。尤其值得注意的是,经义行文中较多出现对偶句式,只不过并非骈体文中骈四俪六的对偶,而是两小段古文组建的长对,即上文晁说之所谓的"扇对"。所以可以认为,经义在体制上结合了骈体与古文两方面的要素。这也可以理解,士子久习诗赋,习惯很难一下子扭转过来,对偶句式对于用文言写作的人来说,吸引力是相当大的。正如钱大昕在其《十驾斋养新录》卷十《经义破题》一文中所言:"宋熙宁中以经义取士,虽变五七言之体而士大夫习于徘偶,文气虽流畅,其两两相对,犹如故也"①。

　　从王安石经义与其古文的对比中,我们可以看出,经义比古文写作更重视结构的稳定性,同时移植改造了骈文的对偶句式,再加以近体诗的破题、额比等程式,有着自己独有的文体特征。

　　俞长城在评价王安石的经义时,说道:"制义之兴,始于王半山,惜存文无多。半山之文,其体有二,或谨严峭劲,附题诠释,或震荡排累,独抒己见,一则时文之祖也,一则古文之遗。"②用到这条材料时,学者一般都关注俞氏所提出的王文的两种体式,而笔者注意的是"祖"与"遗"两字。可以说,俞氏发现了王安石在北宋文体发展中的特殊地位,一方面,经义取士由他开始主持,举子们模仿的也是他的经义,所以他可以说是"时文之祖";另一方面,他经历了北宋古文运动前期的洗礼,在欧阳修提倡的主流文风下耳濡目染,自然有着"古文之遗"。在王安石及其科举改革的影响下,经义强势成为古文写作中的主流文体之一。

2　举子之经义:从明白切实到高度程式化、僵化

　　接下来我们分析举子对王安石经义的模仿。

　　据朱瑞熙、黄强、祝尚书、方笑一等人考证③,留存下来的宋代经义不

---

①　(清)钱大昕著,杨勇军整理:《十驾斋养新录》卷十,上海书店出版社2011年版,第205页。

②　俞长城:《可仪堂一百廿名家制艺·题王半山稿》,清康熙三十八年(1699)可仪堂刻本。

③　四人的文章和著作中都列举了不少北宋经义的作者及篇名,分别为:朱瑞熙《宋元的时文——八股文的雏形》,《历史研究》1990年第3期;黄强《现存宋代经义考辨》,《扬州大学学报》(人文社会科学版)2005年第2期;祝尚书《论宋代的经义》,《重庆社会科学》2006年第9期;方笑一《北宋新学与文学——以王安石为中心》,上海古籍出版社2008年版,第130页。

多,可靠的约在80篇至100篇之间①,主要有张庭坚、刘安节、张孝祥等人的作品。三人分别于宋哲宗元祐六年(1091)、元符三年(1100)、宋高宗绍兴二十四年(1154)登进士。其中,张庭坚留下的《自靖人自献于先王》一文,被视为熙丰时期经义的"标准"②,可以作为我们了解北宋后期举子经义的第一手材料。

此文篇名出自《尚书·微子》:"自靖,人自献于先王"③,是一篇《尚书》义。主要内容是讲在商纣王荒淫暴政将亡之时,孔子所谓"三仁"的选择④:同母庶兄微子远离商朝,成为周宋国的开国始祖;叔父箕子苦劝纣王反被贬为奴隶;叔父比干以死相谏。三人各行其志,方式虽不同,但都是为了尽忠先王。全文明白流畅,文词简古,结构稳定。第一段破题,第二、三段分析论证,第四段总结提升,主题宣扬的是传统的儒教忠孝观,颇有补于世教,可以说很好地理解了王安石科举新政的初衷。

故而四库馆臣在《四库全书总目提要·经义模范》中,对《自靖》一文这样评价:"其弁首即才叔《自靖人自献于先王》一篇,吕祖谦录入《文鉴》者也。时文之变,千态万状,愈远而愈失其宗,亦愈工而愈远于道。今观其初体,明白切实乃如此。"⑤可知,经义开考之始,仍以"明白切实"为旨归。在文章结构上,破题、承题、结尾皆有,层次分明。元程端礼《读书分年日程》卷二中评道:"张庭坚体,已具冒、原、讲、证、结,特未若宋末所谓文妖经贼之弊耳。"⑥也就是说,张庭坚所撰之经义,初具程式化规模,但并未僵化,还远没有高度程式化后所谓的"文妖经贼之弊"。

然而,不管我们如何努力证明王安石的初衷以及举其中最好的举子经义的表现,都不可否认,此时的时文写作正朝着越来越糟糕的方向发展。叶适在《习学记言》卷五十中对北宋经义的演进进行了大体分期,他认为到了

---

① 祝尚书《论宋代的经义》一文认为,可靠的宋人经义,传世的只有80篇左右;黄强的《现存宋代经义考辨》一文中统计了宋人名下的经义,共有13家108篇。

② 据南宋叶适《习学记言》卷五十:"苏轼说《春秋》,庆历、嘉祐时文也;张庭坚《书义》,熙、丰时文也。"〔(宋)叶适:《习学记言》,上海古籍出版社1992年版,第466页〕;元倪士毅:《作义要诀·自序》:"宋之盛时,如张公才叔《自靖义》,正今日作经义者所当以为标准。"(中华书局1985年版,第1页);又据明《经义模范》收入宋张庭坚、姚孝宁、吴师孟、张孝祥等四人经义16篇,其首即为《自靖人自献于先王》一篇。见《经义模范》,《影印文渊阁四库全书》第1377册,台湾商务印书馆,第81页。

③ (清)皮锡瑞撰:盛冬铃、陈抗点校:《今文尚书考证》,中华书局2009年版,第231页。

④ 《论语·微子》:"微子去之,箕子为之奴,比干谏而死,殷有三仁焉。"(清)刘宝楠:《论语正义》,中华书局1990年版,第711页。

⑤ 纪昀总纂:《四库全书总目提要》卷一八九,河北人民出版社2000年版,第5167页。

⑥ (元)程端礼:《程氏家塾读书分年日程》,中华书局1985年版,第20页。

哲宗时期，"答义者日竞于巧，破题多用四句，相为俪偶"①，且特别重视"冒子"，程式日趋严密。我们不妨来看具体的例子。

刘安节是元符三年（1100）进士，他习举业时正值"绍述"的高峰期，王氏新学是必修课。他的《刘左史集》中收录有十七篇经义，可作为北宋末经义的代表。现引其《颜渊问为邦》②一文列于下：

有圣王之志者，必求知圣王之学；有圣王之学者，必求知圣王之政。盖君子之学，非期于美已而已也，必将施于有政，以兼善乎天下焉。若颜子者，其知圣王之学乎，此所以有为邦之问也。盖问也者，心有所欲为而未达者也，非其所欲为，则学者不问；非其所可为，则教者不答。

昔者孔门之弟子，其有欲为政者，固亦多矣。由之可使有勇，求之可使足民，赤之可使与宾客言，彼其处心积虑特不出乎一国之事而已，未闻有以圣王之政为问焉者，非不问也，学不至也，故圣人之告以政也，亦不出乎数者之事而已。若夫颜子之志，则进于此矣，观其晏然处于陋巷之中，宁甘心于箪食瓢饮之乐，而不肯屈身以从仕，彼其志岂浅浅也哉。故孔子许之曰："用之则行，舍之则藏。"夫既与圣人同其用舍矣，而用之则行，必将有圣王之政，此为邦之问所为发也。

然而为邦之道奈何？曰："三代之时，时也，而夏以忠为善；三代之辂，辂也，而商以质为善；三代之冕，冕也，而周以文为善。至于功成作乐也，惟舜之韶舞为尽善焉。"

盖四代之法，一代之法也，孔子之言，万世之法也。然而孔子之集大成岂特此哉？伯夷之清，伊尹之任，柳下惠之和，吾集之以为行者也。百王之训诰，三圣之爻象，国史之春秋，太师之雅颂，吾集之以为经者也。政也、行也、经也，是三者率皆集之，前代以成吾万世之大法，后世虽有作者不能易此也。呜呼！圣人之道，如是之大也，非亚圣曷足以语之。孔子之言政，所以特告颜子也。

此文题出《论语》卫灵公篇第十五："颜渊问为邦。子曰：'行夏之时，乘殷之辂，服周之冕，乐则韶舞。放郑声，远佞人。郑声淫，佞人殆。'"③元人倪士毅对宋人经义程式有过总结："至宋季，则其篇甚长，有定格律：首有破

---

① （宋）叶适：《习学记言》，上海古籍出版社 1992 年版，第 466 页。
② （宋）刘安节：《刘左史文集》卷三，四川大学古籍所编：《宋集珍本丛刊》第 31 册，线装书局 2004 年版，第 486 页。
③ 杨伯峻译注：《论语译注》，中华书局 1980 年版，第 164 页。

题,破题之下有接题(接题第一接,或二三句,或四句,下反接,亦有正说而不反说者),有小讲(小讲后有引入题语,有小讲上段,上段毕有过段语,然后有下端),有缴结,以上谓之冒子。然后入官题。官题下有原题(原题有起语、应语、结语,然后有正段,或又有反段,次有缴结),有大讲(有上段,有过段,有下段),有余意(亦曰从讲),有原经,有结尾。篇篇按此次序。其文多拘于捉对,大抵冗长繁复可厌。"①(《作义要诀自序》)倪士毅总结的是经义发展到南宋末的程式,我们据此来与刘安节的经义进行对照:

首四句是破题,高度概括全文,正是叶适所言的四句对偶文,与张庭坚《自靖》一文破题的三句散体已大不相同。然后"盖君子之学"四句是接题,进一步说明题意;然后"若颜子者"三句是小讲,发挥和拓展题意,"盖问也者"六句是缴结,要出现题目中的文字,表明要进入题目了,以上都属于冒子。

从"昔者孔门之弟子"到"亦不出乎数者之事而已",为原题,讲解题意;从"若夫颜子之志"到"此为邦之问所为发也"为大讲,为文章议论的主干。

从"然而为邦之道奈何"到"后世虽有作者不能易此也"都为原经,说明题目在经书中的来历出处,同时贴出孔子的答语,这是宋代经义必备的一项。最后从"盖四代之法"到文末为结题。从"政""行""经"三个层面论证孔子的集大成,是"圣人之道"。采用的是"定格"结题法,即引同类事务来相证自己的观点,来发挥本题中议论未尽之意。

很显然,尽管刘安节生活在哲宗、徽宗时期,但他撰写的经义已经与流行于宋末的经义程式各环节一一对应,严格符合流程。这样的写作,举子只需要依样画葫芦,没有什么发挥的空间,因而,从熙宁科考改革开始到北宋末,短短几十年时间,经义写作已然变得僵化。

3　北宋后期时文写作的僵化造就了文坛的低迷

前文分析的思想层面的禁锢其实已经预示了这一点,没有思想深度,同时形式上又有严格规定,这样的文章写作如何能体现创造力与艺术生命力。而上引程端礼的评价也暗示了北宋后期经义写作的一个发展轨迹,即从初具程式化到成为"文妖经贼"。这期间的流变如今我们已无法完全复原②,因为现存经义有限,若仅凭个别文集中留下的少许篇章来窥探全貌,很容易以偏概全。那么,我们不妨换个角度,从当时人对时文的批判中,或许可以

---

① (元)倪士毅:《作义要诀》,《四库全书》第 1482 册,台北商务印书馆 1986 年版,第 372 页。
② 祝尚书:《论宋代的经义》(《重庆社会科学》2006 年第 9 期)一文,将经义从庆历、嘉祐时代到熙丰时代,再到徽宗时代的发展流变做了大体勾勒和梳理,可以参考。

更接近真相。

　　最典型的是苏轼的批判。《答蜀僧几演》:"乃诗乃文,笔力奇健……盖时文凋敝,故使此二僧为雄强"①;《答乔舍人启》:"深厚尔雅,非近世之时文;直谅多闻,盖古人之益友"②。苏轼的这两篇书启都作于元祐年间,所以文中的"时文"即指经义。作者所用的"笔力奇健""深厚而雅"等词,都用来形容时文的对立面。也就是说,在苏轼看来,此时的时文笔力凋敝,浅显粗陋。

　　另外比如宋代文人沈作喆说,"本朝以词赋取士,虽曰雕虫篆刻,而赋有极工者,往往寓意深远,遣词超诣,其得人亦多矣。自废诗赋以后,无复有高妙之作"③,概述熙宁科举改革之后文坛的颓败。

　　叶适在《谢景思集序》也说:"崇、观后文字败坏,相矜以浮,肆为险肤无据之词,苟以荡心意、移耳目,取贵一时,雅道尽矣。"④

　　陈善在《扪虱新话》卷上"三舍文弊"中说:"崇、观三舍,一用王氏之学,及其弊也,文字语言,习尚浮虚,千人一律。"⑤

　　《邵氏闻见录》卷12引钱景谌的批评云:"乃以穿凿不经,入于虚无,牵合臆说,作为《字解》者,谓之时学,而《春秋》一王之法,独废而不用;又以荒唐诞怪,非昔是今,无所统纪者,谓之时文;倾险趋利,残民而无耻者,谓之时官。驱天下之人务时学,以时文邀时官。"⑥钱景谌于宋仁宗嘉祐时期登进士第,为王安石同时代人,故他说的"时学"指王氏"新学","时文"即指"经义",并指责为"荒唐诞怪"。

　　也正因为时文水平的大滑坡,才有北宋徽宗时期文人唐庚在《上蔡司空(京)书》中"以古文为法"观点的出现:

　　"窃观阁下辅政,既以经术取士,又使习律习射,而医、算、书、画悉皆置博士。此其用意,岂独遗文章乎!而自顷以来,此道几废,场屋之间,人自为体,立意造语,无复法度。宜诏有司,取士以古文为法。所谓古文,虽不用偶俪,而散语之中,暗有声调,其步骤驰骋,亦皆有节奏,非但如今日苟然而已。

---

①　孔凡礼点校:《苏轼文集》,第1892页。原题下注"翰林",故作于元祐二、三年在京师任翰林学士时。

②　孔凡礼点校:《苏轼文集》,第1363页。作于元祐七年,乔舍人即中书舍人乔执中。据《续资治通鉴长编》卷四七八:"(元祐七年十月辛酉)起居郎乔执中为中书舍人"。见李焘:《续资治通鉴长编》卷四七八,第1383页。

③　(宋)沈作喆:《寓简》卷五,中华书局1985年版,第33页。

④　(宋)叶适撰,刘公纯、王孝鱼、李哲夫点校:《叶适集》,中华书局2010年版,第212页。

⑤　(宋)陈善著,孙帆婧、孙友新校注,陈叔侗点评:《扪虱新话》,福建人民出版社2014年版,第104页。

⑥　(宋)邵伯温:《邵氏闻见录》卷十二,中华书局1983年版,第134页。

今士大夫间亦有知此道者,而时所不尚,皆相率遁去,不能自见于世。宜稍稍收聚而进用之,使学者知所趋向。不过数年,文体自变,使后世论宋朝古文复兴,自阁下始,此亦阁下之所愿也。"①

　　据祝尚书考证,唐庚此书当作于大观元年(1107),"他所论主要针对'经术',即经义"②,就当时重视义理而忽略文章的倾向提出批评,旗帜鲜明地主张时文应当"以古文为法",也就是以韩柳欧文为法。这恰恰说明当时的时文离欧阳修主持文坛时的文风已相去甚远。

　　包括徽宗自己在政和三年闰四月的手诏中也说:"近览太学生私试程文,词烦理寡,体格卑弱,言虽多而意不逮,一幅几二百言,用'心'字凡二十有六。文之陋于此为甚。"③

　　以上种种材料都说明,在王氏新学的笼罩下,士人阶层文学才能的衰弱是显而易见的,文学整体水平也大幅下降。祝尚书在《宋代科举与文学》一书中对北宋时文文体变革的轨迹进行了勾勒,发现总离不开险怪一途:由中唐古文运动的奇崛文风发端,到北宋初的一批偏激古文家,之后经历景祐"变体"—庆历"太学新体"—嘉祐"太学体"④结束。而朱刚认为还应续之以"经义"⑤,将其纳入北宋怪文的系谱。但或许同样是由于现存的经义太少,他并没有举出作品实例来详析此期时文的怪诞,只是引用了《邵氏闻见录》和林駉《古今源流至论》中的两条材料。但回溯前引对北宋时文评论材料中的关键词,比如凋敝、文字败坏、肆为险肤无据之词、雅道尽矣、浮虚、千人一律、荒唐诞怪、词烦理寡、体格卑弱等。怪诞倾向诚然有,但并不是主流。纵观现存的百余篇经义,尽管大部分已经高度程式化,但整体都中规中矩,无甚怪诞用词,比如《刘左史文集》中留存的十几篇经义,就被《四库提要》概括为"明白条畅"⑥。因此,与其将王安石引领的时文写作接续上中唐以来的怪文系谱,不如说此期时文只是呈衰败之势,有上引的各种弊病,更加符合史实。但即使文学成就不高,经义写作随着王氏科举的改革,强势进入文坛,已是事实,因为"若说举子的大半生都在为'举业'操劳,所作大

---

①　(宋)唐庚:《眉山唐先生文集》卷二三,上海涵芬楼影印闽侯龚氏大通楼藏旧抄本,1936年,第5—6页。

②　祝尚书:《论宋代时文的"以古文为法"》,《四川大学学报》(哲学社会科学版)2007年第4期。

③　司义祖整理:《宋大诏令集》卷一五七《考校程文官降官御笔手诏》,中华书局1962年版,第592页。

④　祝尚书:《宋代科举与文学》,第十五章"宋代科场的学风与文风",中华书局2008年版,第426—469页。

⑤　朱刚:《北宋"险怪"文风:古文运动的另一翼》,《中国社会科学》2010年第1期。

⑥　(清)纪昀总纂:《四库全书总目提要》卷一五五,河北人民出版社2000年版,第4020页。

多为科举文字,当无大谬"①,这在每个朝代都是不可否认的,因而在北宋古文运动的后期,王安石所引导的时文写作,确实造成了文气衰竭,文坛一片萧条的境况。与此同时,在时文之外,随着"三苏"、黄庭坚、秦观等人的相继离世,他们的集子在徽宗朝也相继被诏毁,士子们无其他典范可依,从这个角度而言,王安石引导的经义时文写作吻合了北宋古文运动末期古文发展的轨迹,它们合力造就了文坛的低迷。

小　　结

本章从思想和文体层面出发,探讨王安石科举新政与古文发展之关系。首先需要明晰的是,王氏科举改革与北宋古文运动,这两者在最核心的价值观层面是一致的,所以,其改革对文坛造成的影响与苏轼的反对,在性质上属于古文运动内部不同派别之间的消长。其次,这场改革确实对古文的发展造成了侵害。考试内容的单一造成士子知识结构的单一,评判标准的框定又造成士子思想的禁锢,科举之业盛的结果,却是文化学术衰败,从而造成古文写作元气不足。再次,在文体层面,经义兴盛,写作群体庞大。尽管有作为典范的王安石经义珠玉在前,但举子们的写作在思想和文体程式的双重束缚下,呈现文字浮虚、体格卑弱的凋敝景象,也就直接造就了北宋后期古文领域的低迷。若将在新学指导下的经义写作定义为"在朝"文学,则受欧苏影响的古文创作属于"在野"文学,北宋古文运动就是在文气衰竭的两股力量中走向了终结阶段。

---

① 祝尚书:《宋代科举与文学》,中华书局 2008 年版,第 549 页。

第七章　王安石碑志文的"史汉之法"与"史汉风神"：以欧阳修碑志文为比照

王安石、欧阳修与《史记》《汉书》的关系，可以从茅坤的"风神"观切入。欧阳修之"六一风神"与"史汉风神"有何联系？学界已有一些探讨：黄一权《"六一风神"称谓的来源及其阐释》①一文对"六一风神"这一称谓的来源和定型时间做了界定，并认为它是"历代文章家们在对欧阳修文章独特的艺术特点及其继承'史迁风神'加以阐释时所采用的一个个案性术语"；洪本健《略论"六一风神"》②一文侧重分析欧阳修综合多种角色的精神世界对造就"六一风神"所起的作用，尤其侧重分析其与《史记》思想复杂性的近似之处；而刘宁的《叙事与"六一风神"——由茅坤"风神"观切入》③一文则认为，茅坤对"风神"的讨论主要针对叙事文而发，欧文之所以被茅坤认为深具"风神"之美，是因为欧文在叙事方式上与《史记》多有近似，"六一风神"的情韵之美要与其独特的叙事之法结合起来观察。总之，颇多学者认为欧阳修之叙事文与《史记》《汉书》有着近似和承继的关系。但是，王安石文与"史汉风神"有何关系？目前学界还没有学者对此进行讨论研究。

第一节　问题的引出：欧王碑志与《史记》《汉书》的关系

在《临川文钞》卷十一"碑状"下，茅坤有一段有关欧阳修、王安石碑志与《史记》关系的论述："欧阳公最长于墓志表，以其序事处往往多太史公逸调，唐以来学士、大夫所不及者。而王荆公独自出机轴，多巉画曲折之言。其尤长者，往往于序事中，一面点缀著色，隽永远出，令人览之，如走骏马于千山万壑中，而层峦迭嶂，应接不暇，序事中之剑戟也。"④

我们从这段话可以看出，在碑志这一文体中，在"序事"这个层面上，荆

---

① 黄一权：《"六一风神"称谓的来源及其阐释》，《中国文学研究》1998年第4期。
② 洪本健：《略论"六一风神"》，《文学遗产》1996年第1期。
③ 刘宁：《叙事与"六一风神"——由茅坤"风神"观切入》，《文学遗产》2011年第2期。
④ 高海夫主编：《唐宋八大家校注集评·临川文钞》，三秦出版社1998年版，第3292页。

公与欧阳修不同,无"太史公逸调",但荆公之碑志也很优秀,"自出机轴",且此机杼是荆公"独"有(创新),而非沿袭效仿。至于荆公的独特之处在哪,"其尤长者"之后便是茅坤的解释。但这个表述却颇为飘渺,内涵不易明确。这就值得思考,欧阳修墓志表所体现的"太史公逸调"是指哪些方面? 王安石碑志文真的无"太史公逸调"吗? 他的"自出机轴"又体现在哪呢?

回答这些问题之前,我们有必要广泛了解一下前人对此的看法。事实上,有关欧王与《史记》的关系,颇受古文评点家的重视,茅坤集中也不止一次关注这一问题。我们来看看茅坤及他人还有哪些评述:

> 明茅坤:"世之文人学士,得太史公之逸者,独欧阳子一人而已。"[1]
> 清刘熙载:"太史公文,韩得其雄,欧得其逸……逸者善用纡徐,故引绪乃觇人妙。"[2]
> 明艾南英:"传、志一事,古之史体,龙门而后,惟韩、欧无愧立言。观其剪裁详略,用意深远,得《史》《汉》之风神"[3]。
> 清刘海峰评欧阳修《黄梦升墓志铭》:"欧公叙事之文,独得史迁风神,此篇遒宕古逸,当为墓志第一。"[4]
> 明茅坤评王安石的《叔父临川王君墓志铭》:"曾、王志墓,数以议论行叙事之文,而王为甚。多镌思刻书处,然非《史》《汉》法也矣"[5]。
> 明吕留良评王安石的《叔父临川王君墓志铭》:"写王君是一个孝友真朴人,面目如见,无通套话,此正《史》《汉》法也"[6]。

从上引诸条材料可见,将欧文之"逸"与太史公文联系起来,这是评论者的共识。而且,他们一般也都认为欧文深得《史》《汉》之风神(或称"史迁之神""史迁风神",下文统一以"史汉风神"一词代表),而王安石的碑志文在是否运用《史》《汉》之法(下文称"史汉之法")这一点上,则存有争议(茅坤与吕留良的观点相对)。至于更进一步的,王安石的碑志文是否具备"史汉风神",少有论者提及。

---

① (明)茅坤:《欧阳文忠公文钞引》,《茅坤集·茅鹿门先生文集》卷三一,浙江古籍出版社2012年版,第826页。

② (清)刘熙载撰,袁津琥注:《艺概注稿·文概》,中华书局2009年版,第68页。

③ (明)艾南英:《再与陈怡云公祖书》,《天佣子集》卷五,文渊阁四库全书本。

④ (清)姚鼐编:《古文辞类纂》卷四六引,世界书局1936年版,第849页。

⑤ 高海夫主编:《唐宋八大家校注集评·临川文钞》,三秦出版社1998年版,第3556页。

⑥ 高海夫主编:《唐宋八大家校注集评·临川文钞》,三秦出版社1998年版,第3556页。

因而,本章所要关注的问题便明确了,即:与欧阳修碑志相比,王安石碑志到底有无"史汉之法",是否体现"史汉风神"? 若没有,他的独创性体现在哪? 他的碑志文又呈现了怎样的风神?

第二节　欧王碑志与"史汉之法"：基于叙事层面的共性及差异分析

我们先来分析这个问题:与欧阳修碑志相比,王安石碑志到底有无"史汉之法"。但首先,我们需要界定何谓"史汉之法"。此提法既然自茅坤始,那么自当先从他的文字中寻求答案,分析他如何定义"史汉之法"。

在《唐宋八大家文钞论例》一文中,茅坤说:"世之论韩文者,共首称碑志,予独以韩公碑志多奇崛险谲,不得《史》《汉》序事法,故于风神处或少道逸,予间亦镌记其旁。至于欧阳公碑志之文,可谓独得史迁之髓矣。王荆公则又别出一调,当细绎之①。此处茅坤借评韩愈碑志,点出他所谓"史汉之法"是指"序事法"②,此法欧阳修碑志得其精髓,而韩愈、王安石之碑志皆未得,但王安石又能"别出一调"。关于王安石的"别出一调",后文也有相关论述,谓:"宋诸贤叙事,当以欧阳公为最。何者? 以其调自史迁出,一切结构裁剪有法,而中多感慨俊逸处,予故往往心醉。……王之结构裁剪极多镵洗苦心处,往往矜而严、洁而则。"③很显然,茅坤所谓的"叙事"可归结为"结构剪裁",即相当于我们现在所说的谋篇布局。这段话提出,在谋篇布局上,欧阳修与太史公的相同点是"结构裁剪有法",而王安石则"极多镵洗苦心";正由于这两者的不同,才导致欧公多"感慨俊逸",而王文呈现出"矜而严、洁而则"的面貌。那么我们接下来要分析的就是,在"《史》《汉》之法"这个共同的参照物比照下,欧、王二人的碑志在谋篇布局上究竟有何区别。

本章认为谋篇布局最重要的一点,是如何分配叙事、议论、抒情等成分在文中的比例。我们分三个层面来看:

---

① (明)茅坤:《茅坤集·茅鹿门先生文集》卷三一,浙江古籍出版社 2012 年版,第 821 页。

② 关于茅坤谈到"《史》《汉》之法"主要是针对叙事这一点,黄一权《欧阳修散文研究》(华东师范大学出版社 2003 年版,第 133—139 页)、林春虹《茅坤与明中期散文观的演进》(首都师范大学 2009 年博士学位论文,第 130—135 页)以及前引的刘宁《叙事与"六一风神"——由茅坤"风神"观切入》一文,都有所论证。

③ (明)茅坤:《唐宋八大家文钞论例》,《茅坤集·茅鹿门先生文集》卷三一,浙江古籍出版社 2012 年版,第 822 页。

1　整体比重:欧阳修以叙事为主,王安石则多从虚处着笔,善发议论

《史记》《汉书》作为史学著作,叙事为主自是题中之义。欧阳修的碑志也遵循史传文学的传统写法,以记事为主。王安石则不同,他好发议论,这一点在为那些地位不高或一生潦倒的普通人所作的碑志中,体现得尤为明显。这类人的生平履历没有太多可圈可点之处,欧阳修的处理方式是"无事而找事"①,比如为亡友所作的《黄梦升墓志铭》。黄梦升满腹才华却颇不得志,宦途止于南阳主簿,欧阳修此文通过两人的三次会面来叙其一生,一次与一次不同,有对话,有心理活动,还有外貌描写,皆从实处着笔,不离叙事之法,梦升的形象栩栩如生。而王安石类似的作品却不是这样的写法,比如上文所列那篇引起争议的《叔父临川王君墓志铭》。王师锡天资中等,没有特殊才能,虽没有途径入仕,但因为他行善事亲,颇受邻里乡人尊重,这篇墓志没有选取其孝友事亲的具体事例和细节来表现其品德,相反是借叔父的形象来表达对所谓"中材者"的悲叹,希望在位者能关注这类既无法入仕得职而孝友事亲的程度又达不到千古留名的"为善者"。此文通篇发表议论感慨,属于典型的"以议论行叙事之文",所以茅坤才认为"非《史》《汉》之法"。

《临川先生文集》中这类的例子还有不少,如《宝文阁待制常公墓表》,是"通篇无一实事,特点缀虚景百数十言"②,其中"虚景",即指议论;《王逢原墓志铭》乃为布衣好友王令所作,也是"以议论为志铭,而不及其事迹"③,"通篇无事迹,独以虚景相感慨"④。

2　在同是"主于叙事"的篇章里,欧、王也有细微不同

王安石碑志中当然也有部分"主于叙事"⑤的篇章,但同样都叙事,在与《史》《汉》的对照下,它与欧之碑志又有不同。我们从两方面分析:

1. 前文有多处引语都提到欧阳修得太史公之"逸"调,这个"逸",可以作为"俗"的对立面来理解,因为茅坤在提到"逸"时,紧接着下文就说"而世

---

① 吉文斌:《欧、王碑志文比较论》,《重庆三峡学报》2008 年第 1 期。
② 高海夫主编:《唐宋八大家校注集评·临川文钞》,三秦出版社 1998 年版,第 3587 页。
③ 张伯行选编:《唐宋八大家文钞》,上海古籍出版社 2007 年版,第 355 页。
④ 高海夫主编:《唐宋八大家校注集评·临川文钞》,三秦出版社 1998 年版,第 3513 页。
⑤ 此说法出自徐师曾《文体明辨序说》"碑文"类:"又碑之体主于叙事,其后渐以议论杂之,则非矣。……主于叙事者曰正体,主于议论者曰变体。"徐师曾著,罗根泽校点:《文体明辨序说》,人民文学出版社 1962 年版,第 144 页。

之人或予信，或不予信；又或訾其间不免俗调处"①。所谓"俗"，当指俗套，就是说在叙事时，只知按事件发展的顺序，平铺直叙，不知轻重的分配，缺少或舒展或紧凑的节奏变换。那么，结合《史》《汉》的叙事之法，"逸"就可以理解为，在基本按照时间顺序叙述的前提下，作者会加入倒叙、插叙、补叙等手法；在处理各类事件时，不平均用力，详写和略写交叉，详略处理得当；在节奏安排上，连续、密集、紧张的事件和轻松、舒缓的事件交叉，张弛有度。后人对《史》《汉》的这种叙事方式大加推崇，引为范本，如林纾谓："综之记事之作……凡局势之前后，宜有部署；有前后错叙而眼目转清，有平铺直叙而文势反窒；则熟取《史》《汉》读之，自得置局之法"②。

欧阳修深得此法，其叙事方式错综复杂，且多为精心撰结。如其为真宗朝宰相王旦所作《太尉文正王公神道碑铭》，开篇即以一段对话引出作铭之由，夺人耳目。墓主作为宰相，一生功绩颇丰，可记之事自然不少，欧阳修首先也以时间先后为基本线索叙其仕宦大概，在总结完他为相"务行故事"的风格后，又插入三段，分叙其用人荐士、寡言能断、善解主怒的行事特点，各条线索均以数例充实证明，很好地突出了想要表达的主题。若是如一般的写法，完全按时间顺序记载其一件件宰相业绩，后人就很难领会王旦为相的要点，其光辉形象也大打折扣。此外，《太子太师致仕杜祁公墓志铭》（杜衍）、《集贤院学士刘公墓志铭》（刘敞）等都是欧阳修此类叙事法的代表作。

同样是为名臣所作的墓志铭，王安石的叙事方式就简单得多。如《太子太傅田公墓志铭》，洋洋洒洒近两千字，是严格按时间线索记载田况的一生，从少年读书为文之称天下，到中年首开"帅臣得终丧"之先例，到晚年衰病乃卒，没有错综的叙事线索，也并不给人杂乱罗列之感，可谓一气呵成，"气势直达"③。

综上，本章认为，茅坤所谓王安石"逸不如欧"④，当是从王文叙事手法比较单一这个角度来作论断的。

2.《史记》《汉书》各篇基本均有一主旨贯穿全文，如《史记·留侯世家》始终以"计策"二字为主脑，《汉书·匡衡传》则全篇贯以"明经"一词。欧阳修文也是如此，能在文中以一事作主。如他为范仲淹所作的神道碑，全

①　（明）茅坤：《欧阳文忠公文钞引》，《茅坤集·茅鹿门先生文集》卷三一，浙江古籍出版社2012年版，第826页。

②　（清）林纾选译，慕容真点校：《林纾选评古文辞类纂》卷七传状类，浙江古籍出版社1986年版，第273页。

③　（清）刘大櫆语，（清）姚鼐编：《古文辞类纂》，岳麓书社1988年版，第680页。

④　（明）茅坤：《王文公文钞引》，《茅坤集·茅鹿门先生文集》卷三一，浙江古籍出版社2012年版，第829页。

篇以其"先天下之忧而忧,后天下之乐而乐"①的平生大志为总领,其他事迹则作为枝叶从之,使全篇主旨鲜明,虽无任何溢美之词,而范公磊落之怀、不世之功,宛然可见。

而王安石几篇叙事成分较多的碑志,却较少见这样的"主旨"。如《广西转运使孙君墓碑》,作者"按次点缀"②其文学才华、平侬智高事、为官大节等,首尾均无点题之处,却在平铺直叙中分别以一两句话拎出一个个小事件,令人"应接不暇"。高步瀛《唐宋文举要》甲编卷七中,引茅坤之评语于此文后,说明高氏也认为茅坤这段评语的典型例证便是此铭,而这也正是安石碑志不同于欧公叙事之处。

3 在同样寄寓感慨的文章里,欧阳修饱含情感, 王安石却以冷静、理性自持

司马迁因为自身的悲剧命运,"发愤著书"(《报任安书》),借史抒情,故而对历史上的悲剧人物充满了深刻的同情,这使得《史记》全书充满激越的情感表现和浓郁的悲剧气氛。茅坤就屡屡指出《史记》中的情感因素,如评《伯夷列传》"令人凄婉断肠"③;评《李将军列传》:"李将军乃最名将而最无功,故太史公极力摹写淋漓,悲咽可涕。"④

碑志文的内容是回顾死者的一生,悼念怀人,很容易引发哀情。欧阳修碑志文多记生前亲友,笔端尤多感慨,读来使人不胜其悲。如著名的《泷冈阡表》,质朴无华的字里行间,蕴含着对亡父恳挚缠绵的深情。同时,欧阳修的笔端又饱含自己的情绪,他一生宦海的沉浮、仕途的艰难、逐渐被消磨的抱负、自己老态龙钟的悲凉等等,都浸润在其晚年为亡友写的墓志铭中。如《张子野墓志铭》及前引《黄梦升墓志铭》,前者寄寓"抚今追昔"⑤之感,回忆与墓主的聚散往事,开场极热闹,结束极悲凉,使人读之慨然;后者则以"独奇梦升""予益悲""予又益悲"三句表达与梦升三次会面后的感受,展现梦升从意气奋发到终因世事不如意而渐衰的人生境遇,层层递进,情真意

---

① (宋)欧阳修:《资政殿学士户部侍郎文正范公神道碑铭》,欧阳修著,李逸安点校:《欧阳修全集》,中华书局2001年版,第333页。

② 高海夫主编:《唐宋八大家校注集评·临川文钞》,三秦出版社1998年版,第3317页。

③ (汉)司马迁著,茅坤编纂,王晓红整理:《史记抄》卷三三,商务印书馆2013年版,第241页。

④ (汉)司马迁著,茅坤编纂,王晓红整理:《史记抄》卷七四,商务印书馆2013年版,第453页。

⑤ (清)林纾选译,慕容真点校:《林纾选评古文辞类纂》卷八,浙江古籍出版社1986年版,第355页。

切,使人不忍卒章。

与之相较,王安石的笔触是冷静的、理性的。相比抒情,他更擅长使用精警的议论。以其同样为亡友所作的墓志铭《王逢原墓志铭》为例,起笔就是一段强烈的感叹和议论。王安石认为王逢原是可以与孔、孟、伯夷、柳下惠、扬雄并称的人物,表达出他对这位以布衣终生的年轻人的无比厚爱。随后,他非常精简地写了两人交往过程,高度评价其文章和节义,同时表达对知音的渴求。正如蔡上翔所评"言甚简而其痛弥深"①,在此文中,即使是唯一的至交好友殇逝,王安石也没有过多的情绪铺叙,其深情都寄寓在那番议论中。

再如《泰州海陵县主簿许君墓志铭》,"智略"称天下的墓主许平有着远大抱负,却沉沦下僚,王安石也没有将大部分笔墨用在同情墓主上,而是同样"以议论行序事"②。文章的主体部分拈出两种人来对比:那些特立独行的士人,因为对功名利禄和后世留名都没什么期待,所以处事很自由;而有智有谋对功名有追求的人,从来不乏不遇者。王安石认为,在现在国家急需人才的时期,像墓主这样善辩且懂军事谋略的人才,本当重用,却"终不得一用其智能以卒"③,他对此深感同情,但更多的是要表达对后世的劝诫:既然"有所待",就要"不悔";言下之意,即安心接受"命"的安排而不改初衷,不管是否受到重用。这一点,吕留良总结得好:"篇中含一'命'字,却不说出,更觉语少意多。"④

综上三点,我们可将茅坤所说"矜而严、洁而则"一语进行深入的解析:"矜",即矜持,指无过多情绪的铺叙;"洁",即洁净,指用语简洁;"严",即严整,与松散相对,当指结构层面的整齐有序;"则",即规则,即守体,指遵守文章固有的体制。因此可以这样总结,欧阳修碑志文不离"《史》《汉》之法",其叙事手法复杂丰富,多感慨,且工于写情,而王安石碑志文则与"《史》《汉》之法"保持了一定距离,表现为常以议论代替叙事和抒情,无过多情感,结构严整,没有枝蔓,因而自有风神。

第三节　王安石碑志文无"史汉风神"考论

既然王安石碑志"自有风神",那么,这种风神表现出来与"史汉风神"

---

① （清）蔡上翔：《王荆公年谱考略》卷七,《王荆公年谱三种》,中华书局1994年版,第323页。
② 高海夫主编：《唐宋八大家校注集评·临川文钞》,三秦出版社1998年版,第3499页。
③ （宋）王安石：《泰州海陵县主簿许君墓志铭》,《王安石文集》卷九五,第1648页。
④ 高海夫主编：《唐宋八大家校注集评·临川文钞》,三秦出版社1998年版,第3498页。

有何不同之处呢?

　　首先,我们也需要厘清何谓"史汉风神"。茅坤在《欧阳文忠公文钞引》中称司马迁"以其驰骤跌宕,悲慨呜咽,而风神所注,往往于点缀指次外,独得妙解"。此处所谓"驰骤跌宕",当指前文分析的叙事结构方面,而"悲慨呜咽",则指字里行间蕴含着深厚的感情,皆见前述。这里,还需要说明一下"风神"一词的含义。在被运用于古文评点之前,"风神"这一概念最早见之于人物品评,如《世说新语·赏誉》:"王弥有俊才美誉,当时闻而造焉。既至,天锡见其风神清令,言话如流,陈说古今,无不贯悉。又谙人物氏族中来,皆有证据。天锡讶服。"①因而本章推论,茅坤所理解的史迁之"风神",主要针对《史记》中的人物而言。

　　如何来记人,是把一个人的一生按时间线索以平铺直叙的方式记下来,还是选取有特色的事件或场景来突出人物性格,同时,选取哪些事件,按什么方式和什么顺序来写,这都归属于"点缀指次"。而在这些"点缀指次"的选择中,如果能够微妙地或奇妙地呈现出主人公的独特风神,同时也展现作者文章的独特风神,即成茅坤所谓"独得妙解"。如此,则茅坤所称司马迁"风神"一词,实际糅合了两层内涵:既指《史记》中众多主人公各具特色的人物形象(内心、外貌皆包括在内);也指司马迁为达到这种目的而展现出来的文章艺术风貌。

　　正因为《史记》具有如此高超的艺术成就,后人难以企及,所以茅坤就如何学习其"风神"表达了自己的看法。其《刻〈史记抄〉引》谓:"余少好读《史记》,数见缙绅学士摹画《史记》为文辞,往往专求之句字、音响之间,而不得其解。譬之写像者,特于须、眉、颧、颊、耳、目、口、鼻、貌之外见者耳,而其中之'神'与怒而裂眦、喜而解颐、悲而疾首、思而抚膺,孝子慈孙之所睹而潸然涕洟,骚人墨士之所凭而凄然吊且赋者,或耗焉未之及也。"②茅坤认为,历来学《史记》的缙绅学士往往专求字句音响上的模仿,而不懂《史记》真正好在哪里。这就如同画像者只得人之形而未得其神一般。茅坤所谓之"神",即书中人物"怒而裂眦"等各种神情,以及令读者产生与之共鸣的艺术效果,因而,学《史记》之"神",也就在于要把握其人物形象塑造的方式。

　　我们知道,《史记》主要通过人物的语言、行动来塑造形象。而生动的语言和行为描写离不开一定的虚构和想象。虽然《史记》作为历史著作,第一要义当是追求"不虚美、不隐恶"的实录精神,但在实际写作中,由于作者

　①　(南朝宋)刘义庆撰,徐震堮著:《世说新语校笺》,中华书局2008年版,第270页。
　②　(汉)司马迁著,茅坤编纂,王晓红整理:《史记抄》,商务印书馆2013年版,第1页。

不可能参与到所有历史事件中，对于有限的史料和传闻就不得不发挥想象和推测，即对史料进行合情合理的缝补，以此丰满人物形象。这便是《史记》《汉书》塑造人物最重要的手法之一。正因为如此，《史记》《汉书》中常会出现类似无人见证的密室之语、死前独白这样的场景，如《史记·李斯列传》中李斯的厕鼠之叹、《史记·项羽本纪》中垓下之围时项羽的悲歌、《汉书·陈万年传》中父子二人难登大雅之堂的夜半私语等；也会有丰富的心理描写，如《史记·魏其武安侯列传》中田蚡的心理活动、《汉书·霍光传》中霍光得知妻子毒杀许皇后时内心的大惊与隐忍等；更有对详细场景和人物对话的细节描写，较典型的如《史记》"鸿门宴"一幕，作者对于人物的出场，各人的心理活动、对话等都进行了生动的细节刻画，使得场景清晰如现，同时刘邦、项羽、张良、樊哙等主要人物的形象也跃然纸上。吕留良就认为"《史记》之妙，只是摹写情事逼真，口角形神都到"①。上述这些内容，无一不需要借助传闻、想象或虚构。

欧阳修的碑志文充分融合了《史记》《汉书》的虚构想象和细节刻画之法，最常用的便是对话和独白描写，几乎每篇碑志都有。需要说明，这里提出的对话或独白不包括作者的独白、求铭者与作者的对话，也不包括墓主与皇帝的对话，因为前两者是作者亲自参与的，后者是有文字记载可查的，这些显然不会是作者虚构想象的内容。除此之外的对话描写则很难称为实录，它们都体现了作者塑造人物的用心。

如在《资政殿学士户部侍郎文正范公神道碑铭》中，有范仲淹少年时表达志向的自诵；有遇事不以利害为取舍之原则的表态；有对朝政的谏言；有临阵抗敌前对士兵的告诫；等等。通过这些对话或独白的描写，范仲淹心忧天下的形象便精细地呈现了出来。再如《许元墓志铭》中，为了彰显发运使许元在均输法中的表现，作者先写许上任时所面对的京师粮食供应的严峻形势，然后以许元的一句话和一个措施展现其魄力与处事得宜："公曰：'以六路七十二州之粟不能足京师者，吾不信也。'至则治千艘，浮江而上，所过州县留三月食，其余悉发，而州县之廪远近以次相补。"在解决了眼前的问题后，许元犹不满足，既而叹曰："此可为于乏时，然岁漕不给者，有司之职废也。"于是继续采取明信令、定赏罚等一系列措施将均输法完善化、制度化。此文即通过描写墓主的两次独白，将其果敢有魄力的一面表现得生动而又具体。在欧公笔下，墓主人虽已亡，却仿佛音容笑貌宛在，给人留下鲜

①　(明)吕留良：《吕晚村先生论文汇钞》，徐正等点校：《吕留良诗文集》，浙江古籍出版社2011年版，第469页。

明的印象。

　　而王安石的碑志文却很少有对话描写,他或者记叙生平大节,或者纯发议论,很少有对具体场景的描摹和细节刻画,更少有人物之间的对话或墓主独白。以欧、王二人同为丁元珍所作墓志为例,二文都为元珍在侬智高事件中"避寇端州"做了解释,但欧公《集贤校理丁君墓表》以一贯纡余委婉的方式,详细介绍事情发展过程,以三处对话和独白将事件中涉及的各方立场都呈现出来,也充分照顾了天子、丁元珍、御史苏寀的面子;而安石《司封员外郎秘阁校理丁君墓志铭》则是直截了当地简介各方立场,随后加入了自己的议论,重点在于表达作者的态度,即:以死守城和弃城而生都是符合古道的。

　　相较而言,欧阳修碑志中的人物更具体、更形象、更生动。而王安石在这类以写人为主的文体里,却不注重细节描写,也不刻意追求个性化的人物塑造,相反,他的着力点往往在于借写人来表达对社会制度的批判和对人生价值的取舍思考。

　　我们再细析王安石碑志文写人的几个着力点。首先,他抨击社会制度的不合理性,包括很多方面,如对"中材者"的不关注,前引《叔父临川王君墓志铭》即是;为怀才不遇者抱不平,前引《泰州海陵县主簿许君墓志铭》即是;批评朝廷以陈规旧法来取士,《兵部员外郎马君墓志铭》即是。

　　其次,他对人生价值的取舍和思考,在文中往往所占比重更大。王安石在墓志中常寄寓自己个人的道德诉求,一般从墓主的某方面境遇引发感慨和议论。如《金溪吴君墓志铭》的墓主吴蕃,品行正、为学工,数次赴进士试而终无所就。王安石感慨:"夫学者,将以尽其性,尽性而命可知也。知命矣,于君之不得意,其又何悲耶?"试图传达这样一种知命观:尽性则可知命,知命则能坦然面对人生之不得意。于是,此文突出的便是一种价值取舍,而非墓主个人的特点。

　　这样的例子比比皆是,如《赠光禄少卿赵君墓志铭》墓主赵师旦,在侬智高叛乱之时以死抗贼,王安石没有记载其赴死的细节,却着意于弘扬墓主面对生死的态度,欣赏其安于义命的大节。又如《尚书都官员外郎侍御史王公墓碣铭》的墓主,一方面内修道德,另一方面即使只是任小吏也勤勤恳恳,这也正是王安石所看重的为吏品格。又,《建昌王君墓表》的墓主王君玉,其文章政事无一言点缀,虽没有什么实事,但王安石觉得其人格更值得欣赏:"未尝佚游慢戏以弃一日,亦未尝屈志变节以辱于一人。故虽食蔬水饮,而父母有欢愉之心,徒步蓝缕而乡人有畏难之色。"这类人,不以追求"立功"为人生目标,追求的是内在的自得,在王安石看来,这样的价值取舍更具闪光点。王安石对于常秩的欣赏也是如此,称"公学不期言也,正其行而已;行不期闻也,信其义而已"(《宝文阁待制常公墓表》),常秩为学不追求著书立说,自得而已;做事不是为了闻达之名声,而是为了符合道义。这种"违俗而适己,独行而特起"的选择,正是王安石心目中的理想人格所承载的。

正因为如此,我们看王安石碑志,每读完一篇,眼前都很难浮现主人公的具体形象,但他们身上却自有一种精神在打动着你。可以说,这便是茅坤眼中王安石碑志不同于"史汉风神"的独特之处。所以他评价道:"予每读其碑志、墓铭,及他书所指次世之名臣硕卿、贤人志士,一言之予,一字之夺,并神解中点缀风刺,翩翩乎凌风之翻矣,于《史》《汉》外,别为三昧也!"①

综上我们可知,欧阳修碑志与"史汉风神"的共通之处在于:他们都在遵循实录原则的客观叙述中加入并不客观的细节描写,以生动形象的、多角度的立体描绘,展现(作者心中的)主人公的"特有"形象;以大量细节描写代替议论,或仅在文末进行简短的总结性议论——其主要用意在凸显要描写的这个人物。

而王安石碑志在塑造人物时,往往在客观叙述中加入大量评价或议论性文字,在展现(作者心中的)主人公"客观"形象的同时,通过议论,将这种形象进行进一步提炼、深化,或将这一类型的人物、观念上升到一个普遍化的程度——王安石并不满足对个体人物的显扬,其主要用意在于发掘这个人物或事件的个体性背后的某种共性,在于对某种价值观或道德理念的弘扬。

关于前者,虽然这些史传、碑志中描写的人物肯定都是经过作者"改造"过的人物,但这种写法却让读者觉得它是客观的,而且是形象生动的,具有吸引人的力量,由此造就了"六一风神"与"史汉风神"的近似之处。至于后者,由于存在大量的作者议论,读者能明显感觉到作者这一角色的干预,但是通过文章恰当的组织和严重的逻辑,它又使得读者能够认同作者所描述、议论的都是合理的,而这正是王安石碑志文的独特之处和"风神"所在。

小　结

茅坤多次在评点中提及欧阳修有"太史公逸调",也不止一次标明王安

---

① (明)茅坤:《王文公文钞引》,《茅坤集·茅鹿门先生文集》卷三一,浙江古籍出版社2012年版,第829页。

石的"独出机轴",称其"非《史》《汉》法也矣""于《史》《汉》外,别为三昧也"等。这给我们提供了一个饶有趣味的视角,即思考欧王碑志与"史汉"之关系。

本章从定义"史汉之法"入手,认为茅坤所理解的"史汉之法"是指叙事层面,从而选取"谋篇布局"这个层面进行细致探讨。本章认为,在欧阳修碑志的比照下,王安石碑志确实与叙事手法复杂精工、笔端蕴含丰富情感的"《史》《汉》之法"保持了一定距离,这可以从三个方面体现:第一,他们叙事、议论、抒情的比重不同,欧阳修偏重于叙事,王安石相对更偏重于议论;第二,叙事中结构和主旨有差异,欧阳修结构多样而主旨明确,王安石则结构单一而主旨却丰富复杂;第三,在文章中寄寓感慨之时,欧阳修饱含情感,王安石却以冷静、理想自持。总之,王安石碑志文的心力所注往往不在叙事,而在于精警之议论。

正因为前述原因,王安石碑志文在描写人物时,虽不具有典型的"史汉风神",却又别具风神。他笔下的主人公也许面目模糊,却自有一种发光的精神和品格在打动后人。王安石正是借此来展现自己心中的理想人格,乃至弘扬他心中的普世价值和道德观念,而这又与王安石的个人理想、性格、学术思想以及复杂的政治经历都有莫大关系,在此不再详述。

第八章　王安石碑志文研究三题

第一节　从王安石碑志文中的侬智高
事件看其西南民族政策

侬智高是北宋邕州属羁縻广源州首领①。在外受交趾压迫,内为宋王朝拒绝予官的无奈情势下,侬智高于皇祐四年(1052)四月,率众五千余人起兵反抗北宋王朝。侬军攻占邕州后,建立"大南国",称"仁惠皇帝"。继而挥军南下,围攻广州城,但屡攻不下。侬智高退回广西时,在昆仑关被宋将狄青部击溃。历代学者对于侬智高事件的关注多集中于侬氏的生卒年、国籍,其失败后的下落,其抗交反宋起义的性质等问题,而很少有人关注此事件中各路将领、官吏的表现。而恰恰是后者,才是构成此历史事件最直接而深远的社会影响的原因。笔者注意到,在王安石一百余篇碑志文中,有九篇提到了墓主在侬智高事件中的表现,这些材料为我们深入了解这一事件提供了很好的钥匙,同时也为我们理解王安石西南民族政策提供了借鉴。

九篇墓志的墓主可以分为三类:

第一类,是在抵抗侬智高攻城战役中英勇牺牲的官吏,王安石对这类墓主极尽颂扬。如《赠光禄少卿赵君墓志铭》之墓主赵师旦,皇祐四年五月,师旦时任康州知州,"侬智高来攻,君悉其卒三百以战,智高为之少却……明日,战不胜,遂抗贼以死,于是君年四十二"②。王安石着意描绘了墓主视生死如常的凛然大义:"初,君战时,马贵惶扰至不能食饮,君独饱如平时,至夜,贵卧不能著寝,君即大鼾,比明而后寤。夫死生之故亦大矣,而君所以处之如此。呜呼,其于义与命,可谓能安之矣。"

第二类,是有所反抗但最终还是弃城而走的将领,王安石对此类将领不一味贬低,甚至为其行为作出解释。以丁宝臣(字元珍)为例,在王安石所撰《司封员外郎秘阁校理丁君墓志铭》中就提到他在侬智高事件中的表现:"侬智高反,攻至其治所。君出战,能有所捕斩,然卒不胜,乃与其州人皆去

---

① 关于唐宋时期"羁縻"制度的概述,可参见罗康隆《唐宋时期西南少数民族羁縻制度述评》,《怀化师专学报》1999 年第 1 期。
② (宋)王安石:《赠光禄少卿赵君墓志铭》,《王安石文集》卷九四,第 1622 页。

而避之,坐免一官,徙黄州"①。此事《续资治通鉴长编》有记载:"癸亥,智高入端州,知州、太常博士丁宝臣弃城走。宝臣,晋陵人也。欧阳修、王安石作宝臣墓碑(欧阳修所撰《丁君墓表》——引者按),皆称宝臣尝出战,有所斩捕,卒不胜,乃去。盖饰说也,今不取。"②可知,《续资治通鉴长编》作者认为丁元珍其实并未做出抵抗,王安石和欧阳修均在各自的碑志中修饰了这个过程。王安石在墓志中还为丁元珍的行为作出解释:"夫驱未尝教之卒,临不可守之城,以战虎狼百倍之贼,议今之法,则独可守死尔,论古之道,则有不去以死,有去之以生。"在王安石看来,死守固然可贵,但在当时士兵懈怠、城防不坚固而又面对虎狼之师的情况下,弃城而生也是可以理解的,是符合"古道"的。

联系王安石在《桂州新城记》中所持的观点:"侬智高反南方,出入十有二州。十有二州之守吏,或死或不死,而无一人能守其州者。岂其材皆不足欤? 盖夫城郭之不设,甲兵之不戒,虽有智勇,犹不能以胜一日之变也。"③王安石认为,在整个事件中十二州全部失守,相比追究守将的责任,反思失守的原因更重要。所以,他提出要加强在城墙建设和士兵训练方面的预防。可见,王安石替丁元珍的解释并非完全出于碑志文"隐恶"的需要,而是确实有其现实因素的考虑。

与此同时,王安石对那些能够预见侬智高异向,却终因当道者不许而至叛乱发生,后却因此受过的官吏,颇有赞许之词。如《内殿崇班钱君墓碣》之墓主钱君(名讳不详,待考)和《尚书祠部郎中集贤殿修撰萧君墓志铭》之墓主萧固。钱君在提点广西南路刑狱期间,注意到侬智高有异向,且"诸州皆无兵",多次"奏请戍兵以待变","而大臣终不许",④后侬智高果反,钱君坐诎三官。萧固,字幹臣。当侬智高汇聚亡命之徒,在边境虎视眈眈时,时任广南西路水陆计度转运使的萧固预感到侬氏将成为南方之患,因而上书希望朝廷能"以一官抚之",从而既能安抚侬氏,又能借此对抗交趾,但朝廷拒之。后来萧固又奏"请择将吏,缮兵械,修城郭以待变"⑤,又皆不报,侬智高果反邕州。事后朝廷却归责于萧君,贬其知吉州。王安石通过这两篇碑志文,一方面是为了肯定墓主,表达褒扬之意,同时也是要总结、反思其中的经验教训。

---

① (宋)王安石:《司封员外郎秘阁校理丁君墓志铭》,《王安石文集》卷九一,第 1576 页。
② 《续资治通鉴长编》卷一七二(皇祐四年五月),第 4146 页。
③ (宋)王安石:《桂州新城记》,《王安石文集》卷八二,第 1432 页。
④ (宋)王安石:《内殿崇班钱君墓碣》,《王安石文集》卷九四,第 1628 页。
⑤ (宋)王安石:《尚书祠部郎中集贤殿修撰萧君墓志铭》,《王安石文集》卷九四,第 1620 页。

第三类,是虽然没有参与正面抗敌,但在兵乱中皆有所举措的墓主。他们有的是提出了应对谋略,如《京东提点刑狱陆君墓志铭》的墓主陆广,"智高螯边,吏不时搏,君书驿上,焯有方略"①;有的是做了后勤保障,如《广西转运使李君墓志铭(并序)》墓主李宽(字伯强),"自侬智高反,宿军邕州,岁漕不足,乃多治船,设赏罚,而邕军食以有余"②;还有的是建立了防卫工程,保一方平安,如《太常博士郑君墓表》墓主郑诒(字正臣),任梧州知州时,"侬智高为乱,吏多避匿即不往,君独亟往,治城堑,集吏民以守,而州无事"③。再如《朝奉郎尚书司封员外郎张君墓志铭》之墓主张袍(字圣休),曾通判广州,"在广州奏请城之,未及筑外郭而召。后侬智高反,州人赖君所筑活,以不卒功为恨"④。虽然他没有等到城防工程结束就调走了,但侬智高久攻广州而不克,其中当有墓主张袍的功劳。还有《广西转运使孙君墓碑》的墓主孙抗(字和叔),在任广南西路转运使期间,多有作为:"侬智高反,君即出兵二千于岭,以助英、韶,会除广西转运使,驰至所部,而智高方煽,天子出大臣部诸将兵数万击之。君驱散亡残败之吏民,转刍米于惶扰卒急之间,又以余力督守吏治城堑、修器械。属州多完,而师饱以有功,君劳居多,以劳迁尚书司封员外郎。初,君请斩大将之北者,发骑军以讨贼,及后,贼所以破灭,皆如君计策。军罢而人重困,方恃君绥抚,君乘险阻,冒瘴毒,经理出入,启居无时。"⑤从出兵抗敌到督守城堑,从征运粮草到安置百姓,从献计讨贼到亲历险境、安抚士兵,墓志中逐一记载了墓主孙抗在侬智高事件中的表现。对以上这类墓主,王安石是从不同角度肯定他们的功劳,并将之视为官吏防乱、治乱的典范。

综上可以看出,在侬智高事件中,王安石很重视各地城防工程的建设,重视事前的准备与预防,而在武力反抗的层面上,王安石的态度比较温和,死守殉国诚然可贵,但保存实力也未尝不可,而最好的办法还是要避免这种叛乱事件的发生。这样的态度,根源于王安石的民族思想与民族政策。

此前论者多认为王安石在民族问题上是属于强硬派。如杜善永《王安石与司马光民族关系思想比较研究》⑥一文指出,王安石与司马光在民族关系上最主要的分歧在于,前者主张"兼制夷狄",即武力征服;后者主张"华

---

① (宋)王安石:《京东提点刑狱陆君墓志铭》卷九二,第1592页。
② (宋)王安石:《广西转运使李君墓志铭(并序)》卷九七,第1676页。
③ (宋)王安石:《太常博士郑君墓表》卷九十,第1559页。
④ (宋)王安石:《朝奉郎尚书司封员外郎张君墓志铭》卷九八,第1690页。
⑤ (宋)王安石:《广西转运使孙君墓碑》卷八九,第1530页。
⑥ 杜善永:《王安石与司马光民族关系思想比较研究》,《宁夏社会科学》2010年第5期。

夷两安"，即怀柔四夷，和平共处。此观点颇具说服力，从其对王韶的大力支持上，可看出王安石有强硬的一面。熙宁元年（1068），王韶上《平戎策》三篇，力主武力收复河湟，进攻西夏。此议得到王安石的大力赞许，王韶被迅速提拔。熙宁五年八月，王韶引兵进击河湟地区吐蕃部，大胜，置熙河路，谋继续进取诸州。可见，对于西北方的西夏，王安石确实是力主武力开拓的。

但是，这一观点并不全面。王安石主张武力征服，是针对契丹、西夏等北方少数民族，而对于西南少数民族，其态度却迥然不同。在《论邕管事宜》一文中，王安石全面探讨了两江溪峒地区少数民族的治理措施。奏议开篇指出了此地区战略地位的重要性，乃"实二广所恃以安者也"。由于独特的地理环境以及民风民俗，管理他们有赖于州峒酋首自治，给予酋首充分的权力。王安石抓住"峒酋畜积丰足，所以好名而不甚嗜利"这一特点，建议朝廷"可以赏劝，难以威胜"，即不赞成武力征服，以战争来威慑，而反复强调劝赏的优势："谓之劝赏，使之乐趋，则居处得以安，事艺得以精；不然，则烦扰困苦，不胜其弊，去而之他州、入外界者有之矣"。又，《尚书都官员外郎侍御史王公墓碣铭》中的墓主"尝上书论南方用师讨徭蛮，不如抚而降之利"，对徭蛮采取安抚劝降的政策，王安石也表示十分欣赏，认为"凡公之行己治民及所以论于上者，皆出于宽厚诚恕"。①

王安石的这一观念，在侬智高事件中得到了很好的体现。他始终认为，对西南少数民族地区，武力开边并非上策，平时的防守更为重要；同时，以暴制暴终究不能解决问题，最终仍应以安抚为主，依靠其自治。由此，我们也就更加理解王安石为何如此评价以上这些墓主了。

第二节　从碑志文看王安石对"命"的思考

在碑志中抒发对逝者命运的感慨，可以说是此种文体在抒情作用上的独特一面。逝者的一生，或大富大贵，或怀才不遇，或命途多舛，作者在总结时，难免多有感怀唏嘘。从碑志文作者的态度，我们能窥探其对于"命"的思考，是敬天、畏天，认为一切天注定，或是认为事在人为，人应当与命运抗争。本节从考察王安石所撰碑志文入手，结合其他文章，分析他对"命"的态度及思考。

---

① （宋）王安石：《尚书都官员外郎侍御史王公墓碣铭》卷九八，第 1684 页。

1　"安之若命"的道家自然命定论

王安石是一个绝对的命定论者,这是读其碑志的最直观感受。如王安石为曾巩祖父曾致尧所作《户部郎中赠谏议大夫曾公墓志铭》:"始,公自任以当世之重也,虽人望公则亦然。及遭太宗,自谓志可行,卒之闭于奸邪,彼诚有命焉。"①曾致尧有大志向,却因奸邪小人而卒以无所施为,但王安石并不抨击那些小人,转而感叹"诚有命焉",认为这都是"命"之安排。又如《荆湖北路转运判官尚书屯田郎中刘君墓志铭》,王安石扼腕墓主既得范仲淹、富弼二公知遇赏识,却不被重用,但铭文中却将之归结为"命":"惟其有命,故止于斯。"②又如《亡兄王常甫墓志铭》谓"功与名不足怀,盖亦有命焉"③,认为功与名的获得是"有命"的,不可强求。还如《泰州海陵县主簿许君墓志铭》之墓主,满腹才华又得当世名公推荐,却终究未得重用,而安石认为用与不用,非个人所能改变,是命运决定的。吕留良评此铭:"篇中含一'命'字,却不说出,更觉语少意多。"④

可见,在王安石的碑志文里,墓主们的遭遇都是"命"定的。而且王安石认为,这种"命"不可抗、不可控。如《葛兴祖墓志铭》写一位怀才不遇的墓主,作者最后嗟叹:"命不可控引,而才之难恃以自见,盖久矣。"⑤《王会之墓志铭》亦曰:"命不可与谋,其归其安,永矣兹丘。"⑥在《王深父墓志铭》中他更感叹:"天之生夫人也,而命之如此,盖非余所能知也。"⑦可以看出,王安石在命运面前有一股深深的无力感。

再翻检《临川先生文集》就会发现,不仅是碑志文,其他文体中体现的王安石对"命"的态度,也都是一致的。兹举几例如下:

"道之将兴欤,命也;道之将废欤,命也。苟命矣,则如世之人何?"⑧

"贤之所以贤,不肖之所以不肖,莫非性也;贤而尊荣寿考,不肖而

①　(宋)王安石:《户部郎中赠谏议大夫曾公墓志铭》卷九二,第1588页。
②　(宋)王安石:《荆湖北路转运判官尚书屯田郎中刘君墓志铭》卷九七,第1675页。
③　(宋)王安石:《亡兄王常甫墓志铭》卷九六,第1651页。
④　《唐宋八大家校注集评·临川文钞》,第3498页。
⑤　(宋)王安石:《葛兴祖墓志铭》卷九二,第1602页。
⑥　(宋)王安石:《王会之墓志铭》卷九三,第1615页。
⑦　(宋)王安石:《王深父墓志铭》卷九三,第1610页。
⑧　(宋)王安石:《行述》卷六七,第1175页。

厄穷死丧,莫非命也。"①

　　"知我者其天乎,此乃《易》所谓知命也。命者,非独贵贱生死云尔,万物之废兴,皆命也。"②

　　"身犹属于命,天下之治,其可以不属于命乎?"③

　　"人生多难,乃至此乎? 当归之命耳!"④

　　"其自任以世之重也,虽人望公则亦然,卒之官不充其材以夭。呜呼! 其命也。"⑤

　　总之、王安石认为道之废兴乃至万物之废兴、贤与不肖者之尊荣寿考或厄穷死丧、个人之祸福穷达、天下之安危治乱等,这一切都是命定,非人力所能改变。而王安石对此态度也很明确,安然接受即可。正如其在《赠光禄少卿赵君墓志铭》中所极力称赞墓主的:"其于义与命可谓能安之矣"。在一篇制诰文中,王安石也将此视为人臣的标准:"安于义命,为世宝臣。"⑥

　　从这个角度而言,王安石对"命"的思考近似先秦道家的自然命定论。试看庄子对命的感叹:

　　"死生存亡,穷达贫富,贤与不肖毁誉,饥渴寒暑,是事之变,命之行也。"(《庄子·德充符》)⑦

　　"死生,命也。其有夜旦之常,天也。"(《庄子·大宗师》)⑧

　　"吾思夫使我至此极者而弗得也。父母岂欲吾贫哉? 天无私覆,地无私载,天地岂私贫我哉? 求其为之者而不得也;然而至此极者,命也夫。"(同上)

　　"知其不可奈何,而安之若命,唯有德者能之。"(《庄子·德充符》)⑨

　　从个体的"死生"到人生之"贫富",都由一种超出个体驾驭能力的,即冥冥之中之最高主宰——"命"来决定。因此,庄子的态度也很明确,即"安

---

①　(宋)王安石:《扬孟》卷六四,第1112页。

②　(宋)王安石:《答史讽书》卷七五,第1318页。

③　(宋)王安石:《与王逢原书七》其一,卷七五,第1304页。

④　(宋)王安石:《与孙侔书三》其二,卷七七,第1343页。

⑤　(宋)王安石:《先大夫述》卷七一,第1229页。

⑥　(宋)王安石:《尚书户部郎中知制诰张瓖制》卷四九,第822页。

⑦　陈鼓应注译:《庄子今注今译》,中华书局2009年版,第172页。

⑧　《庄子今注今译》,第195页。

⑨　《庄子今注今译》,第166页。

之若命"。王安石在《答陈柅书》中表达了对庄子的赞成,谓:"庄生之书,其通性命之分而不以死生祸福累其心,此其近圣人也,自非明智不能及此。"①可知,他很向往庄子"不以死生祸福累其心的境界",同意命运是无法预测和左右的,人应该努力像圣人一样,不受死生祸福所累。可以说,王安石对命的认知是与庄子一脉相承的。

2　王安石思想中的儒家天命观

在古代中国,由于自然科学水平有限,再加上统治阶级有意识的宣扬,将一切祸福变化都归为上天意志的体现,敬天、祈天、畏天的"天命论"思想早已深入人心,所以关于"天命"是主宰一切的神秘力量这一点,其实是当时儒道两家的基本共识。只是相比道家"安时而处顺"的态度,儒家虽然承认"命"之限定,却并非一味地听天由命。

梳理儒家天命观的发展历程,可知孔子较少谈论天命,但也说"君子有三畏:畏天命,畏大人,畏圣人之言,小人不知天命,而不畏也"②。孟子则认为命与天都是人生的一种根本性的限制,"莫之为而为者,天也;莫之致而至者,命也"③。而荀子专门写了《天论》,直接挑战"天命论"思想:"天行有常,不为尧存,不为桀亡。应之以治则吉,应之以乱则凶。"④荀子已经把天命当作自然规律看待,认为它并无任何意志,从而突出了人的主观能动作用。主张天人相分,是荀子思想中最为闪光的部分。到了汉代,出于君权神授说的需要,董仲舒在《春秋繁露》里大力宣传"天人合一"的思想⑤,大谈"奉天而法古"⑥,"天子受命于天,诸侯受命于天子,子受命于父……诸所受命者其尊皆天也",最终归结到"可畏者其唯天命"⑦。这种思想相比荀子当然是倒退,却成为我国长达两千多年的统治思想的基础。

王安石的命论显然不出儒家天命观的范畴,其思想的主导方面,对于"天命"是深信不疑的。然而,王安石对于"命"的思考,也并非这么简单。他曾作《扬孟》一文,以"扬孟"为评论对象,阐释扬雄与孟子对"命"的看法:"扬子之所谓命者,正命也;孟子之所谓命者,兼命之不正者言之也"。他提出"正命"与"命之不正者"的区别,并认为前者"才可以贵而贱,德可以

①　(宋)王安石:《答陈柅书》,《王安石文集》卷七七,第1351页。
②　(清)刘宝楠:《论语正义·季氏》,中华书局1990年版,第661页。
③　杨伯峻译注:《孟子译注·万章上》,中华书局2010年版,第204—205页。
④　(战国)荀子著,(唐)杨倞注:《荀子·天论篇》,上海古籍出版社2010年版,第191页。
⑤　(清)苏舆:《春秋繁露义证·顺命》,中华书局1992年版,第410页。
⑥　《春秋繁露·楚庄王》,第14页。
⑦　《春秋繁露·顺命》,第413页。

生而死,是非人之所为也。此得乎命之正者,而扬子之所谓命也";后者"才可以贱而贱,罪可以死而死,是人之所自为也。此得乎命之不正者,而孟子之所兼谓命者也"。①显然,王安石是在调和扬雄和孟子的观点。他在《性命论》中强调:"故命行则正矣,不行则不正"。在其《再答龚深父论语孟子书》中,王安石也重申"命有顺有逆"的观点。

除了将"命"进行细分之外,王安石还思考人力与命运的顺逆关系。有论者对其论"命"之说提出疑问,王安石撰《对难》一文作答,文中就天命与人为努力在决定人生境遇上的不同作用作了详细论述。论者认为,当人为努力与人的现实处境一致时就说明此为人力的结果而与天命无关,当人为努力与人的现实处境不一致时就说明此为天命决定而与人力不相干。王安石批判了这种割裂人力与天命之间关系的说法,认为不管是否一致,不管人是行善还是行恶,努力还是不努力,人的祸福穷达之处境都是天命决定的。

总之,作为儒者的王安石,其天命观是比较正统的。他在阐述天命之后也指出:"是以圣人不言命,教人以尽乎人事而已。"②即使一切都是命定,也应该"尽乎人事",这正是儒家积极入世的品德的体现。

但从"尽乎人事"出发,王安石也表现出对"天命"的不盲从。前文已述,王安石认同庄子性命相分之说,既然命运无法控制与改变,那么唯一能做的便是修身、养性,才能不被死生祸福所累。因此他认为天命与命运的正与不正最终要由人的"尽性"与"不尽性"来体现。前文所举《亡兄王常甫墓志铭》就提到功与名的获得是命定的,但随后便说:"君子之学,尽其性而已。"③《金溪吴君墓志铭》中也有一段议论:"夫学者将以尽其性,尽性而命可知也。知命矣,于君之不得意,其又何悲耶?"④墓主吴蕃品行正、为学工,却终究未中进士,无所就,但王安石觉得只要"尽性"而"知命",即使人生不得意,也不必悲伤。

"尽性"就是要最大限度地发挥人为努力的作用,在王安石看来,"尽性"不是要改变天命,而是为了修身,为了遵循道德、礼义而生活。由此,王安石的命定论又有其特殊性。

3　"修身以俟命"的道德理想

王安石对"命"之思考,在碑志文之外,集中体现于《命解》《推命对》

---

①　(宋)王安石:《扬孟》,《王安石文集》卷六四,第 1113 页。
②　(宋)王安石:《对难》,《王安石文集》卷六八,第 1191 页。
③　(宋)王安石:《亡兄王常甫墓志铭》,《王安石文集》卷九六,第 1652 页。
④　(宋)王安石:《金溪吴君墓志铭》,《王安石文集》卷九八,第 1693 页。

《对难》《性命论》等几篇议论文中,侧重围绕贤不肖与贵贱祸福之间的关系来展开讨论。在历史与现实中,贤德之人往往未必富贵,不肖之徒却总能得享尊荣,这对于一心推行"道"的士大夫们来说,无论如何都有些难以坦然接受。对此,王安石在《推命对》中表达了自己的看法:富贵很难预料,作为君子,能做的便是"修身以俟命,守道以任时"①,不因贵贱而背叛"道"。在《虔州学记》中他写道:"先王所谓道德者,性命之理而已"②,又在《再答龚深父论语孟子书》中说:"道德性命,其宗一也。"③他将性与命的最终指向归为道德。他说:"君子居必仁,行必义,反仁义而福,君子不有也,由仁义而祸,君子不屑也。是故文王拘羑里,孔子畏于匡,彼圣人之智,岂不能脱祸患哉?盖道之存焉耳。"④这样,就把修身交给自己,而将人生际遇交给"命"。

所以王安石的主张是:个人不要汲汲于命运,而要"修身以俟命"。这一观念是发扬了孟子的学说:"尽其心者,知其性也。知其性,则知天矣。存其心,养其性,所以事天也。夭寿不二,修身以俟之,所以立命也。"⑤存心养性以事天,就是修养好自己的身心,完善好自己的道德,把自己的事情做好,尽到自己最大的努力,至于人生究竟能不能成功,听从命运安排好了。这就是儒者的安身立命之道。因为真正的儒者重视精神境界,而并不以现实命运中的功名富贵来评价个体的人生价值。

在人为努力的层面,王安石也延续孟子"尽心养性"之说。即认为天命有常,人之时运却不一定与天命相合,君子应努力修养才德,以"俟命任时"。"俟命任时"即是为了追求"正命",这其中"道"与"礼"十分重要。他在《命解》一文中指出:如若"刚则不以道御之""柔则不以礼节之",则是"不知命";如若"离道以合世,去礼以从俗",则会致"苟命之穷矣"。⑥

除了强调"道"与"礼",王安石也强调为官者要如何"知德",这是由他政治家的身份决定的。他在《葛兴祖墓志铭》一文中指出:"然兴祖于仕未尝苟,闻人疾苦,欲去之如在己。其临视,虽细故人不以属耳目者,必皆致其心。论者多怪之,曰:'兴祖且老矣,弊于州县而服勤如此。'余曰:'是乃吾所欲于兴祖。夫大仕之则奋,小仕之则怠忽以不治,非知德者也。'"⑦葛兴祖是一位怀才不遇的小吏,对于他的命运,王安石曾感慨"命不可控引",但

① (宋)王安石:《推命对》,《王安石文集》卷七十,第 1211 页。
② (宋)王安石:《虔州学记》,《王安石文集》卷八二,第 1429 页。
③ (宋)王安石:《再答龚深父论语孟子书》,《王安石文集》卷七二,第 1256 页。
④ (宋)王安石:《推命对》,《王安石文集》卷七十,第 1211 页。
⑤ 杨伯峻译注:《孟子译注·尽心上》,中华书局 2010 年版,第 278 页。
⑥ (宋)王安石:《命解》,《王安石文集》卷六四,第 1118 页。
⑦ (宋)王安石:《葛兴祖墓志铭》,《王安石文集》卷九二,第 1602 页。

是墓主更可贵的品质在于,他并不因此而怠慢小吏之职,兢兢业业,勤勤恳恳地服勤于州县。在王安石看来,面对命运的不可控,真正"知德"之人,不应"大仕之则奋,小仕之则怠忽以不治"。

综上,"修身以俟命"可谓王安石心中最理想的命观。在知命的前提下,不放弃对道、礼和德的努力追求,这也正是他作为儒者、大政治家对自己以及天下士大夫的期望。故梁启超总结道:"然后知公之学,盖大有本原在。其大旨在知命,而又归于行法以俟命,故其生平高洁畸行,乃纯任自然,非强而致。而功名事业,亦视为性分所固然,而不以一毫成败得失之见杂其间,此公之所以为公也。"①

王安石对"命"的思考,结合了道家自然命定论和儒家修身俟命说,这在中国古代哲学家中,是别具一格的。其思想颇类西方加尔文新教的预定论②。加尔文说:"我们把上帝的永恒教导称为预定,他以此预定他愿意为每个人所做的事。因为他不是在同等条件下创造他们的,所以令一些人得永生,另一些人受永恒诅咒"③。也就是说,不管你是上天堂还是下地狱,一切都在上帝的掌控之中,早在人出生前就安排好了。但是因为每一个人都可以通过阅读和信仰《圣经》来与上帝相通,按《圣经》去做即可,所以新教徒们并不因此而放弃对上帝的信仰,他们积极投身于世俗生活,通过自己的奋斗,来证明上帝的荣光。王安石的观念与此相似,他尊重并顺从天命,但在"安之若命"的同时,并不随波逐流,而是通过内在的修性以及彰显于人之立身行事的道德礼义,来追求他所理解的正命。

第三节　《泰州海陵县主簿许君墓志铭》考

1　作为王安石碑志文代表作的《泰州海陵县主簿许君墓志铭》

《临川先生文集》共收王文 63 卷,其中碑志文 14 卷,占 22%,包括神道碑 12 篇,行状 3 篇,墓表 8 篇,墓志铭 105 篇。这 128 篇碑志文,包容广博,涉及人物众多,是研究王安石思想的重要资料。那么,后世对王安石碑志文

---

① 梁启超:《王安石传》,东方出版社 2009 年版,第 44 页。
② 这里受启发于李祥俊《王安石学术思想研究》第二章"王安石的儒学思想"之第三节"王安石对儒学性命之理的阐发"中"天命、人性与命运"的探讨,北京师范大学出版社 2000 年版,第 238 页。
③ 〔俄〕梅列日科夫斯基:《宗教精神:路德与加尔文》,杨德友译,学林出版社 1999 年版,第 259 页。

的评价如何？在历代古文选本中，又是哪些篇章入选率较高呢？

带着这个问题，笔者查阅了南宋以降历代的古文选本，包括：南宋吕祖谦《宋文鉴》、南宋真德秀《续文章正宗》、南宋杜大珪《名臣碑传琬琰集》、明茅坤《临川文钞》、明唐顺之《文编》、明王行《墓铭举例》、明贺复征《文章辨体汇选》、清方苞《古文约选》、清张伯行《唐宋八大家文钞》、清沈德潜《唐宋八大家文读本》、清吕葆中《晚村先生八家古文精选》、清姚鼐《古文辞类纂》、清康熙《御选古文渊鉴》、清乾隆《御选唐宋文醇》、清吴楚材和吴调侯《古文观止》、清蔡世远《古文雅正》、清曾国藩《经史百家杂钞》共 17 部。兹将王碑入选 3 次以上的篇目及入选次数列表如表 8.1 所示：

表 8.1　王碑入选 3 次以上的篇目及入选次数列表

篇目	次数
《泰州海陵县主簿许君墓志铭》	16
《王深甫墓志铭》	12
《广西转运使屯田员外郎苏君墓志铭》	10
《给事中赠尚书工部侍郎孔公墓志铭》	10
《孔处士旼墓志铭》	8
《叔父临川王君墓志铭》	8
《司封员外郎秘阁校理丁君墓志铭》	6
《度支郎中葛公墓志铭》	5
《赠光禄少卿赵君墓志铭》	5
《处士征君墓表》	5
《金溪吴君蕃墓志铭》	5
《节度推官陈君墓志铭》	5
《检校太尉赠侍中正惠马公神道碑》	4
《太子太傅致仕田公墓志铭》	4
《建安章君墓志铭》	4
《曾公夫人万年太君黄氏墓志铭》	4
《仙居县太君魏氏墓志铭》	4
《虞部郎中赠卫尉卿李公神道碑》	4
《宝文阁待制常公墓表》	4
《王逢原墓志铭》	4
《大理寺丞杨君墓志铭》	4
《王平甫墓志铭》	4
《比部员外郎陈君墓志铭》	3

篇目	次数
《外祖母黄夫人墓表》	3
《宋翰林侍读学士知许州事梅公神道碑》	3
《王常甫墓志铭》	3
《赠司空兼侍中文元贾魏公神道碑》	3
《户部郎中赠谏议大夫曾公墓志铭》	3
《内翰沈公墓志铭》	3
《兵部员外郎马君墓志铭》	3
《广西转运使孙君墓志铭》	3
《荆湖北路转运判官尚书屯田郎中刘君墓志铭》	3
《临川吴子善墓志铭》	3
《郑公夫人李氏墓志铭》	3
《司农卿分司南京陈公神道碑》	3
《胡君墓志铭》	3
《太常博士曾公墓志铭》	3

我们发现,《泰州海陵县主簿许君墓志铭》(下文简称为《泰州》)入选次数最多,17部选本中有16部均选了此篇,远超排在第二的《王深甫墓志铭》。尤其值得一提的是,《古文观止》和《古文雅正》这两部书的碑志文体类仅选了此篇。由此可见,《泰州》一文作为王安石碑志的代表作,应该是得到公认的,甚至有部分选家还将其视为古代碑志文的代表作。

这就很值得探究,此文究竟有何独特之处,使得后世对它如此偏爱。兹将原文摘录如下:

> 君讳平,字秉之,姓许氏。余尝谱其世家,所谓今泰州海陵县主簿者也。君既与兄元相友爱称天下,而自少卓荦不羁,善辨说,与其兄俱以智略为当世大人所器。宝元时,朝廷开方略之选,以招天下异能之士,而陕西大帅范文正公、郑文肃公争以君所为书以荐,于是得召试,为太庙斋郎,已而选泰州海陵县主簿。贵人多荐君有大才,可试以事,不宜弃之州县。君亦常慨然自许,欲有所为,然终不得一用其智能以卒。噫,其可哀也已。
>
> 士固有离世异俗,独行其意,骂讥、笑侮、困辱而不悔,彼皆无众人之求,而有所待于后世者也,其龃龉固宜。若夫智谋功名之士,窥时俯

仰，以赴势利之会而辄不遇者，乃亦不可胜数。辩足以移万物而穷于用说之时；谋足以夺三军而辱于右武之国，此又何说哉？嗟乎，彼有所待而不悔者，其知之矣。

　　君年五十九，以嘉祐某年某月某甲子葬真州之扬子县甘露乡某所之原。夫人李氏。子男：瑰，不仕；璋，真州司户参军；琦，太庙斋郎；琳，进士。女子五人，已嫁二人，进士周奉先、泰州泰兴县令陶舜元。铭曰：有拔而起之，莫挤而止之。呜呼许君，而已于斯，谁或使之？①

　　历代古文家对此文多有点评，如茅坤指出此文多奇气②；金圣叹则评点此文最代表王安石的文笔③；刘大櫆认为此文以议论为主的特色，最能代表王安石的碑志文④；方苞和张英以此引申开来，认为全用议论的写法属于墓志铭中的变体⑤，故特意选出；吴闿生点出此文是王安石学韩的代表作⑥。可见，点评家对它的关注角度也不尽相同。

　　下面这则材料，最可体现此文受重视的程度。《古文辞类纂》引吴汝纶之语："张廉卿初见曾文正公，公朗诵此篇，声之抑扬诎折，足以发文之指趣，廉卿言下大悟，自此研讨王文，笔端日益精进。"⑦张廉卿曾入曾国藩幕府，为"曾门四弟子"之一，他来向老师求教如何研习古文，曾国藩没有进行说教，而只是抑扬顿挫地当面朗诵了这篇墓志铭，由此，廉卿开始顿悟了古文的曼妙。可知，此篇除能体现王安石文的艺术魅力外，还具有指导古文创作的范本作用，在当时确被视为王文最具代表的作品之一。

① （宋）王安石：《泰州海陵县主簿许君墓志铭》，《王安石文集》卷九五，第1648页。
② （明）茅坤《临川文钞》从风格上点出："许君多奇气，而荆公之《志》亦如之。"《唐宋八大家校注集评·临川文钞》，第3498页。
③ （明）金圣叹："如崩崖，如断岸，如欲堕不堕危石，如仄路多沓，走出仍是前溪。此为王介甫先生之笔。"叶玉泉，杨春梅校注：《金圣叹评点经典古文》，岳麓书社2012年版，第438页。
④ （清）刘大櫆："以议论行叙事，而感叹深挚，跌宕昭朗。荆公此等志文最可爱。"姚鼐编：《古文辞类纂》卷四十八引，世界书局1936年版，第902页。
⑤ （清）方苞："墓志之有议论，必于叙事绾带而出之。此篇及王深甫志则全用议论，以绝无仕迹可记，家庭庸行又不足列也。然终属变体"（王文濡《评校音注古文辞类纂》卷四十八引）；康熙《御选古文渊鉴》卷四十七引张英云："从志铭发议论，亦一变格也。"以上均见于《唐宋八大家文钞校注集评·临川文钞》，第3498页。
⑥ （清）吴闿生语："纵横开阖，用笔有龙跳虎卧之势，学韩之文，此为极则"。见高步瀛：《唐宋文举要》甲编卷七，上海古籍出版社1982年版，第940页。
⑦ （清）姚鼐编：《古文辞类纂》卷四十八引，世界书局1936年版，第902页。

2 《泰州》一文中王安石的真实态度考

关于《泰州》一文的点评,除上节所述外,《古文观止》的观点很值得考究。其谓:"文情若疑若信,若近若远,令人莫测。"编者认为这篇文章的主旨"莫测",即王安石对于墓主的立场、态度,存有不确定性,因而值得玩味。

今按,墓主许平,有才有抱负,仕途却止于县主簿。《泰州》一文的主体部分是安石的大段议论感慨,似对墓主表示赞许,但在最后的铭文里,王安石并没有对墓主作出正面评价,而是以设问的方式结束全篇:许平既有贵人的举荐和提拔起用,又没有人排挤阻碍其前程,可是为什么却处于如此地步,"谁或使之"? 这样的设问结尾,便引出后人无限的解读。

对此,姚鼐和林纾均认为王安石是在讽刺墓主许平。姚鼐评道:"按《宋史·许元传》,元固趋势之士,平盖亦非君子,故介甫语含讽刺。"①林纾也认为荆公语含讥切:"《宋史》许平无传,其兄许元有传。元在江淮十三年,以聚敛刻剥为能。在真州时,衣冠之求官舟者,日数十辈。元视势家贵族,立榷巨舰予之;即小官惸独,伺候岁月,有不能得者。元自以为当然,无所愧惮。又急于进取,多聚珍奇以赂遗权贵。人品本不足言。平之行能应类其兄,故荆公言中加以讥切。"②两人的意思是,既然史载许平之兄许元趋势又聚敛刻剥,王安石反在墓志中夸赞这兄弟俩,说明王安石是在反讽许平,指出他也是因为这般趋势而导致沉沦下僚的命运。

因为兄长是"趋势之士",则弟弟"亦非君子",且不说此推论是否能成立,我们先来考察下许元是否真是"人品不足言"。姚鼐和林纾所引用的评价,即"聚敛刻剥""倾巧百端"等词,均来自《宋史》③及《续资治通鉴长编》④,但我们应该更全面地去爬梳史料,去探究还原一个真实的许元。

许元,字子春,宣州宣城人。以父荫入仕,补郊社斋郎,后任泰州军事推官。许元"元为吏强敏,尤能商财利"⑤。

北宋前期,因为与西夏常年对战,国库空虚,朝廷受困,京城和军队储备的军粮短缺,其中一个很重要的原因是粮价过高,江淮地区的漕运无法及时供给。即"先时贾人入粟塞下,京师钱不足以偿,故钱偿愈不足,则粟入愈

---

① (清)姚鼐编:《古文辞类纂》卷四十八引,世界书局 1936 年版,第 902 页。
② (清)林纾:《选评古文辞类纂》卷八,第 377 页。
③ (元)脱脱等:《宋史·许元传》卷二九九,中华书局 1977 年版,第 9944 页。
④ 《续资治通鉴长编》卷二一二,第 5156 页。
⑤ (元)脱脱等:《宋史·许元传》卷二九九,中华书局 1977 年版,第 9944 页。

少而价愈高,是谓内外俱困"①。对此,许元提供的解决办法是,"请高塞粟之价,下南盐以偿"②,抬高输入边境的粮价,价差以东南地区富余的盐来补偿,于是"之使东南去滞积,而西北之粟盈,此轻重之术也"③。后来果然如其所言,平衡了物价,也解决了漕运问题,由此许元受到范仲淹赏识。在荐举的奏章中,范仲淹称许元"才力精干,达于时务"④,"智识通敏,可干财赋,复能爱民,不为侵刻"⑤,因而力荐他担任江、淮制置发运判官,甚至"甘失举之罪"(《奏举张去惑许元》),可见对其能力非常欣赏。

后许元升任江淮两浙荆湖发运使,专掌东南六路漕运,同时也在这个岗位上展示了他的非凡才干。

首先是博闻强记,据欧阳修记载,"许君为江浙、荆淮制置发运使,其所领六路七十六州之广,凡赋敛之多少,山川之远近,舟楫之往来,均节转徙,视江湖数千里之外如运诸其掌,能使人乐为而事集"(欧阳修《许氏南园记》)。这是他能胜任职位的前提,同时他能和同事和谐相处,协力共事。欧阳修评价许元及其同事:"三君子之材贤足以相济,而又协于其职,知所后先,使上下给足,而东南六路之人无辛苦愁怨之声。"⑥

许元处理问题也很有手段,据《棠阴比事》卷上记载,"待制许元为发运判官,患官舟多虚破钉鞠之数。元一日命取新造船一只,焚之,秤其钉鞠,比所破才十之一,自是立为定额"⑦。为了解决运粮问题,许元曾调集一千多艘船只来负责转运粮食,但船行中有许多的船只因为运输时散架而沉入江中,造成了巨大的损失。许元怀疑是造船的工匠偷工减料,少用铁钉导致的,但又没有证据。造船主更是认为船已经沉了河,在面对许元的责问时百般狡辩。有一天,许元突然来到了造船的工场,当即下令拖出来一艘新船,令手下放火烧掉,再从灰堆里面捡出一个个铁钉,称过之后,发现只有原来铁钉分量的十分之一。许元勃然大怒,立刻严惩了这些船舫主,杀一儆百。并且用真实的铁钉量作为今后制造船只的标准定额。从此以后,工匠们再也不敢偷奸耍滑,没过多久,运粮船就源源不断地到达了京城,使得京师储

---

① (宋)欧阳修:《尚书工部郎中充天章阁待制许公墓志铭》,《欧阳修全集》,第476页。
② (宋)欧阳修:《尚书工部郎中充天章阁待制许公墓志铭》,《欧阳修全集》,第476页。
③ (宋)欧阳修:《尚书工部郎中充天章阁待制许公墓志铭》,《欧阳修全集》,第476页。
④ (宋)范仲淹:《奏举张去惑许元》,李勇先、王蓉贵校点:《范仲淹全集》(中),《范文正公政府奏议》卷下,四川大学出版社2007年版,第623页。
⑤ (宋)范仲淹:《奏乞将所举许元张去惑下三司相度任使》,李勇先、王蓉贵校点:《范仲淹全集》(中),《范文正公政府奏议》卷下,四川大学出版社2007年版,第625页。
⑥ (宋)欧阳修:《真州东园记》,《欧阳修全集》,第582页。
⑦ (宋)桂万荣编著:《棠阴比事》,朱道初译注,浙江古籍出版社2018年版,第20页。

备的粮食充裕了起来。这就是著名典故"许元称钉"和"材料定额"的由来。

正因为其政绩突出,除了前引的范仲淹、欧阳修等很欣赏许元之外,其他朝中大臣也对其颇为认可,比如苏轼在其《论纲梢欠折利害状》等折子中,以许元为发运使之职的典范,"特置发运司,专任其责,选用既重,威令自行。如昔时许元辈,皆能约束诸路,主张纲运。"①为了让他久任发运使一职,宋仁宗还曾特意下诏,"壬辰,赐淮南、江、浙荆湖制置发运使,金部员外郎许元进士出身。上尝谓执政曰:'发运使总领六路八十八州军之广,其财货调用、币帛谷粟,岁千百万,宜得其人而久任之。今许元累上章求解,朕思之,不若奖励以尽其才。'故特有是赐"②。

至于许元的人品,在欧阳修笔下有详细记载。在其墓志铭中,欧阳修记载了许元强烈反对"进羡余"的廉洁态度:"吾岂聚敛者哉!敢用此以希宠?"③而许元人品中最让人瞩目的一点是其"孝德"。在欧阳修的《海陵许氏南园记》中,作者也着意叙述了许元全心全意抚育兄弟之子的情形。总之,欧阳修对许元的评价是:"君之美众矣。"④

可见,不论是正史、笔记小说还是文人别集中,许元的形象都以正面为主,不仅治财强敏,且孝悌持家,是值得深交之人,绝非"人品不足言"的小人。

再回到王安石这篇墓志。文中有两次提及许氏兄弟,称:"君既与兄元相友爱称天下";"与其兄俱以智略为当世大人所器",皆可与前引材料相印证。同时,据王安石所作《许氏世谱》,他对于许氏家族强调得最多的品质也是"孝",如论许元兄弟五人"咸孝友,如其先人,故士大夫论孝友者归许氏"⑤。因此,综合各种材料,本章认为王安石墓志中描述的是真实情况、抒发的是真实感情,并非反讽。

那么,铭文最末那句"谁或使之"该如何理解?笔者以为,这里的"谁"是指"命运",王安石认为是命运使得墓主许平不得志。王安石是命定论者,深信天命不可抗,命运不可控,但他同时强调士大夫应在知命的前提下完善道德,尽最大努力修身以俟命。因此,他对墓主一生的总结也归为一个"命"字。铭中王安石着意赞美了许平失志而不失德的品行,认为他最终能"有所待而不悔",即因胸怀大志,虽然无法实现,却无所悔恨。这也是王安石心中士大夫所应具备的理想道德和命运观。

---

① （宋）苏轼著,李之亮笺注:《苏轼文集编年笺注》,巴蜀书社2011年版,第348页。

② 《续资治通鉴长编》卷一百六十九（仁宗嘉祐二年）,第4064页。

③ （宋）欧阳修:《尚书工部郎中充天章阁待制许公墓志铭》,《欧阳修全集》,第476页。

④ （宋）欧阳修:《海陵许氏南园记》,《欧阳修全集》,第580页。

⑤ （宋）王安石:《许氏世谱》,《王安石文集》卷七七,第1234页。

第九章　王安石文系年考补

王安石身后,陆续有学者对其生平及作品加以整理考证,宋人詹大和,清人顾栋高、蔡上翔等均为其中的代表①。20世纪80年代以来,李德身《王安石诗文系年》②在全面借鉴前人成果的基础上,对王安石的大部分诗文作品做了编年,所创颇多;高克勤《王安石散文精选》③,刘乃昌《王安石诗文编年选释》④等选注本以及最近的李之亮《王荆公文集笺注》⑤全集本,都对王安石作品的系年有所考证,刘成国《王安石诗文系年补正》⑥一文也有不少补充;此外,邓广铭《北宋政治改革家王安石》⑦一书虽为传记,但也对安石的不少作品进行了系年。整体来说,由于现存文献有限,王安石的学术思想、仕宦历程又很复杂,很多作品仍未得到确切系年,所以此工作还有很多空间可以发挥,笔者不揣浅陋,仅就其文集中的六篇略作考证。为省篇幅,前引诸书下文中分别省称为《系年》、高选本、刘释本、《笺注》、《补正》以及邓传;而年谱则分别省称为詹谱、顾谱和蔡谱。

第一节　《答王深父书》其一(《临川先生文集》卷七二)

> 某拘于此,郁郁不乐,日夜望深父之来,以豁吾心。而得书乃不知所冀,况自京师去颍良不远,深甫家事会当有暇时,岂宜爱数日之劳而不一顾我乎?朋友道丧久矣,此吾于深甫不能无望也。……

由文中"某拘于此",《笺注》系为嘉祐五年(1060)直集贤院时。李德

---

① 此三人均撰有王安石年谱,分别为《王荆文公年谱》、《王荆国文公年谱》和《王荆公年谱考略》,见《王安石年谱三种》,中华书局1994年版。

② 李德身:《王安石诗文系年》,陕西人民教育出版社1987年版。

③ 高克勤:《王安石散文精选》,东方出版中心1998年版。

④ 刘乃昌:《王安石诗文编年选释》,山东教育出版社1992年版。

⑤ 李之亮:《王荆公文集笺注》,巴蜀书社2005年版。

⑥ 刘成国:《王安石诗文系年补正》,载于《变革中的文人与文学——王安石的生平与创作考论》,浙江大学出版社2011年版,第119—147页。此外,近来,汤江浩、寿涌、杨天保、贾三强等学者也对王安石的部分文章系年有所考证。

⑦ 邓广铭:《北宋政治改革家王安石》,生活·读书·新知三联书店2007年版。

身《系年》则由"郁郁不乐……况自京师去颍良不远"系为嘉祐二年（1057），认为"安石屡求东南一郡未果，故有'郁郁不乐'之语。作此书时尚在京师"。①

据文意，可知此时王安石在京师任职，郁郁不乐中，希望在颍州的好友王深父来看望他。王深父，即王深甫，名回，《宋史》卷四三二有传。据《王深父墓志铭》：深父本为福建侯官人，因父亲葬于颍州之汝阴，故家于颍（今安徽阜阳），"尝以进士补亳州卫真县主簿，岁余自免去。……其卒以治平二年（1065）七月二十八日，年四十三"②。有关深父中进士第的确切年份，前引《墓志铭》、曾巩所作《王深甫文集序》③以及《宋史》本传等提到其生平履历的文献均未有记载。查南宋福州地方志《淳熙三山志》卷二六"科名"之"嘉祐二年丁酉章衡榜"下，有"王回"，下注："平之子，向之兄，字深甫，终忠武军节度推官，知南顿县"④；又清厉鹗所编的《宋诗纪事》里也有记载："回，字深父，福州侯官人，嘉祐二年进士"⑤。因而可以确定深父于嘉祐二年中进士。此年深父当在京师参加科举，随后任亳州卫真县主簿，一年多后，即嘉祐三年才退居颍州。所以，李德身"嘉祐二年"说有误。

颍州离开封不远，深父居此直至治平二年逝世。而王安石从嘉祐四年（1059）春至嘉祐八年八月解官归江宁居丧⑥，这四年多一直在京城任职，历任三司度支判官（嘉祐四年春）⑦、直集贤院（嘉祐四年五月）⑧、同修起居注（嘉祐五年十一月）⑨、知制诰（嘉祐六年六月）⑩。但据《续资治通鉴长编》卷一八九，嘉祐四年五月"度支判官、祠部员外郎王安石累除馆职，并辞不受，中书门下具以闻，诏令直集贤院，安石犹累辞，乃拜"⑪。又，《续资治通

---

① 李德身：《王安石诗文系年》，陕西人民教育出版社 1987 年版，第 104 页。
② （宋）王安石：《王深父墓志铭》，《王安石文集》卷九三，第 1610 页。
③ （宋）曾巩著，陈杏珍、晁继周点校：《曾巩集》卷一三，中华书局 1984 年版，第 196 页。
④ （宋）梁克家：《淳熙三山志》，《宋元方志丛刊》第八册，中华书局 1990 年版，第 8013 页。
⑤ （清）厉鹗：《宋诗纪事》卷二二，上海古籍出版社 1983 年版，第 541 页。
⑥ 安石之母吴氏于嘉祐八年八月卒于京师，王安石丁母忧，解官归江宁。据曾巩《仁寿县太君吴氏墓志铭》，第 610 页。
⑦ 据《续资治通鉴长编》卷一八七（仁宗嘉祐三年）："十月甲子，提点江南东路刑狱、祠部员外郎王安为度支判官"（第 4531 页），可知诏命是在嘉祐三年十月下达。而据邓广铭《北宋政治改革家王安石》（第 29 页），真正上任是在嘉祐四年春夏之交。
⑧ 据《续资治通鉴长编》卷一八九，嘉祐四年五月"度支判官、祠部员外郎王安石累除馆职，并辞不受，中书门下具以闻，诏令直集贤院，安石犹累辞，乃拜"，第 4566 页。
⑨ 据《续资治通鉴长编》卷一九二，嘉祐五年十一月"度支判官、祠部员外郎、直集贤院王安石同修起居注"，第 4652 页。
⑩ 据《续资治通鉴长编》卷一九三，嘉祐六年六月"戊寅，度支判官、刑部员外郎、直集贤院、同修起居注王安石知制诰"，第 4677 页。
⑪ 《续资治通鉴长编》卷一八九，第 4566 页。

鉴长编》卷一九三,嘉祐六年六月"初,安石辞起居注,既得请,又申命之,安石复辞至七八乃受"①。又《临川先生文集》卷十六有《辞同修起居注状》七封和《再辞同修起居注状》五封②。可见,这期间的直集贤院和同修起居注这两次诏命,确实让王安石"郁郁不乐"而多次请辞。因此,嘉祐四年五月至嘉祐六年六月这两年间,王安石拘于京师,深父退居颍州,两人尺牍来往的可能最大。另,嘉祐五年春,王安石曾伴送契丹使臣回国。据李德身《王安石"使北诗"考》③、高克勤《王安石年谱补正》④以及刘成国《王安石使辽再考》⑤,王安石使北当在嘉祐五年年初,约在二三月份返回汴京。使北期间不可能写此信,则此信最可能作于嘉祐四年五月至年末,或嘉祐五年四月至嘉祐六年六月间。

第二节　《答蔡天启》(《临川先生文集》卷七三)

　　某启:近附书,想达。比日安否如何? 何时南来? 日以企伫。得书说同生基,以色立,诚如是也。所谓犹如野马,熠熠清扰者,日光入隙,所见是也。众生以识精冰,合此而成身。众生为想所阴,不依日光,则不能见。想阴既尽,心光发宣,则不假日光,了了见此,此即所谓见同生基也。未即会晤,为道自爱,数以书见及,尊教授想比日安佳,未及为书。

　　此信诸本皆未系年,唯《笺注》系为蔡肇通判常州之时。但据《宋史·蔡肇传》:"蔡肇,字天启,润州丹阳人。能为文,最长歌诗。初事王安石,见器重。又从苏轼游,声誉益显。第进士,历明州司户参军、江陵推官。元祐中,为太学正,通判常州,召为卫尉寺丞,提举永兴路常平。"⑥蔡肇元祐中才通判常州,而此时安石已故⑦,故《笺注》系年有误。

　　蔡肇为王安石学生,此信内容即王安石与他讨论《楞严经》中一段经

---

① 《续资治通鉴长编》卷一九三,第 4677 页。
② 《临川先生文集》,第 429—434 页。
③ 李德身:《王安石"使北诗"考》,《南充师范学院学报》(社科版)1981 年第 2 期。
④ 高克勤:《王安石年谱补正》,《文献》1993 年第 4 期。
⑤ 刘成国:《王安石使辽再考》,《浙江工业大学学报》(社科版)2008 年第 3 期。
⑥ (元)脱脱等:《宋史·蔡肇传》卷四四四,中华书局 1977 年版,第 13120—13121 页。
⑦ 安石卒于元祐元年(1086)四月,见《续资治通鉴长编》卷三七四(元祐元年):"(四月)癸巳,观文殿大学士、守司空、集禧观使、荆国公王安石卒",第 9069 页。

文,体现其晚年的佛学观念①,故当作于王安石晚年退居江宁(今江苏南京)后②。信中云"何时南来",必是蔡肇原书已谈及"南来"缘由(原书今已不存)。回溯《宋史》所载蔡肇一生中与王安石有交集的时间段,其出生地润州丹阳(今江苏镇江),在江宁钟山的东南方向③,而他为"明州司户参军、江陵推官"的明州(今浙江宁波),在江宁的东南方④,江陵(今湖北荆州)则又在江宁西南方⑤,王安石都无法盼着他"南来"。

因而,其时蔡肇当在汴京,中进士后即将南下明州赴任,明州离江宁很近,于是王安石邀其取道江宁一见。据《宋诗纪事》所载,蔡肇元丰二年(1079)中进士⑥,宋代进士科一般在三月结束⑦,之后蔡肇赴任明州,王安石在此期间回信相邀。故此信可系为元丰二年三四月。

第三节　《答曾子固书》(《临川先生文集》卷七三)

　　某启:久以疾病不为问,岂胜向往! 前书疑子固于读经有所不暇,故语及之。连得书,疑某所谓经者佛经也,而教之以佛经之乱俗。某但言读经,则何以别于中国圣人之经? 子固读吾书每如此,亦某所以疑子固于读经有所不暇也。然世之不见全经久矣。读经而已,则不足以知经。故某自百家诸子之书,至于《难经》、《素问》、《本草》、诸小说,无所不读;农夫、女工,无所不问,然后于经为能知其大体而无疑。盖后世学者,与先王之时异矣,不如是不足以尽圣人故也。扬雄虽为不好非圣人之书,然于墨、晏、邹、庄、申、韩,亦何所不读? 彼致其知而后读,以有所去取,故异学不能乱也。惟其不能乱,故能有所去取者,所以明吾道而已。子固视吾所知,为尚可以异学乱之者乎? 非知我也。方今乱俗,

① 参见方笑一:《北宋新学与文学——以王安石为中心》,上海古籍出版社2008年版,第169—171页。

② 安石于熙宁九年(1076)十月罢相,知江宁府。见《续资治通鉴长编》卷二七八,熙宁九年十月条:"丙午,左仆射、兼门下侍郎、平章事、昭文馆大学士、监修国史王安石罢为镇南军节度使、同平章事、判江宁府",第6803页。

③ 谭其骧:《中国历史地图集·宋辽金时期》图24-25"两浙路　江南东路",地图出版社1982年版。

④ 谭其骧:《中国历史地图集·宋辽金时期》图24-25"两浙路　江南东路"。

⑤ 谭其骧:《中国历史地图集·宋辽金时期》图27-28"荆湖南路　荆湖北路"。

⑥ (清)厉鹗:《宋诗纪事》卷二七,上海古籍出版社1983年版,第689页。

⑦ 祝尚书:《宋代科举与文学》第157页:"省试的时间,北宋至南宋孝宗时,一般为正月中旬";第218页:"举行殿试的时间,一般在贡举之年的三月份,也就是省试发榜后的一个月左右",中华书局2008年版。

不在于佛,乃在于学士大夫沉没利欲,以言相尚,不知自治而已。子固以为如何?苦寒,比日侍奉万福。自爱。

　　蔡谱将此信系于元丰六年(1083)春初(此年四月曾巩去世),并在考略中解释云:"介甫有《答子固书》,自道其为学甚详,不知作于何年,向以其无可附也,而今且附之。"①说明蔡氏自认此系年并无实据;高选本认为此书"作年不详,可能作于宋仁宗庆历年间。这一时期曾、王两人书信来往比较密切。同时,从信中问候语看,当时曾巩父母尚健在。曾巩之父曾易占卒于庆历七年(1047),则本文当作于庆历七年之前"②,也属于推测;李之亮《笺注》编年为庆历中任淮南节度判官时,并未提出系年依据③;另外,刘释本选注了此文但并未编年。

　　按,从信中可知,王安石前信曾指出曾巩"读经有所不暇",而曾巩回信误以为王安石是在劝他多读佛经。由此可想见,在曾巩看来,王安石当时应言必及佛经,不然何以有此误解(正常士大夫所谓"经",必是指经部典籍)。又信开头提到"久以疾病",故此信作于王安石晚年退居江宁后的可能性最大。又据文末的问候语"苦寒,比日侍奉万福",可见曾巩此时正侍奉父母,说明其父母至少有一方健在。如前所言,曾巩之父曾易占卒于庆历七年,易占相继娶了三位妻子:周氏、吴氏、朱氏。曾巩之生母吴氏卒于庆历七年之前,见王安石所撰《曾公夫人吴氏墓志铭》。而据《宋史·曾巩传》:"巩性孝友,父亡,奉继母益至"④,此继母当指朱氏。韩维《曾巩神道碑》及林希《曾巩墓志铭》均称朱氏卒于元丰五年(1082)九月⑤。所以,此文当作于元丰初至元丰五年九月之间。

　　那么,此期内曾巩何时能侍奉朱氏呢⑥?据曾巩《福州上执政书》:"诚以巩年六十,老母年八十有八,老母寓食京师,而巩守闽越。"⑦曾巩生于天禧三年(1019),古人以虚岁记年,故曾巩元丰元年(1078)在福州知州任上,而继母朱氏寓居京师,于是曾巩上书乞"或还之阙下,或处以闲曹,或引之

①　(清)蔡上翔:《王荆公年谱考略》卷二二,《王安石年谱三种》,中华书局1994年版,第559页。
②　高克勤:《王安石散文精选》,东方出版中心1998年版,第114—115页。
③　《笺注》,第1265页。
④　(元)脱脱等:《宋史·曾巩传》卷三一九,中华书局1977年版,第10392页。
⑤　(宋)曾巩著,陈杏珍、晁继周点校:《曾巩集》附录,中华书局1984年版,第800、803页。
⑥　(宋)曾巩《福州奏乞在京主判慢曹局或近京一便郡状》:"臣母老多病,见居京师",可知继母朱氏在京城养老,见《曾巩集》,第482页。
⑦　(宋)曾巩:《福州上执政书》,《曾巩集》卷十六,第269页。

近畿,属以一郡,使得谐其就养之心,慰其高年之母"①。状上,诏准,召判太常寺,未至,改知明州②。次年五月,徙知亳州③。再据林希《曾巩墓志铭》:"元丰三年(1080),徙知沧州,过都,召见劳问久之,留勾当三班院。……(四年)遂以为史馆修撰……五年四月正官名,擢拜中书舍人。……九月遭母丧,罢。"④而具体被神宗召对的时间,据曾巩《乞登对状》:"臣于十月二十六日,伏蒙圣恩,赐对延和殿"⑤,可知在元丰三年十月。

综上,曾巩当是元丰三年十月勾当三班院至元丰五年九月这近两年间均在京师,都有侍奉继母朱氏之可能,又据"苦寒"二字,此文或当作于元丰三年或四年的冬天。

第四节 《与王逢原书》其一(《临川先生文集》卷七五)

> 某顿首逢原足下:比得足下于客食中,窘窘相造谢,不能取一日之闲,以与足下极所欲语者,而舟即东矣。……始得足下文,特爱足下之才耳。既而见足下衣刌屡缺,坐而语,未尝及己之穷;退而询足下,终岁食不荤,不以丝忽妄售于人。世之自立如足下者有几?吾以谓知及之,仁又能守之,故以某之所学报足下。

顾谱将此信系为嘉祐四年(1059)安石提点江东刑狱时⑥,《笺注》从,均误。

按:王逢原即王令,是王安石的忘年交。由信的开头可知,此时王令客处他乡,王安石与他匆匆见了一面后,马上要出发往东。据沈文倬《王令年谱》考证:"至和元年(1054),令二十三岁,在高邮军聚学。……王安石被召入京,道出淮南,过高邮,令投书并赠《南山之田》诗,实为两人定交之

---

① (宋)曾巩:《福州上执政书》,《曾巩集》卷十六,第270页。
② 据曾巩《移明州乞至京迎侍赴任状》:"寻准中书札子,已降敕命,差臣权判太常寺兼礼仪事。……臣遂起离前来,至洪州,睹进奏院报,已差臣知明州。"见《曾巩集》卷三三,第483页。
③ 据曾巩《移知亳州乞至京迎侍赴任状》:"臣五月三十日伏奏敕命,就差知亳州",见《曾巩集》卷三三,第485页;又据张耒《书曾子固集后》:"元丰二年夏,曾公自四明守亳,道楚。予时自楚将赴河南寿安尉,始获以书拜公于行次。"见(宋)张耒,李逸安、孙通海、傅信点校:《张耒集》,中华书局1990年版,第811页。
④ 林希:《曾巩墓志铭》,载《曾巩集》附录,第800页。
⑤ (宋)曾巩:《乞登对状》,《曾巩集》卷三四,第489页。
⑥ (清)顾栋高:《王荆国文公年谱》,《王安石年谱三种》,中华书局1994年版,第51页。

始。"①之后直到嘉祐四年六月王令去世②,这五年间,王安石自至和元年九月起一直在京城任群牧判官③,嘉祐二年五月自京差遣改任知常州④,嘉祐三年(1058)二月提点江东刑狱⑤(治所在饶州,今江西鄱阳),同年十月朝廷下达诏书任度支判官⑥。在这期间的三个地名,以汴京为参照地标,常州在它的东边,饶州(江西鄱阳)在它的南边,因此王安石往东只可能是嘉祐二年五月从京城去常州的任上。此时王令在润州⑦(今江苏镇江),为汴京至常州的水路必经之地,因此两人可以匆匆会面,此信也可以确定写于嘉祐二年五月之后不久。

第五节　《答段缝书》(《临川先生文集》卷七五)

段君足下:某在京师时,尝为足下道曾巩善属文,未尝及其为人也。还江南,始熟而慕焉,友之,又作文粗道其行。惠书以所闻诋巩行无纤完,其居家,亲友惴畏焉,怪某无文字规巩,见谓有党。果哉,足下之言也?

巩固不然。巩文学论议,在某交游中不见可敌。其心勇于适道,殆不可以刑祸利禄动也。父在困厄中,左右就养无亏行,家事铢发以上皆亲之。父亦爱之甚,尝曰:"吾宗敝,所赖者此儿耳。"此某之所见也。若足下所闻,非某之所见也。巩在京师,避兄而舍,此虽某亦罪之也,宜足下深攻之也。于罪之中有足矜者,顾不可以书传也。事固有迹,然而情不至是者,如不循其情而诛焉,则谁不可诛邪?巩之迹固然邪?然巩为人弟,于此不得无过。但在京师时,未深接之,还江南,又既往不可咎,未尝以此规之也。巩果于从事,少许可,时时出于中道,此则还江南时尝规之矣。巩闻之,辄瞿然。巩固有以教某也。其作《怀友书》两通,一自藏,一纳某家,皇皇焉求相切劘,以免于悔者略见矣。尝谓友朋

① 沈文倬:《王令年谱》,《王令集》,上海古籍出版社1980年版,第434页。
② 沈文倬:《王令年谱》,《王令集》,第447页。
③ 《续资治通鉴长编》卷一七七(仁宗至和元年):"九月辛酉朔……殿中丞王安石为群牧判官",第4278页。
④ 见参邓广铭《北宋政治改革家王安石》第17页之分析。
⑤ 《续资治通鉴长编》卷一八七(仁宗嘉祐三年):"二月丙辰……知常州王安石提点江南东路刑狱",第4503页。
⑥ 《续资治通鉴长编》卷一八七(仁宗嘉祐三年):"十月甲子,提点江南东路刑狱、祠部员外郎王安石为度支判官",第4531页。
⑦ 沈文倬:《王令年谱》,《王令集》,第440页。

过差,未可以绝,固且规之。规之从则已,固且为文字自著见然后已邪,则未尝也。凡巩之行,如前之云,其既往之过,亦如前之云而已,岂不得为贤者哉?

天下愚者众而贤者希,愚者固忌贤者,贤者又自守,不与愚者合,愚者加怨焉。挟忌怨之心,则无之焉而不谤,君子之过于听者,又传而广之,故贤者常多谤,其困于下者尤甚。势不足以动俗,名实未加于民,愚者易以谤,谤易以传也。凡道巩之云云者,固忌固怨固过于听者也。家兄未尝亲巩也,顾亦过于听耳。足下乃欲引忌者、怨者、过于听者之言,县断贤者之是非,甚不然也。孔子曰:"众好之,必察焉;众恶之,必察焉。"孟子曰:"国人皆曰可杀,未可也,见可杀焉,然后杀之。"匡章,通国以为不孝,孟子独礼貌之以为孝。孔、孟所以为孔、孟者,为其善自守,不惑于众人也。如惑于众人,亦众人耳,乌在其为孔、孟也? 足下姑自重,毋轻议巩!

此信是王安石为曾巩在京师避兄而居所作的辩解,其写作时间颇有争议。李德身《系年》系为皇祐二年(1050),谓文中"父在困厄中,左右就养无亏行"是指曾巩因父丧而被谤之事。曾父卒于庆历七年,曾巩于庆历七年、八年及皇祐元年(1049)服丧;文中又曰"家兄未尝亲巩也,顾亦过于听耳",王安石兄安仁卒于皇祐三年(1051)①,故系为皇祐二年。但这仅仅是提供了此文写作时间的下限,是在王安石之兄去世之前,而且也并不严密,因为王安石有两位兄长,王安道卒于皇祐四年(1052)②。

《笺注》系为嘉祐三年(1058)知常州时,依据文章开头"某在京师时,尝为足下道曾巩善属文,未尝及其为人也。还江南,始熟而慕焉,友之",而认为此文乃荆公自京师南行以后不久所作。③ 但信的开头是王安石向段缝回溯自己与曾巩的交往过程,这个江南是不是指常州,并无确凿证据。据高克勤考证,王曾二人之交往始自庆历元年,王安石21岁,赴京师应礼部试,而曾巩入太学。④ 根据王安石此信,京师的两人还只是泛泛之交,直到回江南,"始熟而慕焉,友之"。那么这个江南到底是指哪里呢?

高选本认为是指今江西南昌,系此信于庆历五年(1045)前后,提出"庆

① (宋)王安石:《亡兄王常甫墓志铭》,《王安石文集》卷九六,第1651页。
② 关于王安道之卒年,汤江浩《北宋临川王氏家族及文学考论:以王安石为中心》,人民文学出版社2005年版,第60页(有详细考证)。
③ 《笺注》,第1321页。
④ 高克勤:《王安石与北宋文学研究》,复旦大学出版社2006年版,第181页。

历四年(1044),王安石归故乡临川探亲,曾过访曾巩,直到次年才回扬州[1]。同时举曾巩"(庆历)五年时,某送别介卿于洪州(今江西南昌)"(《喜似赠黄生序》)为据,认为此信应当作于庆历五年左右。

可是作者并未注意到,同篇序文中又云:"既别之明年,则欲经营家事而后去,不幸祖母病不起,遂不果行。明年返葬祖母于南丰。"[2]按:据王安石为曾巩祖母所撰墓志铭可知,其祖母卒于庆历四年[3],因此可知前文言"五年时",可能为"三年时"之误。再据这篇序文的后文:"而未之南丰时,予已病,虽病犹谓旦夕且愈,南丰归,可必于行也。既归,病几不可治,至于今且三年,虽幸可治,然气闭胸中,既食则不可坐,不可骑,而介卿方为县于鄞"。王安石是庆历七年(1047)知鄞县的,庆历三年的明年再加上"至于今且三年",刚好是庆历七年,因此可以确定"五年"当为"三年"之误。

综上,此信当作于庆历三年前后。

第六节　《与孙子高书》(《临川先生文集》卷七七)

子高足下:辱赐教,奖劳甚渥,反复诵观,惭生于心。某天介疏朴,与时多舛。始者徒以贫弊无以养,故应书京师,名错百千人中,不愿过为人知,亦诚无以取知于人。独因友兄田仲通得进之仲宝,二君子不我愚而许之朋,往往有溢美之言,置疑于人。抑二君子实过,岂某愿哉?兄乃板其辞以为贶,是重二君子之过,而深某之惭也,其敢承乎?

兄粹淳静深,文彩焰然,而摧缩锋角,不自夸奋,具大树立之器,人所趋慕,宜择豪异而朋之。顾眷眷于某,岂今所谓同年交者,固皆当然哉?某愿从兄游,诚不待同年,然后定也。承日与介第,讲肆图史,商较世俗,甚盛,甚盛!孔子曰:"垂之空言,不如见之行事深切著明也。"私有望于兄焉。

此月奉计牒当度江南,十一日尽室行。江山清华,有可叹爱,无良朋以共之,亦足怅然。春暄,职外奉亲自寿。

此文李德身《系年》系为庆历七年(1047)春,依据是孙子高即为孙侔,由于王安石与孙侔相识是在淮南任上,此书又曰"春暄",因而系为此年。[4]

---

①　《王安石散文精选》,第99—100页。

②　(宋)曾巩:《喜似赠黄生序》,《曾巩集》辑佚,第780页。

③　(宋)王安石:《曾公夫人万年太君黄氏墓志铭》,《王安石文集》卷九九,第1705页。

④　李德身:《王安石诗文系年》,陕西人民教育出版社1987年版,第50页。

但孙子高即为孙侔这一点作者并没有提出确凿依据。孙侔,初字正之,后改字为少述,查其《宋史》本传①、《孙少述传》(林希)②以及《孙侔先生行实》(作者不明)③等文献,均未曾提到孙侔曾有"子高"一名。故此据不可信。

按:文末言"此月奉计牒当度江南,十一日尽室行。……春暄,职外奉亲自寿"。说明王安石在此年春天收到新的诏命,很快要启程出发,过江南赴职。考王安石一生行迹,在长江以南的职位分别有知鄞县(在今浙江)、知常州和提点江东刑狱(治所在江西饶州)。其中提点江东刑狱是在知常州任上接到的④,江苏常州本就在长江以南,不存在要过江南这一说,因而只剩下知鄞县和知常州两者。

王安石知鄞县是在庆历七年,但据作于此年的《读诏书》⑤诗云:"去秋东出汴河梁",说明王安石是在庆历六年秋天接到诏命启航离开京师汴梁的,与文中"春暄"不合。

又,王安石接到知常州的诏命是在嘉祐二年四月,当时王安石在京城任群牧判官,同时提点开封府诸县镇公事。⑥ 综上考虑,既符合"度江南",又满足"春暄"这两个条件的,只有在嘉祐二年春,接到知常州诏命之时,因而本章系为嘉祐二年春。

第六节　《外祖黄夫人墓表》(《临川先生文集》卷九〇)

外祖夫人黄氏,生二十二年归吴氏,归五十年而卒,卒三月而葬,康定二年十二月也。夫人渊静裕和,不强而安,事舅、姑、夫,抚子,皆顺适。吴氏内外族甚大,朝夕相与居,岁时以辞币酒食相缀接,卒夫人之世,戚疏愚良,一无间言。又喜书史,晓大致,往往引以辅导处士,信厚闻于乡,子为士,无亏行,繄夫人之助。夫人资寡言笑,声若不能出,虽族人亦不知其晓书史也。安石,外孙也,故得之详。明道中,过舅家,夫人春秋高矣,视其礼,犹若女妇然,视其色,不知其有喜愠也。病且卒,

① (元)脱脱等:《宋史·孙侔传》卷四五八,中华书局1977年版,第13443—13444页。
② (宋)吕祖谦:《皇朝文鉴》卷一五〇,黄灵庚、吴战垒主编:《吕祖谦全集》,浙江古籍出版社2008年版,第877—879页。
③ 《王令集》附录,第403—404页,虽未言作者,但注明了出处为《哲宗皇帝实录》。
④ 《续资治通鉴长编》卷一八七(仁宗嘉祐三年):"二月丙辰……知常州王安石提点江南东路刑狱"(第4503页)。另,《笺注》将此书系为赴江东提刑任时,据此,误。
⑤ (宋)王安石:《读诏书》,《王安石文集》卷二五,第403页。题后自注:"庆历七年"。
⑥ 参见邓广铭《北宋政治改革家王安石》第17页:"可知委派王安石知常州的诏命,必在这年四月的丁巳之后和甲戌之前,亦即四月上旬之内。"

以薄葬命子。噫，其可谓以正始终也已。舅藩既志其葬，四年，王安石还自扬州，复其墓。复表曰：

圣人之教，必繇闺门始，后世志于教者，亦未之勤而已。天下相重以戾，相荡以侈，疣然斁矣。自公卿大夫无完德，岂或女妇然。或者女妇居不识厅屏，笑言不闻邻里，是职然也，置则悖矣。然其死也，闻人传焉以美之，是亦教之熄也，人人之不能然也，传焉以美之，宜也。矧如夫人者，有不可表耶？于戏！

此文系年，有庆历四年（1044）、五年二说。

庆历四年说最早见于顾谱，其谓："是年（庆历四年），公归京师。……撰《外祖母黄夫人墓表》。表云：'夫人以康定二年卒，后四年，某还自扬州，表其墓。'以年份数之，当在是年。"[1]之后蔡谱也持庆历四年说，谓："公还自扬州实三年，曰四年，不合也。以夫人卒之年数之，则又似作志实在四年矣，姑录于此。"[2]按，顾说极不严谨。首先，《墓表》原文本为"四年，安石还自扬州，表其墓"[3]，而顾氏则在此句增一"后"字。其次，即使真如顾氏理解，此表撰于康定二年（1041）后四年，以年份数之，也当为庆历五年。因此顾氏此说证据不足。而蔡氏之推断亦模棱两可，同样不足为据。

庆历五年说见于李德身《系年》，他解释道："案《顾谱》据此谓于庆历四年安石自扬州还临川，复赴京师。然上文已说'康定二年'，则此所谓'四年'必非指庆历而言；且安石《先状上韩太尉》有'昔者幸以鄙身，托于盛府'之语，可证曾充韩琦僚佐，而琦至庆历五年三月方知扬，若安石庆历四年还临川复赴京师，与琦尚不得相遇，何能为其僚佐呢！盖此所谓'四年'者，指舅藩葬外祖母后之四年也，即庆历五年，而非庆历四年。"[4]按，李说亦有问题。首先，李氏认为上文既已明言"康定二年"，则后之"四年"，必定不是指庆历。但事实上，康定二年即庆历元年，为当时人所共知，所以表中不再区别，也属情理之中。也就是说，墓表中"四年"完全可指庆历四年。其次，李说以韩琦庆历五年三月知扬州为据，认为王安石此年才满秩解淮南官，随后暂归临川，旋与叔父会于京师。王安石文集中有两篇提及此年行程，但均言

① （清）顾栋高：《王荆国文公年谱》，《王安石年谱三种》，中华书局1994年版，第34页。
② （清）蔡上翔：《王荆公年谱考略》卷二，《王安石年谱三种》，中华书局1994年版，第239页。
③ 四部丛刊本《临川先生文集》卷九十，有《外祖母黄夫人墓表》；龙舒本《王文公文集》卷八十六，有《外祖黄夫人墓表》，两者原文皆如是。
④ 《王安石诗文系年》，第38页。

其直接回京师①,未有期间回临川的记载,毕竟,不一定非得满秩解官才能回临川。

另,高克勤的《王安石年谱补正》②中,以此文的"四年,安石还自扬州,复其墓"为据,认为庆历四年"安石再归临川",说明高氏也是默认表中"四年"即指庆历四年。综上,本章认为合理的解释是,此年王安石仍在扬州签淮南判官,只不过因外祖母卒而归临川一趟,并作此墓表。

① 《上扬州韩资政启》:"违离大旆,留止近邦"(离开韩琦所在的扬州,去京师待阙);《大中祥符观新修九曜阁记》:"某自扬州归,与叔父会京师"。
② 高克勤:《王安石年谱补正》,《文献》1993年第4期。

第十章　宋代士大夫辞官文化考论
——以王安石的辞免文书为中心

宋代高级官员在接到朝廷官职任命的诏令后,一般会辞免一两次后再接受任命。因而,在宋人留下的奏章、文集中,存在着大量的辞免文书。当然,在这其中,也有由于各种主客观原因真心想辞去官职且如愿的官员。比如王安石为相之前屡辞馆职这一现象,就颇受学界关注,陈元锋即撰有专文《王安石屡辞馆职考论——兼论宋代馆职、词臣之荣显与迁除》①来进行探讨。王安石一生仕途跌宕,所辞官职也不限于馆职类,辞官类型非常多样,辞官原因也一一不同。从王安石留下的辞免文书入手,或可一窥宋代士大夫辞官文化的面貌。

为了便于分析,此处应该首先对"士大夫"一词的内涵进行界定。根据《周礼》卷39《冬官考工记第六》载:"国有六职……坐而论道,谓之王公;作而行之,谓之士大夫。"②郑玄注"士大夫"曰:"亲受其职,居其官也。"即"士大夫"是指居官有职位的人。宋代的"士大夫"也当此解,毕竟宋人自己也这么认为。根据《资治通鉴》后汉乾祐元年(公元948年)四月,有一条胡三省的注说:"此所谓士大夫,指言内外在官之人。"③胡三省是由宋入元之人,其所言宋代"士大夫"的含义,应当说是切合宋代社会实际的,即指内外有官职的人。

第一节　宋代士大夫辞官的类型

尽管中国的读书人深受"学而优则仕"的儒家思想浸染,但缘起于禅让制的辞官现象是一直存在的。屈家权《中国古代辞官制度探微》一文认为,"中国古代辞官制度具有宽严相济的特征。其萌芽于先秦,确立于秦汉,之

---

① 陈元锋:《王安石屡辞馆职考论——兼论宋代馆职、词臣之荣显与迁除》,《文史哲》2002年第4期。
② (汉)郑玄注,(唐)贾公彦疏,赵伯雄整理:《周礼注疏》卷三九《冬官考工记第六》,北京大学出版社1999年版,第1057页。
③ (宋)司马光著,(元)胡三省音注:《资治通鉴》卷二八八,中华书局1976年版,第9392页。

后进入相对稳定的实行和发展时期。"①所谓宽严相济,是指辞官现象包含广阔,既囊括主动辞官和被动辞官,也包括辞官致仕和辞官归隐等等。辞官制度发展到宋代,当然也会随之产生符合宋代社会文化的新的现象和内涵。从王安石的诸多辞免文书中,我们可以从细节真实处感知宋代士大夫辞官的每一种场景。

王安石一生的阶段性特征十分明显,在宋神宗熙宁元年被召越次入对以前,王安石基本都在各地为官,偶有几年在京城任职。随后,48 岁的王安石进入稳定在京城的为相时期,经历七年变法之后,罢相致仕回江宁,在钟山度过了人生中的最后十年。三个阶段分界明显,每一个阶段都有不同的辞官行为。

1 王安石地方从政时期的辞官(宋仁宗、英宗时期)

宋仁宗皇祐三年(1051)5 月,31 岁的王安石知鄞县秩满,宰相文彦博推荐他赴京师试馆职,但王安石上《乞免就试状》,辞不就。这是王安石仕途生涯中的第一封辞免文书,且辞的是士人所期盼的试馆职的机会。据《续资治通鉴长编》卷一百七十皇祐三年五月庚午:"宰臣文彦博等言:'……殿中丞王安石进士第四人及第,旧制,一任还,进所业求试馆职,安石凡数任,并无所陈。朝廷特令召试,亦辞以家贫亲老。且馆阁之职,士人所欲,而安石恬然自守,未易多得。'"②可知,王安石的这一选择在当时的年轻士人中是比较特立独行的。

但这还仅仅只是开始,后来王安石在至和年间四辞集贤校理③,在嘉祐年间前后十二辞同修起居注④,也在熙宁元年乞免修《英宗实录》⑤。集贤校理为掌图书管理的馆职,同修起居注和修实录等史职,在宋代也基本由三馆、秘阁校理以上官充任,而"宋代三馆秘阁几乎集中了当代的知识精英,从整体上说,馆职素质极高,堪称文臣之渊薮,仕宦之先路"⑥。王安石却屡辞馆职,执意要放弃这一莫大的恩宠。究其原因,据陈元锋分析,除了家庭困难、个人健康及资历尚浅等客观原因,以及恬退的主观心愿和孤傲性格之

---

① 屈家权:《中国古代辞官制度探微》,《西安政治学学报》2005 年第 1 期。
② (宋)李焘:《续资治通鉴长编》卷一百七十,中华书局 2004 年版,第 4092 页。
③ (宋)王安石:《辞集贤校理状四》,《王安石文集》卷四十,第 666—669 页。
④ (宋)王安石:《辞同修起居注状七》,《再辞同修起居注状五》,《王安石文集》卷四十,第 669—678 页。
⑤ (宋)王安石:《乞免修实录札子》,《王安石文集》卷四十二,第 702 页。
⑥ 陈元锋:《王安石屡辞馆职考论——兼论宋代馆职、词臣之荣显与迁除》,《文史哲》2002 年第 4 期。

外,更深层的原因是与王安石贬抑诗赋文采的倾向有关。王安石早年屡辞文字之职的这一潜意识,在他后来的变法中改革科举诗赋取士制度,都一一得到了印证。因此他才在青年时期放弃馆职,力求外任,以求积累更多的地方从政经验。

在辞馆职之外,王安石也曾于宋英宗治平年间屡召不赴阙。据《续资治通鉴长编》卷二百九治平四年闰三月庚子:"工部郎中,知制诰王安石既除丧,诏安石赴阙,安石屡引疾乞分司。"①本来王安石因为居丧哀毁过甚,治平二年即已染溲血症。因此他才在《辞赴阙状》中以此为由来请辞:"臣抱病日久,未任跋涉,见服药调理,乞候稍瘳,即时赴阙。"(其一)"臣自春以来,抱疢有加,心力稍有所营,即所苦滋剧。"(其三)②但据刘成国分析,丁忧抱病或许不是主要原因,他认为"英宗待两制词臣颇峻,且多亲阅制诰,动辄改之,以文字加罪词臣。公不赴,或与此相关"③。

随后,朝廷诏王安石知江宁府,王安石上《辞知江宁府状》:"右臣今月十九日进奏院递到敕牒,蒙恩差知江宁军府事。……然臣所抱疾病,迄今无损,若辄冒恩,黾勉典当,领路大藩,恐力用无以上副朝廷寄任,伏望陛下察臣如此。倘以臣逮侍先帝,未许分司,则乞除臣一留台、宫观差遣,冀便将理,终获有瘳,誓当捐躯,少报圣德。所有敕牒,臣未敢祗受,已送江宁府收管。"④但这一诉求并没有得到获准,王安石遂诣府视事,并上《知制诰知江宁府谢上表》。

王安石地方为政时期的辞官,皆真心实意。但对于其屡辞馆职的行为,时人观感不一,有人将其视为"恬退"的代表,也有更多的人认为王安石在"孤行一意"⑤,甚至是"沽名钓誉"。

2　为相时期的辞官

从宋神宗熙宁元年三月入京开始,到熙宁九年十一月二十二日第二次正式罢相为止,王安石为相期间也屡上辞免文书,情况不一,分述如下:

熙宁元年三月,48 岁的王安石离江宁赴阙,四月越次入对。熙宁

---

① (宋)李焘:《续资治通鉴长编》卷二百九,中华书局 2004 年版,第 5086 页。
② (宋)王安石:《辞赴阙状三》,《王安石文集》卷四十,第 678 页。
③ 刘成国:《王安石年谱长编》,中华书局 2018 年版,第 744 页。
④ (宋)王安石:《辞知江宁府状》,《王安石文集》卷四十,第 679 页。
⑤ (清)蔡上翔:《王荆公年谱考略》卷 8 引宋牧仲《筠廊二笔》,见《王安石年谱三种》,中华书局 1996 年版,第 343 页。

二年二月乙亥,王安石自翰林学士、工部侍郎兼试讲,除右谏议大夫、参知政事,正式拜相。王安石上《辞参知政事表》,暂列全文如下:

> 臣某言:伏奉制命,特授臣右谏议大夫参知政事余如故者。才薄望轻,恩隆责重。敢缘聪听,冒进忱辞。中谢。

> 窃以建用宗工,与图大政。以人贤否,为世盛衰。矧休运之有开,须伟材而为辅。岂容虚受,以误明扬。如臣者,承学未优,知方尤晚。先朝备位,每怀窃食之惭,故里服丧,重困采薪之疾。陛下绍膺皇统,俯记孤忠。付之方面之权,还之禁林之地,固已人言之可畏,岂云国论之与知。敢被宠灵,滋怀愧恐。伏望皇帝陛下考慎所与,烛知不能。许还谬恩,以允公议。庶少安于鄙分,无甚累于圣时。臣无任祈天俟命激切屏营之至。①

这是一篇宋代士大夫的标准辞请文书。虽是求辞,却并未提出切实的理由,也并没有做过多虚与委蛇的表面功夫,都是一些常见的虚辞、谦辞,因此这封辞表展示了如何进行程式化辞请,也说明它可以适用于任何辞请高级官职的场合。其同时所上的《免参政上两府启》也如此,都是些诸如"内揆拙疏,仰惭优渥"②的套话,并未如前期辞馆职那般恳切,举出各项具体的辞官理由。所以很显然,正欲大展宏图的神宗皇帝不会同意,于是很快,王安石上《谢参知政事表》③,拉开变法的序幕。

随着变法的各项新规陆续颁布,一年后,王安石由副相升为正相。据《续资治通鉴长编》卷二一八熙宁三年十二月丁卯:"右谏议大夫、参知政事王安石为礼部侍郎、平章事、兼修国史。"④王珪的《华阳集》卷三七也有《王安石授金紫光禄大夫礼部侍郎同中书门下平章事兼修国史进封开国公加封邑功臣制》。⑤ 于是王安石上《辞免平章事兼修国史表二》⑥,依然是程式化的请辞,表示自己"孤陋浅拙",虚受此职。神宗批答不允,王安石才上谢表。⑦

从熙宁五年开始,王安石心生隐退的念头,六上《乞解机务札子》,同时

① (宋)王安石:《辞参知政事表》卷五七,第993页。
② (宋)王安石:《免参政上两府启》卷七九,第1376页。
③ (宋)王安石:《除参知政事谢表》卷五七,第994页。
④ (宋)李焘:《续资治通鉴长编》卷二一八,中华书局2004年版,第5301页。
⑤ (宋)王珪:《王安石授金紫光禄大夫礼部侍郎同中书门下平章事兼修国史进封开国公加封邑功臣制》,《华阳集》卷二六,商务印书馆1935年版,第330页。
⑥ (宋)王安石:《辞免平章事兼修国史表二》卷五七,第995页。
⑦ (宋)王安石:《谢宰相笏记》卷六一,第1071页。

上的还有《乞退札子》,请求暂解机务。但结合变法的进程与当时的形势,且从每一道札子的措辞来看,主要还是王安石与宋神宗博弈的一种策略。如其二:

> 臣某蝼蚁微诚,屡烦天听,每蒙训答,未赐矜从。惶怖征营,不知所措。臣今日奏对,近于日旰,不敢久留,以勤圣体,所以依违遂退,即非敢食其言。以道事君,诚为臣之素守,苟可强勉而免违忤之辜,臣亦何敢必其初心?实以疾病浸加,恐隳陛下所付职事,上累陛下知人之哲,下违臣不能则止之义,此所以彷徨迫切而不能自止也。且臣所乞,特冀暂均劳逸,非敢遂即田里之安,窃谓圣恩不难赐许。谨具札子陈乞,伏望圣慈特垂开允。①

虽然仍以"疾病浸加"为请辞理由,但这只是表层原因。据《续资治通鉴长编》卷二百三十四熙宁五年六月辛未:"是日,王安石入见,上怪安石求去,安石曰:'疲疾不任劳剧烈,兼任事久,积中外怨恶多。又人情容有雍塞,暂令臣辞位,既少纾中外怨恶,又上下或有雍塞,陛下可以察知。若察知臣不为邪,异时复驱策,臣所不敢辞也。'"②可知,"积中外怨恶多"才是关键原因。因为变法引起太多的异论,王安石集各方怨谤于一身,因此他向神宗提出暂辞相位,希望神宗可以花时间去明察一切,等到彻底相信了自己"不为邪",再复位也不迟。所以王安石这一时期的乞解机务,目标指向还是为了变法的顺利实施,而不是真心想要辞职不干。对此,神宗当然也了然于心,于是来回反复劝阻,并下旨不许阁门等处接收王安石的辞请文书。所以才有《乞解机务札子》其五中所说的:"臣伏蒙圣恩,特降中使传宣,封还所上表,不允所乞。"③

熙宁七年,因天下大旱,宋神宗下诏征求直言,曾布上书奏秉市易务的判官吕嘉问在执行市易法时用重税来剥削人民,宋神宗把此事交给两制议论,吕惠卿认为曾布是在阻挠新法的施行。与此同时,监门小吏郑侠上《流民图》及《论新法进流民图疏》④,请求罢除新法。因为曾布对市易法的反对,也由于郑侠的上疏,神宗终于有所动摇。于是王安石上《乞退表》四道,

---

① (宋)王安石:《乞解机务札子》其二,《王安石文集》卷四四,第726页。
② (宋)李焘:《续资治通鉴长编》卷二三〇,中华书局2004年版,第5684页。
③ (宋)王安石:《乞解机务札子》其五,《王安石文集》卷四四,第727页。
④ (宋)郑侠:《西塘先生文集》卷一,四川大学古籍研究所编:《宋集珍本丛刊》第24册,线装书局2004年版,第1页。

尽管一再以身疾抱病、获怨谤于一身等理由来请辞相位,但在《乞退表》其三中,他还是委婉地提出"忠或不足以取信,而事事至于自明"①,来表达请辞的真实原因。

熙宁七年四月十九日,王安石罢相,以吏部尚书、观文殿大学士知江宁。随后王安石离京,并于六月十五日到任,上《观文殿学士知江宁府谢上表》。

熙宁八年二月十一日,神宗诏令已经罢相回江宁的王安石依前官平章事、昭文馆大学士。但王安石连上两道奏章,请求辞免,即《辞免除平章事昭文馆大学士表二道》。他说:"畬而不菑,虽或许其继事;灌以既雨,岂不昧于知时? 况惟疲曳之余,过重休明之累。且用人而过矣,固不免于败材;苟改命而当焉,亦何嫌于反汗?"②

变法由王安石开启并长期主持,重新回朝担当重任,就好比农民在已经开垦过的土地上继续耕耘,看上去要比旁人更能胜任。但朝中并非无人,自己退而复进,就好比天降大雨,仍然固执地要去挑水浇地的愚人一样,难免有点没必要。这是他对于自己重新再任宰相的基本看法。尽管如此,但神宗批答不允,并命他不许再上辞免章表。"上之施既光,则下之报宜厚"③。且熙宁七年王安石辞任时,就与神宗有约在先,最重要的是,王安石此时还心系变法大业,经过多方考量,他接受了复相的诏令。

熙宁八年五月丁亥,据《续资治通鉴长编》:"命王安石提举国子监",但王安石固辞,于是神宗乃"寝其命"④。熙宁八年六月,因为修《三经新义》有功,加左仆射。王安石三上札子请辞,其《辞仆射札子》其三曰:"臣近累具札子辞免恩命,伏蒙圣慈特降诏书不允者。……伏望圣慈俯照诚悃,以其终难昧冒,早赐追寝误恩。谨三具札子,陈免以闻。"⑤同时还上了《辞免左仆射表》二道。但神宗不允,于是王安石有《除左仆射谢表》。

综上,王安石为相期间的诸多辞官行为,有模式化的惯例操作,但更多的是以变法为导向,是其与神宗及一众大臣博弈的方式之一,在一进一退中为变法开辟道路。

3　致仕前后的辞官

进入熙宁九年,变法举步维艰,从二月开始,王安石继续请辞机务,《乞

---

① (宋)王安石:《乞退表》其三,卷六十,第 1053 页。

② (宋)王安石:《辞免除平章事昭文馆大学士表二道》卷五七,第 1001 页。

③ (宋)王安石:《除平章事昭文馆大学士谢表》卷五七,第 1002 页。

④ (宋)李焘:《续资治通鉴长编》卷二六四,中华书局 2004 年版,第 6479 页。

⑤ (宋)王安石:《辞仆射札子》其三,卷四四,第 733 页。

出表》其一,以自己"登意眩昏,甫新年而寖剧;更知惫蹇,瘫重任之久堪"为由,提出"伏惟皇帝陛下明爆隐微,惠绥羁拙,问其精疚,收邀上宰之印章;赐以余年,归展先臣之丘垄"。其二以"寒之之日长,而暴之之日短,植之之人寡,而拔之之人多"来形容自己的处境。

熙宁九年六月,王安石的儿子王雱因病去世,老年丧子的王安石愈发想卸下身上的担子,多次请辞宰相之职。终于在此年的十月二十三日罢相。《续资治通鉴长编》卷二百七十八熙宁九年十月丙午:"左仆射、兼门下侍郎、平章事、昭文馆大学士、监修国史王安石罢为镇南军节度使、同平章事、判江宁府。安石之再入也,多谢病求去,子雱死,尤悲伤不堪,力请解机务。"①

王安石上《辞免使相判江宁府表》二道,其一提出"伏望皇帝陛下追还涣号,俯徇愚衷。许守本官,退依先垄",皇帝不允,王安石也没再坚持,于是有其二:"伏望皇帝陛下俯垂念听,特赐矜从,使盛世无虚授之嫌,孤臣有少安之幸。"②

熙宁十年,甫至江宁,王安石即屡屡上表乞罢使相,求宫观,只想卸去一切旧职,授一宫观闲职。期间有《乞宫观表》四道、《乞宫观札子》五道、《已除观使乞免使相札子》四道、《除集禧观使乞免使相表》等,于是在这一年的六月十四日,终于罢判江宁府,以使相领集禧观使。据《宋会要辑稿》职官五四:"熙宁十年六月十四日,镇南军节度使、同平章事、判江宁府王安石为集禧观使,居金陵,从其请也。"③

元祐元年,宋哲宗即位,王安石以观文殿大学士、集禧观使守司空上《辞免司空表》二道,久辞不受,这是他人生中的最后两封辞免文书,属于惯例请辞的一种。

以上对王安石各阶段辞官现象的梳理,基本可囊括宋代士大夫辞官的各种场景。按不同的分类标准,以上辞官可以分为不同的类型。比如按请辞的动机来分,可分为主动请辞和被动请辞。王安石青年时期辞馆职,是主动请辞的典型,而他为相时期的辞官,则以被动请辞居多;若按辞呈最后的结果来分,可分为真辞和虚辞。尽管对于新任命的官职没有轻易接受,而是辞之再三,但最后还是真正奉诏去履职了的,都可归为虚辞,而像请辞馆职,熙宁末年的辞相,都是真正的,坚决要求辞职且最终也并未就任该职位的,即属于真辞。宋代士大夫辞官,以"虚辞"为辅,而以"真辞"为主。绝大部

---

① （宋）李焘:《续资治通鉴长编》卷二七八,中华书局 2004 年版,第 6803 页。

② （宋）王安石:《辞免使相判江宁府表二道》,《王安石文集》卷五七,第 1006 页。

③ （清）徐松辑:《宋会要辑稿》(全八册)职官五四,中华书局 1957 年版,第 3580 页。

分情况下,他们的辞官绝不是假意谦虚,而是真正诚恳地请求辞官。

第二节　宋代士大夫辞官的原因分析

1　王安石辞官原因

根据上文中陈述的王安石辞官的各个阶段的表现及各种类型,可知王安石辞官的原因,大抵可以分为以下几种:

①身疾

以疾病请辞,渊源有自。从孔孟开始,就已有所运用。《论语·阳货》中记载:"孺悲欲见孔子,孔子辞以疾。将命者出户,取瑟而歌,使之闻之。"①《孟子·公孙丑章句下》中记载:"孟子将朝王,王使人曰:'寡人如就见者也,有寒疾,不可以风。朝,将视朝,不识可使寡人得见乎?'对曰:'不幸而有疾,不能造朝。'"②

王安石身体素质一般,自35岁之后,其作品中开始有疾病的记录。据统计,王安石所患疾病包括偏头痛、背疮、头晕、眼病、喘疾、风疾等③,且随着年岁的增长,频率增加,病情反复。因此,他屡屡以身疾为由请辞。比如在嘉祐五年辞同修起居注,在请辞状中言明自己"疾病相仍"(《再辞同修起居注状》其一);治平二年辞赴阙,曰"而臣抱病日久"(《辞赴阙状》其二);在熙宁年间所上的《乞退表》其三中说自己"况于抱病,浸以瘝官"等等。毕竟,没有一个强健的体魄,确实很难应对复杂朝政的重压。

②养亲

祖父母、父母的年事已高,为人子、为人孙的官员需要谨守孝道,奉养亲人,这是自古以来的传统。唐末五代以来,社会道德沦丧、伦理崩坏,宋代统治者面对这种局面,希冀通过整合传统文化来恢复社会秩序。在这种重建中,家庭伦理秩序是极关键的一环。因此,宋代在制度层面为家庭养老的推行提供了多种保障。宋代官员在履行养亲义务的过程中,拥有较多的选择。他们可迎侍祖父母、父母,也可申请闲职来解决养亲问题,同时还可致仕、辞官养亲。于是在前两种方案无法解决问题时,官员会因为需要养亲而辞官。

在宋代,因养亲而辞官最典型的例子是名臣包拯。包拯是安徽庐州人,作为家中独子,他在天圣五年金榜题名后,上疏朝廷,以"父母皆老",

---

①　杨伯峻译注:《论语译注·阳货》,中华书局1980年版,第188页。
②　杨伯峻译注:《孟子译注·公孙丑章句下》,中华书局1960年版,第88页。
③　刘思岑:《王安石养生思想研究》,华中科技大学2019年硕士学位论文。

婉辞"出知建昌县(今江西永修)"。后继"得监合州税",但其"父母又不欲行",包拯便"解官侍养"。直至父母过世后,他才"赴调,知天长县(今安徽天长)"。①

而且辞职养亲在宋代还有明确的法律保障,比如宋真宗时期就规定,"父母八十者许解官侍养"②,这成为宋代官员管理的法令。王安石入仕后,即多次以养亲为由辞官。如皇祐三年王安石第一次辞馆职时所上的《乞免就试状》中就说:"伏念臣祖母年老,先臣未葬,弟妹当嫁,家贫口众,难住京师",请求依然留在地方为官侍奉家人。在至和二年的《辞集贤校理状》其一中,他以"门衰祚薄,祖母、二兄、一嫂,相继丧亡,奉养婚嫁葬送之窘,比于向时为甚"为由,"乞除一在外差遣,不愿就试"。

以身疾和养亲为由辞官,虽然是客观事实,但更多情况下是臣子辞职的托词。正如朱熹所言,"辞免恩命,各有定制"③,意即以这两种理由辞免皇命,都有一套程式化的说辞。这样容易为君臣双方所接受,可以让臣子合法体面地退出政治舞台,双方心照不宣,从而保证了辞职双方的尊严。

③职位不符合期待

这是在以身疾和养亲为由的程式化请辞之外的更深层的一种请辞心理。比如王安石青年时期屡辞馆职,即属于这种情况。王安石的自我人生定位,在十七岁时就已清晰且稳定,即"欲与稷契遐相希"④。在步入仕途后,尤其是在担任基层县令三年之后,他的救世之志愈加强烈。尽管此时按照循例,他完全可以申请试馆职,从此踏上通往高级官吏的必由之路。毕竟,"名臣贤相出于馆阁者十常八九"⑤。但王安石始终认为去京城做一名舞文弄墨的馆阁学士远没有他在地方从政来得脚踏实地和有意义,于是他屡屡恳切地拒绝入京机会。这种就属于因为所授职位不符合期待才有的辞官行为。

④政治策略

为相之后的王安石陆续上有辞免文书,这都和变法的展开有关。尤其是自熙宁五年之后,变法派与反对派的斗争日益尖锐,双方的主要成员纷纷以致仕或请辞来表达不满,王安石也被裹挟其中,举步维艰。再加上本来十

①　(元)脱脱等:《宋史·包拯传》卷三一六,第10315页。
②　(宋)李焘:《续资治通鉴长编》卷九六,中华书局2004年版,第2218页。
③　《朱文公文集》卷二二《辞免改官宫观状三》,朱杰人、严佐之、刘永祥主编:《朱子全书》第21册,上海古籍出版社、安徽教育出版社2002年版,第977页。
④　(宋)王安石:《忆昨诗示诸外弟》,《王安石文集》卷十三,第206页。
⑤　(宋)欧阳修:《又论馆阁取士札子》,《欧阳修全集》,中华书局2001年版,第1728页。

分信任王安石的宋神宗内心也正在动摇,王安石开始屡屡请辞宰相一职,这不失为一种政治策略。前文已详析,此处不赘述。

2 宋代士大夫辞官的其他原因

王安石辞官的缘由,除了循惯例的辞让,不外乎以上几种。而宋代官员辞官蔚然成风,还有种种其他缘由,试列述如下:

①提拔太快或待遇过于优越,于是辞让

如果被授"超阶""超迁""超进",或者待遇过于优厚,官员通常也会辞让。这在宋朝也比较普遍。比如欧阳修,自亳州除兵部尚书知青州,上《辞免青州第一札子》等四道,提出自己"恩典超优,迁转颇数。臣近自去春由吏部侍郎转左丞,未逾两月,又超转三资,除刑部尚书,今才逾岁,又超转两资。尚书六曹,一岁之间,超转其五"①。欧阳修说自己在尚书六部中,超越资序连续破格升迁了五级,所以才连上请辞札子。

②与上司有嫌隙又不屑俯仰,对仕途失望

在宋以前,已有陶渊明和杜甫等文人因为对官场失望而辞官。宋代也屡见不鲜,比如朱熹,一生历事四朝,入仕四十余年,前后辞官达五十余次。原因当然很复杂,学界对此也多有讨论,多认为与其对政治的失望有关。比如朱汉民、肖永明认为"朱熹对于朝政颇为失望,甚至有恻然寒心之感,因而不愿入朝任职,继续幽居山林,讲学著述","他感到,横亘在自己面前的,是一张错综复杂的巨网,他的所作所为,都受到这张巨网的束缚与牵制。而这张巨网是如此强大,作为一介儒生,自己束手无策"。② 陈国平也认为朱子辞职缘由之一在于执政者打击迫害③,朱熹不屑与之俯仰,所以才屡屡请辞。

③回避制度

我国历代的政治制度中,对于任官原则中的回避法,都有明确的规定,主要包括亲属回避和地区回避两个方面。而宋朝的回避制度在完备程度及执行的严格程度等方面都大大超过以往的朝代④,因此就有很多辞官是出于回避制度的需要。而且越是政治清明的时期,这一制度就被执行得越严格,北宋的仁宗神宗两朝即如此,官员往往都自觉且坚决地申请回避亲嫌。

---

① (宋)欧阳修:《辞免青州第一札子》,《欧阳修全集》,中华书局2001年版,第1398页。

② 朱汉民、肖永明:《旷世大儒朱熹》,河北人民出版社2001年版,第63、71页。

③ 陈国平:《朱熹辞官原因考》,《朱子学刊》1996年第一辑,第200—211页。

④ 苗书梅:《宋代官吏回避法述论》,《河南大学学报》(社会科学版)1991年第1期。

比如王安石刚任参知政事，其亲家吴充便以亲嫌辞去谏官之职。① 当然，也有以回避为托词来请辞的官员。比如元祐六年，苏轼在杭州的任期已满，朝廷以翰林学士承旨召还，苏轼奉召当天即写了一道辞免状，请求继续外任。他说："兼窃睹邸报，臣弟辙已除尚书右丞。兄居禁林，弟为执政，在公朝既合回避，于私门实惧满盈。计此误恩，必难安处。伏望圣慈除臣一郡，以息多言。"②因为弟弟苏辙此时位居尚书右丞，兄弟同居高位，必然会引起非议，于是苏轼主动请辞。只不过基于现实的考虑，臣子辞官的理由也仅仅只是上呈朝廷的借口，和辞官的真正想法还是有一定出入的。如此时他以回避为由请辞更多是出于避祸的考虑。毕竟经历了"乌台诗案"之后再度被诏令回朝的苏轼，对于朝廷中的争斗仍心有余悸，实在不愿回京。

　　④淡薄名利

　　所谓"知足不辱，知止不殆，可以长久"③，功成身退，符合"天之道"也。④ 这是文人骚客长期所推崇的价值观，历史上从不缺一旦功成名就，则急流勇退、致仕归隐的例子，比如辅佐越王勾践灭吴复国后扁舟江湖的范蠡，比如《汉书·疏广》传记载的疏广叔侄功成名就后辞职回乡的事迹。陶渊明的《咏二疏》正是对这种思想的表达和推崇。宋代也不乏这种因为淡薄名利而选择及时功成身退的官员。欧阳修《渔家傲·与赵康靖公》中说"定册功成身退勇，辞荣宠，归来白首笙歌拥"⑤，即是对宋代名臣赵槩功成身退挂冠后从容自适生活的描述，为此类辞官的典型之例。

第三节　宋代辞官风气盛行背后的政治文化特色

　　中国古代社会官吏制度发展过程中，从先秦开始即已出现了介子推这类淡泊名利、鄙弃功名的先贤，其行为可认为是官员"辞官"的萌芽状态，其气节也因此成为古代士人一直推崇的高尚品质。随后在两汉魏晋南北朝，出现了疏广疏受叔侄二人急流勇退的辞官行为，晋陶渊明辞彭泽令的辞官举动等等，都是备受后世文人骚客赞誉及效仿的标志性事件。包括唐代也

① （宋）吴充：《乞免进呈及签书相州狱以避嫌奏》，见曾枣庄、刘琳主编：《全宋文》卷一六九七（第78册），上海辞书出版社、安徽教育出版社2006年版，第71页。
② （宋）苏轼：《辞免翰林承旨第一状》，（宋）苏轼著，（明）茅维编，孔凡礼点校：《苏轼文集》卷二三，中华书局1986年版，第679页。
③ 陈鼓应：《老子注译及评介》第四十四章，中华书局2007年版，第239页。
④ （汉）班固撰，（唐）颜师古注：《汉书·隽疏于薛平彭传》卷七十一，中华书局1999年版，第2279页。
⑤ （宋）欧阳修：《渔家傲·与赵康靖公》，《欧阳修全集》，中华书局2001年版，第2013页。

陆续有魏徵、郭子仪等人因为辞官而受到朝廷褒奖。说明辞官现象渊源有自，同时又历代传承，从各个层面构筑起这道特殊的文化风景线。到了宋代，士大夫得官辄让，已经蔚然成风。与其他朝代相比，宋代士大夫辞官的频繁性和主动性都格外突出，颠覆了传统"官本位"的思想，这与宋代特殊的社会政治特色分不开。

1　皇帝宽容，士大夫地位优越

前文已述，历朝历代都有辞官行为的发生。但一位官员一生数次辞官，或对某个官职屡屡请辞，此类现象却在宋代才常有。比如前者，王安石一生各阶段屡次辞官已是明证，且并不是个例，欧阳修、韩琦、司马光、吕公著、苏颂等大臣的辞免文书都相当多。而后者，宋代士大夫为辞同一官而上呈奏折的数量往往都能带给今人很大的视觉冲击。比如文彦博有《辞免男恩命札子》十二道；赵抃为辞侍御史一职，上辞呈十二份①；司马光五辞同修起居注，九辞知制诰等。甚至这些都还只处于中等水平，范缜在辞去谏官职务时，"章十九上，待命百余日，鬓发为白，朝廷不能夺"②，为辞官颇费心血。

以上种种现象的发生，都与宋朝皇帝对辞官行为的宽容直接相关，否则君主们不可能容忍臣子如此高频次地为请辞一个官职而反复上书。毕竟唐代甚至还有高宗李治专门颁布的《禁让官诏》："凡百具僚，群公卿尹，除命甫及，多存饰让。言励己以辞荣，未举能以自代。既取当年之诮，还愆曩烈之风。自兹厥后，须革前事。必欲税驾濠濮，褫绂岩廊，宜各举所知自代。仍宜显述才行，送付中书省，将随才叙用。"以此来表达对这种风气的不认同。而宋朝自立国起，便确立了"重文轻武"的基本国策，重用文臣，尊重和优待知识分子。北宋的帝王比如太宗、真宗、仁宗等，都有优容文士、礼贤儒者的雅誉，其中仁宗尤以仁恕宽厚著称。《燕翼诒谋录》卷五载："康定元年六月壬子，诏臣僚之官罢任，所过山险去处，差军士防送，无过送迎人之半。此闵其道路羁旅，恐不得其所也。仁宗施恩臣下者如此，可谓仁矣。……仁宗可谓能弘家法矣。"③此所谓"家法"，即宋朝开国以来即确立的优礼文臣之传统。

---

① （宋）范祖禹：《同知枢密院赵公神道碑铭》，"公杜门请罪……乞去职"，最终是以"章又十一上，遂出通判汾州"，见曾枣庄、刘琳主编：《全宋文》卷二一五二（第99册），上海辞书出版社、安徽教育出版社2006年版，第4—5页。

② （宋）苏轼：《范景仁墓志铭》，（宋）苏轼著，（明）茅维编，孔凡礼点校：《苏轼文集》卷一四，中华书局1986年版，第438页。

③ （宋）王栐撰，诚刚点校：《燕翼诒谋录》，中华书局1981年版，第46—47页。

正因为如此,宋朝皇帝与士大夫之间的关系比较融洽,士大夫地位优越,在一定程度上确实实现了皇帝与士大夫共治天下的局面。士大夫乐此不疲地辞官,而皇帝也不厌其烦地敦劝士人就职。士大夫通过辞官,可以博取"恬退"的好名声,而君主通过频繁地劝进,可以获得礼贤下士的美誉,又有一种皇恩浩荡的优越感。皇帝的宽容,对于臣子而言,就是一种无形的激励。

2 社会自由度高

宋代社会的自由程度较高,这是辞官文化盛行的一个内在保障。要评判一个朝代的社会自由度,通常会从言论自由、出版自由、信仰自由、迁徙自由、结社和集会自由等几个层面来衡量。根据程民生的研究,"宋代百姓和官员可以较为自由地议论朝政、批评官员以及皇帝,朝廷也鼓励各级官员直言极谏,演艺界更是胆大妄为,通常以讽刺官员为题材。在思想界则涌动着一股言论激进思潮。出版自由主要体现在,作为宋代一个新兴的行业,民间出版非常活跃,还出版发行以'小报'为代表的商业报纸,实际上的新闻自由度相当大。除了'左道妖教'之外,政府尊重人们的宗教信仰自由。正当、正常的结社、集会自由有基本的保障。宋人也充分享受着迁徙自由。事实表明,在中国专制社会,宋政府制度开明,政策宽松,人们在很大程度上享受着各项正当的基本人权,社会自由度较大"[1]。这其中,尤其重要的是言论自由。因为言论自由度的大小,取决于朝廷的干预程度。宋代自开国以来即有一条基本国策,即不以言论治罪。"太祖有约,藏之太庙,誓不杀大臣、言官,违者不祥。此诚前代不可跂及。虽卢多逊、丁谓罪大如此,仅止流窜,亦复北归。"[2]这项约定的意义在于为宋代士大夫的言论提供了宽松的环境和相对安全的保障,也基本为历朝皇帝所遵守。在专制独裁的中国古代社会历史中,这份自由度实属难能可贵。正是在这样的氛围内,宋代士大夫对于朝廷所授官职,能够清醒对待,敢于表达自己的真实想法,能够为名节而谦逊辞官,也能为坚持内心理想而坚决辞官,而不担心获罪。

3 辞官文化的盛行,是深入人心的理学在起作用

中国古代社会的"官本位"思想是根深蒂固的,积极入仕从而加官晋爵,是传统儒家士子的普遍追求。尤其是唐末五代以来,世风败坏,官场混

---

① 程民生:《宋代社会自由度评估》,《史学月刊》2009年第12期。
② (宋)王明清:《挥麈录·后录》卷一,中华书局1961年版,第69页。

乱,官员们汲汲于仕途的升迁,而少有恬退之风。进入宋朝后,怀揣"先天下之忧而忧"政治理想的宋代士大夫们,却能谨慎对待进与退,做到留则忧国忧民,为民请命,去则果断坚决,不带贪恋。这种辞官文化的盛行,是宋代深入人心的理学在起作用。

对于如何处世为人,宋代理学家全面继承了先秦儒家传统,对人的立身法则提出了严格要求,概言之就是"存天理,灭人欲"。朱熹即是最热衷宣扬这一思想的理学家。他明言:"圣贤千言万语,只是教人明天理,灭人欲"①。在他看来,"天理"和"人欲"是区别人与非人、文明人与野蛮人的重要标准。"天理"和"人欲"始终进行着斗争,此消彼长。两者不但体现在大是大非的问题上,也表现于日常生活中。总言之,是要用封建社会的伦理道德和法律制度来严格规范自己的外在言行和内在修养,如此才可以最终达到天下太平的目的。无论是北宋的周敦颐、张载、二程,还是南宋的朱熹、陆九渊,宋儒们或言致知,或言诚善,或言心性,分别从不同角度去证明:宇宙之间没有任何东西不是由"理"统摄、化生的。从这个意义上讲,宋代可以说是理学的时代。因此,面对加官晋爵、高官厚禄的这种"欲",宋代士大夫能够比较清醒地对待,从而保持传统士大夫人格在理学体系中的完善。

4 实质:宋代的辞官,与党争关系密切,成为一种工具

宋代的内忧外患,使得忧国伤时的宋代士大夫们纷纷承担起社会责任。为了改变积贫积弱的现状,宋仁宗时有范仲淹的庆历新政,神宗时有王安石的熙宁变法,要旨都是围绕富国强兵。其中尤其是王安石变法牵动了整个北宋政坛,不同政见的人对国家的方针政策有着截然不同的态度,由此产生了激烈的党争。

身处党争的旋涡中,臣子们在通过发表公论,上书谏言,给对方写信等途径表达观点之外,更以"辞官"的方式来表达不满,甚至以此作为打压异己同时也是回避仕途风险的工具。得势者迫使失势者出任闲职或辞官,失势者被迫离开中央或者干脆自请辞官,都是在党争中经常发生的现象。比如北宋大臣富弼,本对青年王安石的胸怀抱负颇为欣赏,可自熙宁变法开始之后,由于与王安石意见相左,富弼上《论王安石并求退疏》,明言:

"如安石者,学强辩胜,年壮气豪。论议方鄙于古人,措置肯谐于僚党?至使山林末学,草泽后生,放自得之良心,乐人传之异说。蘋蘋者子,诜诜其书,足以千名,足以取贵。拖绅朝序者,非安石之党则指为俗吏;圆冠校学

---

① (宋)黎靖德编,王星贤点校:《朱子语类》卷一三,中华书局1986年版,第224页。

者，异安石之学则笑为迂儒。叹古人之不生。恨斯文之将丧。臣切观安石平居之间。则口笔丘、旦；有为之际，则身心管、商。至乃忽故事于祖宗，肆巧讥于中外，喜怒惟我，进退其人。待圣主为可欺，视同僚为不物。"①

富弼很不满王安石这种顺者抬逆者讽的做法，对其重商轻儒的态度也颇有微词，因此尽管他在熙宁二年才刚刚复居相位，但此时仅仅才过了几个月，就不惜辞相"俾归田里"②以表明自己的立场。双方博弈拉锯了很久，后来在青苗法的推行问题上，以使相判亳州的富弼，密令自己管辖范围内的诸县不得支散青苗钱，公开反对执行青苗法。面对弹劾，他愿意独揽罪责，于是再次被迫自请致仕，"弼度不能争，多称疾求退，章数十上"③。后来得神宗同意，以元老大臣的身份以礼致仕，算是得以善终。变法期间，富弼和王安石为了达到各自的目的，双方皆屡屡向神宗自请辞相，辞官行为确实不失为一种有效的政治博弈手段。

小　　结

从王安石一生的辞免经历，可大致还原宋代士大夫留下的大量辞免文书所产生的种种场景。而通过对其成因及背后所体现的宋代政治文化背景的考察，宋代辞官现象蔚然成风或可得到解释。恬退不仅受士大夫的推崇，同时也在帝王的奖掖范围之内，这正是宋代政治的开明之处。士大夫们能够正视自己身上的社会责任，能扛住宋朝优厚的俸禄这种诱惑，这是道德高尚的表现，体现的是宋人崇尚清誉的心态。毕竟，就义理而言，入仕是为了行其志，而非为了享受禄赐。同样的，面对高官，能按下欲望，表达自己的辞让之意，也是关乎名节操守的大事。在一个激励气节，重视道德的朝代，这是顺理成章会成为风气的。

---

①　（宋）富弼：《论王安石并求退疏》，四川大学古籍整理所编，曾枣庄、刘琳主编：《全宋文》卷六〇六（第 14 册），上海辞书出版社、安徽教育出版社 2006 年版，第 722 页。

②　（宋）富弼：《论王安石并求退疏》，四川大学古籍整理所编，曾枣庄、刘琳主编：《全宋文》卷六〇六（第 14 册），上海辞书出版社、安徽教育出版社 2006 年版，第 722 页。

③　（元）脱脱等：《宋史·富弼传》卷三一三，中华书局 1977 年版，第 10256 页。

第十一章　南宋诸家对王安石文的评价

王安石是一位有着多方面成就的历史人物,清人陆心源认为:"三代而下,有经济之学,有经术之学,有文章之学,得其一皆可以为儒……自汉至宋,千有余年,能合经济、经术、文章而一之者,代不数人,荆国王文公其一焉"[1],此言并不为过,可王安石在身后却一直遭受着历史的不公正待遇。自南宋到晚清,王安石一直被视为误国之奸邪小人,清人蔡上翔就说"荆公受谤七百有余年"[2]。尽管其中也不乏为其辩诬之人,而且越晚近,有越来越多的学者致力于还原王安石及其变法的本来面目。可回到离王安石最近,同时也是对他偏见最甚的南宋,整个社会对王安石的评价是以否定为基调的(尽管有陆九渊为其平反,作有《王荆公祠堂记》,但力量太薄弱)。作为主导社会改革的政治家,王安石在南宋被视为奸臣;作为开创新学的思想家,王安石被南宋理学家视为异端;那么作为文学家的王安石,是否被南宋人一并"抹黑"了呢? 本章不欲对王安石变法的功过是非予以评判,仅从文学角度,以王文为例,通过爬梳南宋各种文话著作及古文选本中有关王安石的材料,考论南宋人对王安石文章的评价,以期了解南宋人在文学上对王安石的接受情况。

第一节　南宋程朱理学家对王安石文的评价

在北宋后期的六十多年间,以王安石为首的"荆公新学"可以被视为社会的主流意识形态。但是南渡之后,随着程朱理学的兴盛,随着对王安石的攻击愈演愈烈,荆公新学遂被理学话语体系边缘化,逐渐消失于历史舞台。程朱理学家通过批判荆公新学来否定王安石的变法,从而在学术上争夺儒家道统中的正统地位,最终是为了政治上获得意识形态领域的主导地位。可以说,程朱理学家对王安石的批判,目的明确,不遗余力,且前赴后继,是最强大的力量,所以首先来看他们对王安石文的评价。

---

① (清)蔡上翔:《王荆公年谱考略》,《王安石年谱三种》,中华书局1994年版,第644—645页。
② 《王荆公年谱考略》,第630页。

1　朱熹：以否定为主，但并非全盘否定

朱熹成长于旧党得势之时，作为洛学后继，他抨击"新学"的领袖王安石，正是情理中事。而且，由于《宋史·王安石传》正是基于朱熹对王安石的评价而作，所以人们会惯性地认为朱熹对王安石持全盘否定的态度。事实上，朱熹对王安石的评判，含有二重性①。而考察朱熹对于王安石文的态度，仍是如此，以否定为主，但并非全盘否定。

整体上看，朱熹觉得荆公文比不上欧、曾、苏及二程之文："文字到欧、曾、苏，道理到二程，方是畅。荆公文暗。"②不管是从文字角度还是道理角度，王安石之文都不通达，不畅快，显得晦暗。

再来看朱熹与门人辅汉卿广的对话："广问：'荆公之文如何？'曰：'他却似南丰文，但比南丰文亦巧。'"③宋代诸多古文家中，朱熹独服膺曾巩，对其古文深表赞赏："曾南丰文字又更峻洁，虽议论有浅近处，然却平正好"④；"熹未冠而读南丰先生之文，爱其词严而理正。居常诵习，以为人之为言，必当如此，乃为非苟作者"⑤。他认为荆公文与曾巩文相似，已经是很认可王安石之文，但他的重点却是在强调王安石文之弊：伤于巧。朱熹论文一向以平易明白为尚，"欧公文章及三苏文好，说只是平易说道理，初不曾使差异底字换却那寻常底字"⑥。平易说道理，用寻常底字，其对立面便是艰涩细巧。朱熹同时也批判过黄庭坚之求巧："江西欧阳永叔、王介甫、曾子固文章如此好。至黄鲁直一向求巧，反累正气"⑦，在比较中，王安石的文章又变得"如此好"，而与欧、曾并列。基本上，在朱熹对王文的评论里，都是这个模式，有肯定有赞美，但很少是纯粹褒扬的，往往是称道之声未落，批评之语即来。

2　黄震：批判论治讲理之文的内容，
欣赏题咏记碣之文的艺术之美

尊尚程朱理学的南宋末学者黄震，在其《黄氏日抄·读文集》中，有整

---

① 李华瑞：《王安石变法研究史》（人民出版社 2004 年版）第二章"朱熹论王安石"从变法角度详细分析了朱熹论王安石的二重性，有赞美，但以否定为主："王安石虽然有'好处'和'所长'，但相对于他的'不好处'和'所短'而言则是'不紧要'的。"

② （宋）黎靖德编，王星贤点校：《朱子语类·论文》卷一三九，中华书局 1986 年版，第 3309 页。

③ 《朱子语类·论文》卷一三九，第 3309 页。

④ 《朱子语类·论文》卷一三九，第 3309 页。

⑤ （宋）朱熹：《跋曾南丰帖》，《晦庵题跋》，中华书局 1985 年版，第 34 页。

⑥ 《朱子语类·论文》卷一三九，第 3309 页。

⑦ 《朱子语类·论文》卷一三九，第 3315 页。

一卷是对王安石诗文的读书札记。采取分体而论的方式,单就文而言,对王安石之书疏、内制、表、议论、书、启、记、序、祭文、行状、墓志铭等文体一一选文进行点评。整体上,黄震延续的是朱子对王安石的否定态度。但细析之,黄震承认王安石"才高千古"①,也肯定其文章的艺术水平,批判的重点放在文章的内容上,甚至进而上升到人身攻击。当然偶尔也有认同其观点的时候,只是相比批判时的不遗余力,其肯定也显得极其勉强委婉。

如书疏中,黄震评《上仁宗皇帝言事书》:"盖公之昏愎妄作尽见此书"②,《答司马公书》"执迷之说也"③;议论文中,认为《卦名解》"颇有牵强处"④,《命解》"不过嫉世之言"⑤,《三圣人》为"公之舛谈也"⑥,《看详杂议》"尤谬论也"⑦。这样的批驳贯穿整卷评论,有时还采取质问的方式,极尽讽刺之能事,进而归咎于王安石之性格:"此公强狠自任,不恤人言之心所发也"⑧;"公之好异论、疾正人而不顾经训也"⑨。即使偶尔认同王安石之观点,如认为《性情论》中谈的"情本非恶"这一点为"正"论,但前一句却是"虽间于理未合"⑩,认同得很勉强。

相较于议论书信文体,黄震更认可王安石的记体文、祭文、行状、墓志铭等文体的艺术水平。如认为其《桂州新城记》"理正文婉"⑪;《芝阁记》"意味无穷,犹为诸记中第一"⑫;《九曜阁记》《扬州新园亭记》《抚州三清殿记》"皆随事立文法,精确老苍"⑬;《祭束向》"文皆精妙"⑭;《曹玮行状》"可为后世法"⑮;《孔道辅铭志》"得体"⑯;等等。当然,即使在肯定这些文体的各种"可观"⑰之处中,也带着对其文章内容的否定。如评《扬州龙兴讲院

---

① (宋)黄震:《黄氏日抄·读文集》卷六四,张伟、何忠礼主编:《黄震全集》,浙江大学出版社2013年版,第1956页。
② 《黄氏日抄·读文集六》卷六四,第1946页。
③ 《黄氏日抄·读文集六》卷六四,第1953页。
④ 《黄氏日抄·读文集六》卷六四,第1949页。
⑤ 《黄氏日抄·读文集六》卷六四,第1950页。
⑥ 《黄氏日抄·读文集六》卷六四,第1949页。
⑦ 《黄氏日抄·读文集六》卷六四,第1948页。
⑧ 《黄氏日抄·读文集六》卷六四,第1949页。
⑨ 《黄氏日抄·读文集六》卷六四,第1949页。
⑩ 《黄氏日抄·读文集六》卷六四,第1951页。
⑪ 《黄氏日抄·读文集六》卷六四,第1955页。
⑫ 《黄氏日抄·读文集六》卷六四,第1955页。
⑬ 《黄氏日抄·读文集六》卷六四,第1956页。
⑭ 《黄氏日抄·读文集六》卷六四,第1957页。
⑮ 《黄氏日抄·读文集六》卷六四,第1957页。
⑯ 《黄氏日抄·读文集六》卷六四,第1957页。
⑰ 《黄氏日抄·读文集六》卷六四,第1955页。

记》,认为"此文法之妙,世所共称道者也",紧接着却是质问:"浮屠之寺庙被四海,此何足以称其贤而反借之以贬吾儒哉?",认为这是"邪说诬民"①。

值得一提的是黄震对于王安石之启、内制、外制的态度。黄氏认为王安石之启文"皆平易如散文",随后感慨道:"自宏词之科既设,启表遂为程文,各以格名,无复气象"②,又认为王安石之内制《敕牓交趾》一篇"简淡有古意"③,这些都是黄震针对当时南宋科场开设宏词科而造成的弊端而发,朝廷训诰之文同场屋之文一样,习声病,不复古意。也可看出,黄氏与朱子论文标准一致:以平易为尚。

在《读文集》王安石卷最末的案语中,黄震引用蜀人黄制参评《荆公集》之语:"人虽误国,文则传世",认为"此确论也",并进一步细化道:"然公论治讲理之文,与题咏记碣之文,如出两手,又不当例观也。"④从以上分析可知,在黄氏的评价体系里,确实如此,批判王安石论治讲理之文的观点,却欣赏其题咏记碣之文的艺术之美。

应该指出,理学家对王安石文的批评,着眼于王文内容的不够纯正,单从文章形式而言,如黄震对王文的把握,还是深得文章之理的。上文拈出的"精确苍老""简淡有古意"等正是王安石文的主要优点。

第二节　南宋浙东事功学派对王安石文的评价
——以叶适为代表

南宋浙东学派是宋学中几与南宋当时的显学——程朱理学、陆氏心学相抗衡的一个新学派,其中最重要的一支是以叶适为代表的永康事功学派,其学术观念大体表现为谋实效、重实用、求实功的特点。从事功的角度而言,他们与王安石很相似,可永康学派对王安石变法却持基本的否定态度,其中缘由值得探究⑤。叶适同时又是永康学派中最具代表性的古文作家,那么,他对王安石文章的评价如何呢?下文将详析。

叶适作有《习学记言》共50卷,乃其晚年读书札记,其中卷47—50,是

---

① 《黄氏日抄·读文集六》卷六四,第1955页。
② 《黄氏日抄·读文集六》卷六四,第1955页。
③ 《黄氏日抄·读文集六》卷六四,第1948页。
④ 《黄氏日抄·读文集六》卷六四,第1958页。
⑤ 李华瑞《王安石变法研究史》(人民出版社2004年版)第三章详细解释了为何同样力图改革的浙东学派会否定王安石变法的原因,结论是:叶适所持阶级立场、社会历史观乃至哲学思想都与熙丰时期的反变法派有相似之处,因而不难理解他对王安石变法的否定,见第49—64页。

对吕祖谦《宋文鉴》所收诗文从政治、学术、伦理角度进行的评论。首先评点了周必大之序，非常不认同其序言中的观点。周氏序言称："盖建隆、雍熙之间，其文伟；咸平、景德之际，其文博；天圣、明道之辞古；熙宁、元祐之辞达"①。而叶适以为：

> 文字之兴，萌芽于柳开、穆修，而欧阳修最有力，曾巩、王安石、苏洵父子继之，始大振；故苏氏谓"虽天圣、景祐，斯文终有愧于古。"此论世所共知，不可改，安得均年析号各擅其美乎？及王氏用事，以周、孔自比，掩绝前作，程氏兄弟发明道学，从者十八九，文字遂复沦坏；则所谓"熙宁、元祐其辞达"亦岂的论哉！②

其重点在于否定周氏对于宋代古文分期特色的判断，认为不能以"均年析号"的方式来总结各期之美，甚至下结论道：吕氏此书"以序而晦，而不以序而显"③。但其中折射出叶适对于王安石文学的基本态度：在北宋古文振兴的道路上，王安石有一定贡献，但有王安石废赋而用经于前，二程发明道学继后，"文字遂复沦坏"，将这样大的罪名安在王安石和二程身上，表明其对文学造成的恶劣影响。这固然有学派相争的色彩，但也因此奠定了叶适评判王安石文章的基调。

在从根本上否定王安石文学影响的基础上，叶适在对"诰"类文体的评述中，再次彻底否定王氏的作文之法："王安石思出修上，未尝直指正言，但取经史见语错重组缀，有如自然，谓之典雅，而欲以此求合于三代之文，何其谬也！"④在叶适的文道观里，最高标准是尧、舜、禹三代："三代时，人主至公侯卿大夫皆得为之，其文则必知道德之实而后著见于行事，乃出治之本，经国之要也"⑤，三代礼文即"王道"的体现，是文道统一的典范。因而他认为王安石未能从道统上追步三代，却仅仅将经史典籍中常见语汇重新组合而成诰文，就号称典雅，试图合于三代之文，"何其谬也"。

再看针对文章内容的批判。叶适在评价"赋"类文章时指出："自王安石、王回，始有幽远遗俗之思，异于他文人；而回不志于利，能充其言，殆非安

---

① （宋）周必大：《皇朝文鉴序》，（宋）吕祖谦编：《宋文鉴》上册，中华书局1992年版，第1页。
② （宋）叶适：《习学记言序目》卷四七，中华书局1997年版，第696页。
③ 《习学记言序目》卷四七，第696页。
④ 《习学记言序目》卷四七"诰"条，第711页。
⑤ 《习学记言序目》卷四七"诰"条，第711页。

石所能及。"①尽管也认同王安石之赋有异于其他文人之处:"有幽远遗俗之思",但在更重要的价值取向上,其赋有不及王回的地方:王回不志于利。评价"说书经义"时:"苏轼说《春秋》,庆历、嘉祐时文也;黄庭坚《书义》,熙丰时文也;王安石谈经,未至悖理,然人情不顺者,尽罢诗赋故也"②。同样的,首先肯定王安石之谈经有可取之处:"未至悖理",却因为罢诗赋之故,"人情不顺"。再如"表"类:"安石《谢宰相表》最工,为近世第一,而吕氏不录,盖大言之尤者不可为后世法故也。"③吕氏未将此文选入《文鉴》中,叶适解释是因为其内容的骄夸大言,即使此文最工,也不能被当作后世的典范。这也符合叶适的文学思想:"为文不能关教事,虽工无益也。"(《赠薛子长》)④

总之,叶适主张"文"回向三代,必有关于教化,合于"治道"的文学观,从文学思想史来说,实与王安石经世致用的文学观遥相承接。王安石曰:"治教政令,圣人之所谓文也。书之策,引而被之天下之民一也。圣人之于道也,盖心得之,作而为治教政令也"⑤;"且所谓文者,务为有补于世而已矣"⑥。这种着眼于政教的文学工具论,与叶适的文学观不无二致。再回过头来看上文叶适对王安石的批判,就显得饶有趣味,可以认为,叶适是从维护浙东学派道统思想的立场出发,对荆公新学指导下的文学成就予以坚决否定,这就带有浓厚的门户色彩,应客观看待其评价。

第三节　南宋四六家对王安石四六文的评价

南宋散文成就不如北宋,但四六文却承继北宋而有发展,王安石四六在南宋的地位很高。南宋王炎将王安石四六作为宋代四六的代表:"至我朝有宋,文有欧苏,古律诗有黄豫章,四六有王金陵,长短句有晏、贺、秦、晁,于是宋之文掩迹乎汉唐之文。"⑦而自从北宋末始置词科,考试章表、戒谕、露布、檄书、制、诰、诏等文体,王安石的四六便被当作诵读范本。王应麟《玉海·辞学指南》四卷,专为南宋举子应试词科而编著,其书指出:

①　《习学记言序目》卷四七"赋"条,第698页。
②　《习学记言序目》卷五十"说书经义"条,第748页。
③　《习学记言序目》卷四七"表"条,第729页。
④　(宋)叶适:《叶适集·水心文集》,中华书局2010年版,第607页。
⑤　(宋)王安石:《与祖择之书》,《王文公文集》卷五,第62页。
⑥　(宋)王安石:《上人书》,《王文公文集》卷三,第44页。
⑦　(宋)王炎:《双溪类稿》卷二十五,文渊阁四库全书影印本。

"四六当看王荆公、岐公、汪彦章、王履道择而诵之,夏英公、元厚之、东坡亦择其近今体者诵之,如孙仲益、翟公巽之类当节。"①

"前辈表章如夏英公、宋景文、王荆公、欧阳公、曾曲阜、二苏、王初寮、汪龙溪、綦北海、孙鸿庆、诸公之文,皆须熟诵,而龙溪、北海所作尤近场屋之体,可以为式。"②

"前辈制词惟王初寮、汪龙溪、周益公最为可法,盖其体格与场屋之文相近故也。其他如王荆公、岐公、元章简、翟忠惠、綦北海之文,亦须编。"③

可见,王安石之制词表章,均为当时词科之范式。

自从欧阳修开创散体四六,经由苏轼发展,以古文为四六的破体为文之法便在宋代发扬光大。王安石作为古文家,其四六写作虽也不可避免地参用古文笔法,但其四六的主体风格,仍然是坚守体制的一脉。南宋人对此认识很清楚:

> 皇朝四六,荆公谨守法度,东坡雄深浩博,出于准绳之外,由是分为两派。近时汪浮溪、周益公诸人类荆公,孙仲益、杨诚斋诸人类东坡。大抵制诰笺表贵乎谨严,启疏杂著不妨宏肆,自各有体,非名世大手笔未易兼之。④

荆公之谨言与东坡之宏肆成为南宋四六发展的两种风格。吴子良《林下偶谈》卷二"四六与古文同一关键"条也指出:"然二苏四六尚议论,有气焰;而荆公则以辞趣典雅为主"⑤。这里的"辞趣典雅",正是固守四六文体制的重要标识。

宋陈鹄《耆旧续闻》卷六对北宋四六文代表人物有一个详细列举:"本朝名公四六,多称王元之、杨文公、范文正公、晏元献、夏文庄、二宋、王岐公、王荆公、元厚之……荆公尤工于四六,并见本集。"⑥这里所列举的代表人物王禹偁、杨亿、范仲淹、晏殊、夏竦、宋庠、宋祁、王珪、王安石、元绛等等,显然是指传统四六作家,而并未将欧苏为代表的散体四六作家列入其中,王安石

① (宋)王应麟:《玉海·辞学指南》卷二〇一(影印本),江苏古籍出版社1987年版,第3677页。
② 《玉海·辞学指南》卷二〇三,第3705页。
③ 《玉海·辞学指南》卷二〇三,第3690页。
④ (宋)杨囷道:《云庄四六余话》,中华书局1985年版,第30页。
⑤ (宋)吴子良:《林下偶谈》卷二,中华书局1985年版,第18页。
⑥ (宋)陈鹄:《西塘集耆旧续闻》卷六,上海古籍出版社1993年版,第46页。

正属于传统一脉中的尤出色者。王铚的《四六话》卷上则指出王安石四六源出夏竦:"王荆公虽高妙,亦出英公(夏竦),但化之以义理而已"①。其传统作法渊源有自,只是在夏竦的基础上更进一步,融入了义理。

谨守法度,是王安石四六在南宋得以继续发展的根本原因,具体表现在用典和对偶上,在南宋各种对王安石四六的评述里,通常都是赞赏这两方面。如用典之言简意丰:谢伋在《四六谈麈》中评价王安石之表文《甘师颜传宣抚问并赐药谢表》:"王荆公在金陵,有中使传宣抚问,并赐银合茶药。令中外各作一表。既具稿,无可于公意者。公遂自作,今见集中,其词云:'信使恩言,有华原隰;宝奁珍剂,增贲丘园。'盖五事见四句中,言约意尽,众以为不及也。"②

用古语为新意:"熙宁中彗星见,是岁交趾李乾德叛,邕州二广为之骚动,朝廷遣郭逵、赵卨讨之。荆公作相,草《出师敕榜》有云:'惟天助顺,已兆布新之祥',为彗星见而出师也。《行年河洛记》王世充《假隋恭帝禅位策文》云:'海飞群水,天出长星,除旧之征克着,布新之祥允集。'荆公用旧意为新语也"③。

除了因袭古语,还有借用今人语者。谢伋《四六谈麈》④中就记载了王安石《贺贵妃进位表》直接运用邓润甫所作的《邢妃制》之例:"熙宁间邓润甫作《邢妃麻》云:'《周南》之咏《卷耳》,无险诐私谒之心;《齐诗》之美《鸡鸣》,有警戒相成之道。'后王荆公退居金陵,屡用之"⑤。

再来看对偶。杨万里《诚斋诗话》虽名曰"诗话",实则不少论文及四六之语,如这条材料:"四六有初语平平,而去其一字,精神百倍,妙语超绝者。介甫《贺韩魏公致仕启》云:'言天下之所未尝,任大臣之所不敢。'其初句尾有'言''任'二字而去之也。"⑥这体现出王安石锻造四六对偶,以一字论工拙的精练功夫。针对同一篇文章,王铚《四六话》卷上云:"文章有彼此相资之事,有彼此相须之对,有彼此相须而曾不及当时事,此所以助发意思也。唐人方有此格,谓之'互换格',然语犹拙,至后人袭用讲论而意益妙。……后至荆公《贺韩魏公致仕启》略云:'国无危疑,人以静一。周勃、霍光之于

①　(宋)王铚:《四六话》卷上,中华书局1985年版,第2页。
②　(宋)谢伋:《四六谈麈》,中华书局1985年版,第1页。
③　(宋)王铚:《四六话》卷上,中华书局1985年版,第7页。
④　(宋)谢伋:《四六谈麈》,中华书局1985年版,第2页。
⑤　(宋)王安石《贺贵妃进位表》:"盖关雎之求淑女,以无险诐私谒之心,鸡鸣之思贤妃,则有警戒相成之道"(《王安石文集》卷五八,第1016页)。
⑥　(宋)杨万里:《诚斋诗话》,丁福保辑:《历代诗话续编》(上),中华书局1983年版,第154页。

汉,能定策而终以致疑;姚崇、宋璟之于唐,善政理而未尝遭变。记在旧史,
号为元功。未有独运庙堂,再安社稷,弼亮三世,敉宁四方,崛然在诸公之
先,焕乎如今日之懿。若夫进退之当于义,出入之适其时,以彼相方,又为特
美。'此又妙也。"①视此文为"互换格"后出转精的范例。

以上所举材料,围绕用典精当及对偶精练两方面,无不呈现出王安石四
六文的典雅之风在南宋的受推崇程度。相比对其古文评价的有褒有贬,谨
守法度的王安石四六文在南宋地位很高。王安石自身论文也坚持"常先体
制,而后文之工拙"②的观点,可见,王安石尊体的做法在南宋得到了响应。

第四节　南宋其他古文家对王安石文的评价

最后再考察几部南宋古文家所编选的古文选本与王安石文的关系。因
为与作家的诗文别集、专集相比,选本对作品的收录,不仅可以反映出编者
的个人喜好,也可折射出其所处时代的文学趋势。因而,考察南宋具有代表
性的几位古文家的古文选集,可看出王安石文在南宋的接受情况。需要补
充的是,这里所涉及的古文家之古文选本,是与理学家、政治家之选本相对
而言的,其编选目的不是为了强调道,也不是为了政治功利,而是更倾向文
学性③。

首先来看南宋前期的吕祖谦,吕氏奉孝宗之命编敕《宋文鉴》④150卷,
选文1400余篇,王安石文入选116篇,比重看似不轻,但入选古文以诏、制、
诰、表、启等文体为主,共70篇。这说明,在吕氏眼里,被认可的仍然是王安
石的四六文体,其古文受到冷落。作为旧党首领吕公著的后代,吕祖谦在思
想学术和政治上都是不赞成王安石的,于是他在《宋文鉴》中大量收录旧党
人士批评新法的文章,编选者通过选取的文章来表达自己的观点和政治见
解,这可以理解,但其中甚至包括吕诲《论王安石》、苏洵《辨奸论》等明显人
身攻击的文章,似乎显得不够客观和妥当了。

---

① (宋)王铚:《四六话》卷上,中华书局1985年版,第3—4页。
② (宋)黄庭坚:《书王元之竹楼记后》,刘琳、李勇先、王蓉贵校点:《黄庭坚全集》,四川大学
　　出版社2001年版,第660页。
③ 这里参考张智华《南宋的诗文选本研究》(北京师范大学出版社2002年版)第四章"南宋
　　文章选本与散文批评"中对于南宋古文家、理学家及政治家的界定,其中理学家的古文选
　　本包括:真德秀《文章正宗》、林駉《古今源流至论》、刘辰孙《新编诸儒批点古今文章正
　　印》、无名氏《十先生奥论》、谭金孙《诸儒奥论策学统宗》、祝穆《新编四六宝苑群公妙语》
　　等;政治家的古文选本包括:洪遵《中兴以来玉堂制草》、赵汝愚《皇朝名臣奏议》、李璧《中
　　兴诸臣奏议》、李文友《圣绍尧章集》、程久万《三老奏议》等。
④ (宋)吕祖谦编:《宋文鉴》,中华书局1992年版。

而他所编选的另一部古文选集《古文关键》,精选韩、柳、欧、曾、苏洵、苏轼、张耒七家之文,"各标举其命意布局之处,示学者以门径"①,为指导科举时文写作而编。他在卷首的"看古文要法"中认为王安石文"纯洁","学王不成,则无气焰",②评价还是比较中肯的,但评了王文却未选王文,虽然此时"唐宋八大家"并未定名,吕氏恰好选择的是八家中之七家,唯独落下王安石,可见吕氏对安石古文的刻意轻视。

吕祖谦的学生楼昉却与其师看法不同。楼昉编选的《崇古文诀》,选录自《史记》《汉书》至宋人古文近两百篇,"篇目较备,繁简得中,尤有裨于学者"③。其中卷20选评王安石文九篇,对于王文的艺术表现手法,几乎篇篇称道。如认为《新田诗并序》"唐多流民,以水利废而多凶年故也,而此诗此序,读之全然不觉,往复宛转,含无限意思,真文字之妙"④;《桂州新城记》"法度森严,词意涵蓄,其褒余公处,亦兼有抑扬,不轻易下一语"⑤;《读孟尝君传》"转折有力,首尾无百余字,严劲紧束而宛转凡四五处,此笔力之绝"⑥;《明州新刻漏铭》"当与坡公《徐州莲华漏铭》兼看。坡公之超卓,荆公之收敛,于此可见"⑦。可看出,楼昉选文颇有文学眼光,更注重艺术形式,对王安石文的谋篇布局、章法结构、下语用字、笔力乃至意蕴都有所称扬,评点也比较公正客观,说明楼昉并未因政治气候而因人废言。当然,也须指出,楼昉所选以记、序、书为主,回避了容易引起争议的政论、史论等文体。

再看南宋末谢枋得所编的《文章轨范》,此书为举业者所设,提供应试的范文和指导。其选评倾向非常明显,即推崇韩愈。全书所选的15位作家69篇文章中,韩愈占了32篇。仅选王安石文一篇《读孟尝君传》,肯定其"笔力简而健"⑧,却仍带着对文章思想的不屑,认为是"祖述前言"⑨。

小　结

综上所述,不管是程朱理学家还是浙东事功学派,他们对王安石文的批

---

① (清)纪昀总纂:《四库全书总目提要》卷一八七,河北人民出版社2000年版,第5116页。

② (宋)吕祖谦:《古文关键》,黄灵庚、吴战垒主编:《吕祖谦全集》第十一册,浙江古籍出版社2008年版,第2页。

③ 《四库全书总目提要》卷一八七,第5118页。

④ (宋)楼昉编:《崇古文诀》,《四库文学总集选刊》,上海古籍出版社1993年版,第154页。

⑤ 《崇古文诀》,第155页。

⑥ 《崇古文诀》,第157页。

⑦ 《崇古文诀》,第159页。

⑧ (宋)谢枋得编:《文章轨范》卷五,光绪九年影印本,中州古籍出版社1991年版。

⑨ 《文章轨范》卷五,光绪九年影印本。

判,主要是对其文思想内容的不认同,这终究是基于学术观点之偏见或政治立场之不同。而四六家和古文家对王安石的欣赏,也是回避了史论正论这类论治讲理文体,重点放在对四六及记、序、书等文体之艺术水平的称扬。总的来说,王安石之文,笔力强健,自成风格,成就斐然,虽然受政治气候和学术环境的影响,在南宋遭受了不公正的待遇,但南宋人对其文的评论不乏客观公正与理性判断,王安石的才学与文章在南宋的地位还是较高的,其文学成就并没有被淹没。

结　　语

在北宋思想变革与文体嬗变的交汇处,王安石其人其文犹如一面棱镜,折射出古文运动在十一世纪中国的多重光谱。近年来学界对宋代文学的深度开掘,特别是在跨学科的多角度视野下,为我们重新审视这位集政治家、思想家与文学家于一身的复杂人物提供了全新坐标系。本书透过层层递进的学理透视,揭示出王安石的古文本质上是儒学复兴运动中"政术"与"心术"双重变奏的产物——其思想建构与文学实践始终游走于道统自证与治术重构的张力之间。

本书以十余个角度切入来揭示其复杂性:前三个章节围绕王安石的思想与人格特质展开,其中第一章剖析其"伊周事业"的理想人格如何贯穿治学与处世,形成"为己""自得"的独立精神;第二章聚焦其对荀子的哲学批判与文法暗承,暴露"新学"体系中外王传统与心性论的内在矛盾;第三章通过考察王安石对韩愈态度的转变,揭示其与古文运动疏离的立场及转向孟子文道观的思想根源。后九章转向文本研究,第四至七章重点探讨其与古文运动的关系:第四章通过对比欧、王文道观的本质差异(欧阳修的"文道合一"与王安石的"先道后文"),结合嘉祐二年与熙宁六年科举案例分析二者的实践分野;第五章以欧、曾交往为线索,指出王安石虽参与反时文却刻意回避古文运动的核心价值取向;第六章剖析科举改革对古文运动后期发展的双重作用——既延续文以载道理念,又因经义程式化削弱文学活力;第七章考证其碑志文以议论提炼道德共性的特质,与欧阳修"史汉风神"形成鲜明对照,印证其创作路径的独立性。第八、九章为专题杂考,第十章通过分析王安石辞官文书及经历,揭示宋代士大夫辞官行为背后的政治文化特征。第十一章考察王安石在南宋的接受情况。南宋文人对王安石的思想多持批判态度,但对其四六文等文体的艺术成就普遍认可,说明其文学价值超越政治争议。即便在反王思潮最盛的南宋,其古文的艺术魅力仍得到了客观评价。

在解构"理想人格"的深层肌理时,我们发现王安石对孟子心性论的接受绝非简单的哲学移植。从"自得"的治学方法论到"伊周事业"的价值继承,这种人格范式实为应对庆历以降士风浮薄的政治方案。其批驳荀子而暗承文法的悖论,恰显露出"新学"体系的内在矛盾:当道德性命之学遭遇现实政治的规训需求,"外王"维度终究无法全然摒弃荀学传统。这种思想张力投射于文学场域,便形成其与古文运动若即若离的独特姿态——既共享着"文以明道"的价值基底,又抗拒着以韩愈为象征的"文统"谱系。

就文道关系而言,本书突破传统"文道二分"的阐释框架,揭示出王安石文论本质上是一种政治修辞学。相较于欧阳修"文与道俱"的审美理想,王氏"以道择文"的实用主义实为科举改革的理论前奏。通过对大量北宋科考程文的分析发现,熙宁改制后经义文体的程式化并非简单的文风倒退,而是知识权力重构的必然结果。这种政治逻辑与文学规律的背反,恰是北宋"文学政治化"进程的典型症候。当我们以知识社会学的眼光重新审视其碑志文创作,那些被历代重视的"议论化"倾向,实则是道德典范塑造的自觉策略。其笔端流淌的并非史汉叙事的文学自觉,而是塑造新型士大夫人格的政治意识。

在文学史的长时段视野下,王安石与古文运动的关系呈现出多重历史褶皱。南宋儒者对他的矛盾评价(从朱熹的激烈批判到叶适的有限肯定),恰恰映射出两宋之际道学话语对文学场域的收编过程。从各类古文选本中均可看出,南宋书院体系中王安石文章的传播并未断绝,其四六文技法反而通过"永嘉文体"影响科举文风。这种接受史中的吊诡现象,凸显出文学价值与意识形态的复杂博弈。

站在跨学科研究的当下,我们需要以更宏阔的视野来把握王安石文学的多维性。其文学创作中"自得"与"应酬"的共存,不仅是个体写作策略的选择,更是士大夫身份转型期中"公""私"领域分化的文学投射。王安石研究如同打开一座层层嵌套的学术迷宫,每个转角都折射出两宋文明转型的深刻命题。当我们跨越文学史与思想史的学科藩篱,将文本细读与制度分析、观念史考察相结合,便能发现:这位"拗相公"的文学实践本质上是在进行一场静默的文体革命——通过重构文道关系来重塑士大夫的精神结构,通过科举改革来再造知识生产的制度基础,通过个人写作来探索政治理想的话语形态。这种"文章改制"与"政治改制"的同构性,正是北宋古文运动最深层的政治无意识。

元吴澄在《临川王文公集序》中评价王安石道:"才优学博而识高,其为文也,度越辈流。其行卓,其志坚,超超富贵之外,无一毫利欲之泊,少壮至老死如一。其为人如此,其文之不易及也固宜"①。诚然,不管是王安石之

---

① 　见蔡上翔《王荆公年谱考略》卷首之一,《王安石年谱三种》,中华书局 1994 年版,第 193 页。

为人,或是为文,常人都很难企及。所以,有关王安石其人其文的研究,牵涉广泛,还有很多具体问题待深入挖掘。本书目前所呈现的,还只是古文运动视野下的考察,是当初选题构想的一部分。在今后的治学中,笔者将继续以王安石为中心展开研究,重点关注其古文的创作实绩。随着数字人文技术的介入,对王氏文本的语义网络分析、交际圈层的数据建模,或将揭示出更多隐藏在历史褶皱中的文化密码。在这个意义上,本书的探索只是叩启了学术之门——门后延伸的,是一条通向宋代文学本质的求真之路。

参 考 文 献

一、著　作

郑玄注:《礼记正义》,上海古籍出版社 1990 年版。

杨伯峻译注:《论语译注》,中华书局 1980 年版。

刘宝楠:《论语正义》,中华书局 1990 年版。

杨伯峻译注:《孟子译注》,中华书局 2010 年版。

董仲舒著,周桂钿译注:《春秋繁露》,中华书局 2011 年版。

杨伯峻编著:《春秋左传注》,中华书局 1990 年版。

朱熹注:《四书集注》,凤凰出版社 2008 年版。

程元敏:《三经新义辑考汇评》,华东师范大学出版社 2011 年版。

(汉)司马迁著,(明)茅坤编纂,王晓红整理:《史记抄》,商务印书馆 2013 年版。

(宋)李焘:《续资治通鉴长编》,中华书局 2004 年版。

(宋)朱熹:《三朝名臣言行录》,四川大学出版社 2008 年版。

(宋)晁公武:《郡斋读书志》,江苏古籍出版社 1988 年版。

(宋)陈振孙:《直斋书录解题》,上海古籍出版社 1987 年版。

(宋)梁克家:《淳熙三山志》,《宋元方志丛刊》第八册,中华书局 1990 年版。

(元)脱脱等:《宋史》,中华书局 1977 年版。

(元)马端临:《文献通考》,中华书局 1986 年版。

(清)黄宗羲原著,(清)全祖望补修:《宋元学案》,中华书局 1986 年版。

(清)王夫之:《读通鉴论》,中华书局 2013 年版。

(清)黄以周等辑注,顾吉辰点校:《续资治通鉴长编拾补》,中华书局 2004 年版。

(清)徐松辑:《宋会要辑稿》,中华书局 1957 年版。

(清)纪昀总纂:《四库全书总目提要》,河北人民出版社 2000 年版。

(南朝宋)刘义庆撰,徐震堮著:《世说新语校笺》,中华书局 2008 年版。

(唐)杨倞注:《荀子》,上海古籍出版社 2010 年版。

(宋)詹大和等撰:《王安石年谱三种》,中华书局 1994 年版。

(宋)邵伯温:《邵氏闻见录》,中华书局 1983 年版。

(宋)司马光:《涑水记闻》,中华书局 1989 年版。

(宋)彭乘:《墨客挥犀》,中华书局 1991 年版。

(宋)吴曾:《能改斋漫录》,中华书局 1985 年版。

(宋)彭百川:《太平治迹统类》,江苏广陵古籍刻印社 1981 年版。

(宋)张津等:《乾道四明图经》,《丛书集成三编》,新文丰出版公司 1985 年版。

(宋)朱弁:《曲洧旧闻》,中华书局 1995 年版。

（宋）叶适：《习学记言序目》，中华书局 1997 年版。

（宋）陈鹄：《西塘集耆旧续闻》，上海古籍出版社 1993 年版。

（元）陆友仁：《研北杂志》，中华书局影印本 1991 年版。

（元）程端礼：《程氏家塾读书分年日程》，中华书局 1985 年版。

（清）钱大昕著，杨勇军整理：《十驾斋养新录》，上海书店出版社 2011 年版。

（清）包世臣：《艺舟双楫》，中国书店 1983 年版。

（清）刘熙载撰，袁津琥注：《艺概注稿》，中华书局 2009 年版。

（清）叶梦得撰，田松青、徐时仪校点：《避暑录话》，上海古籍出版社 2012 年版。

（唐）韩愈著，刘真伦、岳珍校注：《韩愈文集汇校笺注》，中华书局 2010 年版。

（唐）韩愈著，屈守元等主编：《韩愈全集校注》，四川大学出版社 1996 年版。

（唐）权德舆著，郭广伟校点：《权德舆诗文集》，上海古籍出版社 2008 年版。

（宋）柳开：《河东先生集》，国家图书馆出版社 2013 年版。

（宋）王安石著，唐武标点校：《王文公文集》，上海人民出版社 1974 年版。

（宋）王安石著，中华书局上海编辑所编辑：《临川先生文集》，中华书局 1959 年版。

（宋）李壁笺注，高克勤点校：《王荆公诗笺注》，上海古籍出版社 2010 年版。

（宋）王安石著，李之亮笺注：《王荆公文集笺注》，巴蜀书社 2005 年版。

（宋）王安石著，王水照主编：《王安石全集》，复旦大学出版社 2016 年版。

（宋）王安石著，刘成国点校：《王安石文集》，中华书局 2021 年版。

（宋）欧阳修著，李逸安点校：《欧阳修全集》，中华书局 2001 年版。

（宋）欧阳修著，李之亮笺注：《欧阳修集编年笺注》，巴蜀书社 2007 年版。

（宋）欧阳修著，洪本健校笺：《欧阳修诗文集校笺》，上海古籍出版社 2009 年版。

（宋）韩琦著，李之亮、徐正英笺注：《安阳集编年笺注》，巴蜀书社 2000 年版。

（宋）王令著，沈文倬校点：《王令集》，上海古籍出版社 1980 年版。

（宋）曾巩著，陈杏珍、晁继周点校：《曾巩集》，中华书局 1984 年版。

（宋）苏洵著，曾枣庄、金成礼笺注：《嘉祐集笺注》，上海古籍出版社 1993 年版。

（宋）苏轼著，（明）茅维编，孔凡礼点校：《苏轼文集》，中华书局 1986 年版。

（宋）苏辙：《栾城集》，上海古籍出版社 1987 年版。

（宋）黄庭坚著，刘琳、李勇先、王蓉贵校点：《黄庭坚全集》，四川大学出版社 2001年版。

（宋）张耒著，李逸安等点校：《张耒集》，中华书局 1990 年版。

（宋）程颢、程颐：《二程遗书》，上海古籍出版社 2000 年版。

（宋）黎靖德编，王星贤点校：《朱子语类》，中华书局 1986 年版。

（宋）孙觌：《鸿庆居士集》，盛宣怀、缪荃孙编：《常州先哲遗书》，南京大学出版社2010 年版。

（宋）毕仲游撰，陈斌校点：《西台集》，中州古籍出版社 2005 年版。

（宋）汪藻：《浮溪集》，中华书局 1985 年版。

（宋）司马光：《司马温公文集》，丛书集成初编本，1936 年版。

（宋）刘挚：《忠肃集》，中华书局 1985 年版。

（宋）陈师道：《后山谈丛》，中华书局 1985 年版。

（宋）王炎:《双溪类稿》,文渊阁四库全书本。

（宋）王应麟:《玉海·辞学指南》(影印本),江苏古籍出版社 1987 年版。

（宋）晁说之:《嵩山文集》,上海书店 1934 年版。

（宋）叶适:《叶适集·水心文集》,中华书局 2010 年版。

（宋）杨困道:《云庄四六余话》,中华书局 1985 年版。

（宋）吴子良:《林下偶谈》,中华书局 1985 年版。

（宋）王铚:《四六话》,中华书局 1985 年版。

（宋）谢伋:《四六谈麈》,中华书局 1985 年版。

（宋）杨万里:《诚斋诗话》,丁福保辑:《历代诗话续编》(上),中华书局 1983 年版。

（宋）楼昉编:《崇古文诀》(《四库文学总集选刊》),上海古籍出版社 1993 年版。

（宋）谢枋得编:《文章轨范》,光绪九年影印本,中州古籍出版社 1991 年版。

（宋）吕祖谦著,黄灵庚、吴战垒主编:《吕祖谦全集》,浙江古籍出版社 2008 年版。

（宋）朱熹:《晦庵题跋》,中华书局 1985 年版。

（宋）黄震著,张伟、何忠礼主编:《黄震全集》,浙江大学出版社 2013 年版。

（宋）吕祖谦编:《宋文鉴》,中华书局 1992 年版。

（宋）沈遘:《西溪集》,文渊阁四库全书版。

（宋）陈襄:《古灵集》,文渊阁四库全书。

（宋）张嵲:《紫薇集》,文渊阁四库全书本。

（元）倪士毅:《作义要诀》中华书局 1985 年版。

（明）何乔新:《椒邱文集》,文渊阁四库全书版。

（明）艾南英:《天佣子集》,文渊阁四库全书本。

（明）茅坤:《茅坤集》,浙江古籍出版社 2012 年版。

（明）徐师曾著,罗根泽校点:《文体明辨序说》,人民文学出版社 1962 年版。

（清）俞长城:《宋七名家经义》,清光绪壬寅麟书阁刊本。

（清）姚鼐编:《古文辞类纂》,世界书局 1936 年版。

（清）吕留良著,徐正等点校:《吕留良诗文集》,浙江古籍出版社 2011 年版。

（清）高步瀛:《唐宋文举要》,上海古籍出版社 1982 年版。

（清）厉鹗:《宋诗纪事》卷,上海古籍出版社 1983 年版。

曾枣庄、刘琳主编:《全宋文》,上海辞书出版社 2006 年版。

柯昌颐:《王安石评传》,商务印书馆 1933 年版。

李石岑:《中国哲学十讲》,世界书局 1935 年版。

丁传靖辑:《宋人轶事汇编》,商务印书馆 1958 年版。

漆侠:《王安石变法》,上海人民出版社 1959 年版。

邓广铭:《王安石——中国十一世纪时的改革家》,人民出版社 1975 年版。

刘大杰:《中国文学发展史》,上海人民出版社 1976 年版。

朱东润:《中国文学批评史大纲》,上海古籍出版社 1982 年版。

郑树森:《文学理论与比较文学》,台北:时报出版公司 1982 年版。

温公颐:《先秦逻辑史》,上海人民出版社 1983 年版。

陈幼石:《韩柳欧苏古文论》,上海文艺出版社 1983 年版。

吴小林：《唐宋八大家》，安徽人民出版社 1984 年版。

钱锺书：《谈艺录》，中华书局 1984 年版。

罗根泽：《中国文学批评史》，上海古籍出版社 1984 年版。

张白山：《王安石》，上海古籍出版社 1986 年版。

林纾选译，慕容真点校：《林纾选评古文辞类纂》，浙江古籍出版社 1986 年版。

李德身：《王安石诗文系年》，陕西人民出版社 1987 年版。

林天蔚：《宋代史事质疑》，商务印书馆 1987 年版。

蒋义斌：《宋代儒释调和论及排佛论之演进——王安石之融通儒释及程朱学派之排佛反王》，台湾商务印书馆 1988 年版。

刘学锴、余恕诚：《李商隐诗歌集解》，中华书局 1988 年版。

程千帆、吴新雷：《两宋文学史》，上海古籍出版社 1991 年版。

刘乃昌：《王安石诗文编年选释》，山东教育出版社 1992 年版。

方元珍：《王荆公散文研究》，文史哲出版社 1993 年版。

李喜所、元清：《梁启超传》，人民出版社 1995 年版。

王水照：《宋代文学通论》，河南大学出版社 1997 年版。

朱刚：《唐宋四大家的道论与文学》，东方出版社 1997 年版。

高克勤：《王安石散文精选》，东方出版中心 1998 年版。

姜林祥主编、王钧林：《中国儒学史·先秦卷》，广东教育出版社 1998 年版。

高海夫主编：《唐宋八大家校注集评·临川文钞》，三秦出版社 1998 年版。

李祥俊：《王安石学术思想研究》，北京师范大学出版社 2000 年版。

王水照：《王水照自选集》，上海教育出版社 2000 年版。

马积高：《荀学源流》，上海古籍出版社 2000 年版。

黄永年、陈枫校点：《王荆公唐百家诗选》，辽宁教育出版社 2000 年版。

程杰：《北宋诗文革新研究》，内蒙古教育出版社 2000 年版。

高克勤：《王安石诗文选评》，上海古籍出版社 2002 年版。

漆侠：《宋学的发展和演变》，河北人民出版社 2002 年版。

汪征鲁主编：《吕惠卿研究》，福建人民出版社 2002 年版。

张智华：《南宋的诗文选本研究》，北京师范大学出版社 2002 年版。

王岚：《宋人文集编刻流传丛考》，江苏古籍出版社 2003 年版。

刘石：《有高楼杂稿》，商务印书馆 2003 年版。

黄一权：《欧阳修散文研究》，华东师范大学出版社 2003 年版。

李华瑞：《王安石变法研究史》，人民出版社 2004 年版。

陆建华：《荀子礼学研究》，安徽大学出版社 2004 年版。

周楚汉：《唐宋八大家文化文章学》，巴蜀书社 2004 年版。

吴孟复，蒋立甫主编：《古文辞类纂评注》，安徽教育出版社 2004 年版。

汤江浩：《北宋临川王氏家族及文学考论：以王安石为中心》，人民文学出版社 2005 年版。

刘石：《有高楼续稿》，凤凰出版社 2005 年版。

高克勤：《王安石与北宋文学研究》，复旦大学出版社 2006 年版。

刘成国：《荆公新学研究》，上海古籍出版社 2006 年版。

林岩：《北宋科举考试与文学》，上海古籍出版社 2006 年版。

邓广铭：《北宋政治改革家王安石》，生活·读书·新知三联书店 2007 年版。

张伯行选编：《唐宋八大家文钞》，上海古籍出版社 2007 年版。

祝尚书：《宋代科举与文学》，中华书局 2008 年版。

方笑一：《北宋新学与文学：以王安石为中心》，上海古籍出版社 2008 年版。

姚红、刘婷婷：《两宋科举与文学研究》，浙江人民出版社 2008 年版。

冯志弘：《北宋古文运动的形成》，上海古籍出版社 2009 年版。

梁启超：《王安石传》，东方出版社 2009 年版。

傅璇琮主编：《宋登科记考》，江苏教育出版社 2009 年版。

陈鼓应注译：《庄子今注今译》，中华书局 2009 年版。

查金萍：《宋代韩愈文学接受研究》，安徽大学出版社 2010 年版。

曾枣庄：《文星璀璨：北宋嘉祐二年贡举考论》，复旦大学出版社 2010 年版。

何寄澎：《唐宋古文新探》，北京大学出版社 2010 年版。

刘成国：《变革中的文人与文学——王安石的生平与创作考论》，浙江大学出版社 2011 年版。

尚永亮：《中唐元和诗歌传播接受史的文化学考察》，武汉大学出版社 2011 年版。

何寄澎：《北宋的古文运动》，上海古籍出版社 2011 年版。

祝尚书：《北宋古文运动发展史》，北京大学出版社 2012 年版。

刘宁：《汉语思想的文体形式》，华东师范大学出版社 2012 年版。

叶玉泉、杨春梅校注：《金圣叹评点经典古文》，岳麓书社 2012 年版。

刘成国：《王安石年谱长编》，中华书局 2018 年版。

〔美〕包弼德：《斯文：唐宋思想的转型》，刘宁译，江苏人民出版社 2001 年版。

〔美〕刘子健：《中国转向内在：两宋之际的文化转向》，赵冬梅译，江苏人民出版社 2012 年版。

〔日〕东英寿：《复古与创新：欧阳修散文与古文复兴》，王振宇、李莉等译，上海古籍出版社 2013 年版。

〔日〕东英寿考校，洪本健笺注：《新见九十六篇欧阳修书简笺注》，上海古籍出版社 2014 年版。

〔俄〕梅列日科夫斯基：《宗教精神：路德与加尔文》，杨德友译，学林出版社 1999 年版。

二、论　文

熊宪光：《王安石的文学观及其实践》，《西南师范大学学报》（人文社会科学版）1981 年第 1 期。

曾枣庄：《北宋古文运动的曲折过程》，《文学评论》1982 年第 5 期。

吴林抒：《王安石的美学思想与实践》，《江西社会科学》1987 年第 1 期。

葛晓音：《论唐代的古文革新与儒道演变的关系》，《中国社会科学》1987 年第 1 期。

高克勤：《王安石著述考》，《复旦学报》（社会科学版）1988 年第 1 期。

刘溶:《欧阳修、王安石、曾巩的文章理论》,《北京师范学院学报》(社会科学版)1990 年第 5 期。

洪本健:《欧、王散文风格之浅议》,《辽宁大学学报》(哲学社会科学版)1990 年第 1 期。

朱瑞熙:《宋元的时文——八股文的雏形》,《历史研究》1990 年第 3 期。

邓广铭:《王安石在北宋儒家学派中的地位——附说理学家的开山祖问题》,《北京大学学报》(哲学社会科学版)1991 年第 2 期。

王晋光:《王安石以文逆志论与创作技巧论》,《文艺理论研究》1992 年第 1 期。

寿涌:《王安石文宗韩愈渊源考》,《抚州师专学报》1994 年第 4 期。

吴小林:《论王安石的散文美学思想》,《江西社会科学》1994 年第 12 期。

洪本健:《曾巩王安石散文之比较》,《华东师范大学学报》(哲学社会科学版)1995 年第 6 期。

杨庆存:《宋代散文体裁样式的开拓与创新》,《中国社会科学》1995 年第 6 期。

高克勤:《曾巩及其散文述论》,《宁波大学学报》(人文科学版)1995 年第 4 期。

马茂军:《"荆公新学"与王安石散文的风格》,《华南师范大学学报》(社会科学版)1996 年第 6 期。

洪本健:《略论"六一风神"》,《文学遗产》1996 年第 1 期。

沈秀蓉:《王安石文风转变特色之研究——以中晚年文章为讨论中心》,台湾师范大学中国文学系研究所 1997 年硕士论文。

黄一权:《"六一风神"称谓的来源及其阐释》,《中国文学研究》1998 年第 4 期。

沈松勤:《论王安石与新党作家群》,《杭州大学学报》(哲学社会科学版)1998 年第 1 期。

洪本健:《欧阳修入主文坛在庆历而非嘉祐》,《华东师范大学学报》(哲学社会科学版)1999 年第 5 期。

吴在庆:《科举制度对唐代文学的影响》,《厦门大学学报》(哲学社会科学版)1999 年第 4 期。

周楚汉:《王安石文章论》,《河南社会科学》2001 年第 3 期。

顾永新:《欧阳修和王安石的交谊》,《文学遗产》2001 年第 5 期。

刘成国:《王安石的学术渊源考论》,《四川大学学报》(哲学社会科学版)2003 年第 5 期。

孙先英:《〈孟子〉升经与王安石变法——兼论尊孟疑孟的争论及实质》,《求索》2004 年第 5 期。

陈玉蓉:《欧阳修与王安石墓志铭研究——以韩愈文体改创为中心的讨论》,台北政治大学中文研究所 2004 年硕士论文。

黄强:《现存宋代经义考辨》,《扬州大学学报》(人文社会科学版)2005 年第 2 期。

祝尚书:《论宋代的经义》,《重庆社会科学》2006 年第 9 期。

梅道彪:《学术化的逻辑结构与文人化的形象表达——从两篇"万言书"看北宋奏议文的艺术感染力》,《华中师范大学研究生学报》2006 年第 4 期。

林春虹:《茅坤与明中期散文观的演进》,首都师范大学 2009 年博士学位论文。

谷曙光:《论王安石诗学韩愈与宋诗的自成面目》,《清华大学学报》(哲学社会科学版)2010年第1期。

朱刚:《北宋"险怪"文风:古文运动的另一翼》,《中国社会科学》2010年第1期。

杜善永:《王安石与司马光民族关系思想比较研究》,《宁夏社会科学》2010年第5期。

刘涛:《宋儒视域中的〈荀子〉周公论》,《社会科学战线》2010年第2期。

杨天保:《"舍韩入扬"和"尊庄抑老"——北宋王安石建构"内在"的两个维度》,《孔子研究》2011年第3期。

许晓云、谢珊珊:《论欧阳修与王安石文学观之异同》,《江西社会科学》2013年第3期。

刘成国:《王安石的书启编年与交游网络考》,《斯文》第一辑,2017年。

裴云龙、韩婷婷:《在否定语境中走向经典——王安石散文经典化历程及其文化内涵(1127—1279)》,《中国文化研究》2018年第2期。

周游:《晚清桐城派中的王安石文风——兼谈〈泰州海陵县主簿许君墓志铭〉的意义》,《文学遗产》2018年第6期。

许浩然:《古文主张之下的思想与权力——从周边士大夫的学宦经历看欧阳修的嘉祐主贡》,《文学遗产》2020年第4期。

白俊怡:《王安石文章接受研究》,郑州大学2020年硕士学位论文。

刘成国:《〈弟子记〉与北宋中期儒学——以刘敞、王安石为核心的考察》,《社会科学辑刊》2021年第1期。

责任编辑：冯　瑶

责任校对：东　昌

图书在版编目(CIP)数据

古文运动视野下的王安石研究 / 鄢嫣著. -- 北京 : 人民出版社，
2025.6. -- ISBN 978-7-01-027350-1

Ⅰ. I206.2

中国国家版本馆 CIP 数据核字第 2025K7R889 号

古文运动视野下的王安石研究

GUWEN YUNDONG SHIYE XIA DE WANGANSHI YANJIU

鄢　嫣　著

人民出版社 出版发行

(100706　北京市东城区隆福寺街 99 号)

北京建宏印刷有限公司印刷　新华书店经销

2025 年 6 月第 1 版　2025 年 6 月北京第 1 次印刷
开本：710 毫米×1000 毫米 1/16　印张：12.25
字数：253 千字

ISBN 978-7-01-027350-1　定价：88.00 元

邮购地址 100706　北京市东城区隆福寺街 99 号
人民东方图书销售中心　电话 (010)65250042　65289539